芭蕉二百回忌の諸相

綿抜豊昭
鹿島美千代

桂書房

芭蕉二百回忌の諸相

はじめに

明治時代も半ば以降のことになるが、俳人たちの世にも「維新」があった。江戸時代以来の伝統を引き継ぐ俳人たちが、それとは異なるものをめざした俳人たちに「月並調」等といわれ、批判されたのである。本書では、前者を「旧派」、後者を「新派」と称することにする。内藤鳴雪や角田竹冷が述べるように、句の出来映えに注目すれば流派はない、という見方もできようが、その募集や公表のあり方等は異なり、〈文芸〉ではなく、〈文化〉に注目すれば、やはり「派」はあったと考えるのが妥当であろう。

さて、旧派は、中心的存在の大家が次々と没した後、彼らと同等の位置を占める後継者が出ず、新派が主流になっていく。東明雅は「新しい新進の青年たちに見放され、有名な俳諧師が没くなるたびに、その派の核を失うことになり、次第に淋しくなるのは免れなかった」（「近・現代の連句界と連句誌」『国文学解釈と鑑賞』第五二巻五号、一九八七年五月）とする。今日、新派を代表する俳人正岡子規やその弟子高浜虚子らはよく知られ、その存在はあまりにも大きく、一方、旧派を代表する俳人たちを知る人は稀で、地方自治体史や郷土史で、その地域の旧派俳人が取り上げられることはあるが、その存在は全国的にはあまりにも小さい。

では、旧派の俳人たちが残したものは、今日、みるに堪えない存在なのであろうか。

江戸時代以来の伝統を引き継ぐとはいっても、やはり明治時代ともなれば、「手提灯」が「手洋灯」になるなどし、共有する知識なども変化している。「月並」と批判されるほどに明治時代の日常が詠まれる旧派の作品には、一般大衆の考え方や感じ方を知り得る面白さがある。例えば「家内みな覚えて居たよ翁の日　甲斐　白隣」などは、「極める」ものとしての俳句ではなく、一般人の「ちょっとした出来事」を詠んだだけの俳句である。しかし、こうした「つぶやき」に類したものに当時の生活を垣間見ることは可能である。また新派と異なり、旧派は多くの連句（俳諧之連歌）作品を残している。従って五七五のみではなく、七七の句も多く残っており、例えば「若いうちから眼鏡している」などという付句にも当時の生活を感じられる。

当時の連句は、一座する者の立場を如実にあらわすことがある。例えば連衆が六人いて、発句や脇句を詠じた者が六句目を詠じた者より地位が低いことは、特別な事情がない限り、ない。連句全体では、発句・脇句や月や花の句を詠じる人に関して、立場を示す肩書きがなくとも、そうしたものが読み取れる面白さがある。しかし、連衆にも拠るが、前句を詠む人と付句を詠む人は対等である。全体では上下関係がありながら、個々は対等な関係であるというのは、日本の中小企業の上役と部下との会話の縮図をみるような面白さがある。

「面白さ」という興味本位の表現をしたが、無論それにとどまるものではない。現存俳書などから推測するに、旧派の「俳諧人口」はかなりの数にのぼる。俳人たちはコミュニティを形成し、それは地域に確かに根付いていた。例えば、死んだ者は、この世からいなくなる。しかし、死んだ者として存在し続ける場合がある。その場合、生きている者は、新たな関係性を築きながら死んだ者と共存する。俳人たちのコミュニティにおける〈追善〉はその共存のあり方を具体的に示すものである。そうした俳人たちが関与した諸事は、明治文化を知るにとどまらず、明治の社会を考える上で視野に入れておくべきであり、研究の対象になりうると考えている。

本書は、「旧派」の基礎研究として、全国的に行われた芭蕉の二百回忌を対象に、綿抜がいかにも旧派ならではの成果物「芭蕉二百回忌追善集」の諸相をみると共に、鹿島美千代が「芭蕉二百回忌」の諸相を論じ、さらに基礎的な二百回忌の資料を提供するものである。本書が「旧派」研究の種を蒔くことになれば幸いである。

（綿抜豊昭）

目　次

第一章　芭蕉二百回忌概観

「十月十二日」は、元禄七年（一六九四）以後、〈俳諧〉を生業となす者、或いは嗜む者にとって特別な日となった。芭蕉の命日だからである。「芭蕉忌」は、「時雨忌」「桃青忌」とも称され、また俳人にとって「翁」は「芭蕉」であり、「翁忌」「翁の日」ともいわれる。

芭蕉の追善は、〈時間〉としては三百年以上も継続的に、〈空間〉としては全国的に行われている。無論、人々が追善にどの程度関与したかについては様々で、一概に述べ得るものではない。例えば、個人的に追善句を詠ずる者もいれば、集団的に追善の句会を催した者もいる。その追善句に関しても『［守株亭可梁点取帳］』（石川県立図書館蔵・写本）の後表紙に墨でメモ書きされたものもあれば（注1）、八千房八世無腸の句のように刊本に載るものもある（注2）。

勝村治兮が『芭蕉翁追福年表』（天理図書館蔵）を編むにあたり、その「附言」で「芭蕉翁遷化の後追薦を営み玉ふことは枯尾華行状記其余の集冊にありと雖も五十年百年百五十年忌等に至るまて追福の集冊数多」と記したごとく、「追福の集」（追善集）を編纂刊行した者もいる。

また多くの芭蕉句碑等も新たに建てられた。例えば弘中孝『石に刻まれた芭蕉』（二〇〇四年、智書房）に拠れば、百五十回忌にあたる天保一四年（一八四三）には六五もの芭蕉句碑等が建てられている。

芭蕉の句碑等を紹介した書籍は『諸国翁墳記』が有名だが、出口対石『芭蕉塚』（一九一四年、長崎書店）は二百五十回忌の記念として編まれ、前掲『石に刻まれた芭蕉』は三百十回忌に当たる年に出版されたものである。芭蕉の遠忌は関連書を生み出す契機ともなっている。さらにいえば、例えば二百七十回忌には芭蕉翁顕彰会が「芭蕉翁真筆複製」を記念に出している。芭蕉の遠忌はこうした芭蕉関連グッズを生み出している。

かくのごとく少なからずの俳人らが関与した「芭蕉追善関連事」は、注目すべき日本の文化現象の一つと考える。

○

芭蕉の遠忌は、明治時代においては二百回忌が看過できない。例えば明治二五年（一八九二）初夏に刊行された『ふたもゝ年集』（鳴弦文庫蔵）には出雲の有力俳人山内曲川（注3）の序文がある。それに「芭蕉庵桃青居士今花本神社也／明治廿六年は二百回祭にして／国々津々浦々まで祭らざるはあらずや」とある。一年前には例年以上に芭蕉忌が行われると推測させる状況であったことが窺われる。また石川県で発行されていた俳諧雑誌に『俳諧新誌』があり、明治二六年一月に刊行された一六号にも「本年は芭蕉翁二百年忌の正当なれは京坂諸国とも諸々盛んなる俳宴を開かるゝよし陸続報あり」とある。また明治三九年に蔦廼家俳壇から刊行された園亭萎文（注4）著『俳諧正式鑑』には、「（明治二六年は）祖翁二百年年忌正当なるが故に日本全国いかなる僻邑辺陬に到る迄も前後三年が間正式俳諧を執行せざる方なし」とあり、多く行われたことが記されている。厳密にいえば「日本全国いかなる僻邑辺陬に到る迄」ではなかったにしろ、芭蕉二百回忌が各地で行われたことは、他の資料からも確認できる。例えば、当時の有名俳諧宗匠の一人である穂積永機が、取越二百回忌法要を芭蕉の墓のある義仲寺（滋賀県大津市）で七日間にわたり行ったことは諸書に記される。義仲寺には今も二百回忌の供養塔が、三百回忌の供養塔と共に並び立っている。

また、芭蕉が「奥の細道」の旅中に参拝した小坂神社（石川県金沢市山の上町）では、明治二六年一一月一二日、脇起の俳諧之連歌が行われた。その際の模様が『俳諧新誌』二五号に以下のように記されている。

去る十二日小坂神社内に於て蔦の家連か執行したる花本大明神二百年祭の正式俳諧等は左の如し

脇起俳諧の連歌

冬籠又よりそはん此柱　　神詠
紙衣着かへて毫揮ふ朝　　甫立（注5）

「花本大明神」とは、前掲『ふたもゝ年集』に「芭蕉庵桃青居士今花本神社也」とあるごとく「芭蕉」のことである。天保一四年、百五十回忌にあたり朝廷より「花本大明神」の神号を贈与された。行庵洒雄撰『俳諧明治八百題』（架蔵）の「冬之部」には「翁忌」「翁涅槃」の次に「花本明神祭」とあり、句に詠み込まれる語ではないが〈題〉として取り上げられている。こうしたことから、「冬籠」の立句は「尚白宛書翰」にみられる「芭蕉詠」であるが「神詠」とされている。二百回忌にあたり、芭蕉の句を立句に脇起俳諧之連歌が行われたということである。

いま一例をあげると谷峯蔵『芭蕉堂七世内海良大』（一九七七年、千人社）に「二十六年十一月、芭蕉翁二百年忌にあたり、香畦は移住後早々の自宅に福島の俳人たちを招いて時雨忌を催している」とあり、「祖翁二百年忌／時雨会やいのち嬉しきけふの友　太甫」他の句があげられている。

また二百回忌には芭蕉の句碑等も新たに多く建てられ、少なからず現存する。例えば愛媛県宇和島市の宇和津彦神社には「古池や蛙飛こむ水の音」の句碑が、また三重県伊賀市の芭蕉公園には「古さとや臍の緒になくとしの暮」の句碑が建立された。松浦羽洲は二百回忌追善集『ゐなみしふ』の序文（一八九五年一〇月）に「（建立された句碑等は）其数をしらず」と記した。

ところで、先に述べたように故人を追慕して句集が編まれることがあった。この句集を「追善集」（「追福集」等とも）と称する。俳諧の場合、追善の俳諧之連歌、催主とその周辺の俳人の詠句、諸国の俳人から催主に送られた詠句などが編集され、刊行・配布された。俳人の追善集では、芭蕉没直後に編まれた其角編『枯尾花』を最初とする〈芭蕉の追善集〉が最も多く編まれたと思われる。二〇一三年に「M78星雲・光の国」と姉妹都市提携をしたことで知られる福島県須賀川市だが、かつてこの地でも二百回忌追善集『早苗のみけ』が刊行された。早くに高木蒼梧『俳諧人名辞典』(一九六〇年、巖南堂書店)に取り上げられ、以下のようにある。

半紙本一冊。壮山著。暁窓序。明治二十六年一八九三刊。芭蕉二百年記念の集で、晋流の時雨塚序詞以下、芭蕉・曾良・其角及び当時の歌仙を誌し、羽洲以下の奉納句、古今人の発句七百余句を録し、芭蕉の「早苗にも我色くろき日数哉」に脇起した歌仙を収めている。永湖筆可伸庵の彩画を挿み、暁窓筆になる等躬以下清民にいたる須賀川俳人列伝を添える。

二百回忌追善集は『俳諧人名辞典』にこの一点しか取り上げられていないが、例えば小林文夫『岩手県俳諧史』(一九七八年、萬葉堂)に「白我は、明治二十二年には芭蕉二百回忌追善『露しぐれ』(中略)を出し」とあるように、地域俳句史の類に取り上げられることがある。二百回忌に成された追善集は三〇点を超えて現存している。

また、二百回忌は、当時の俳諧宗匠にとり最大のビジネス・チャンスであったといって過言ではあるまい。経済がまわってこその文化もある。心中は憶測するしかないが、芭蕉への厚い信仰心からこれらの催しをなした宗匠がいた一方で、「守銭奴」という表現がなされてもよい宗匠もいたようである。そうした宗匠が、正岡子規の『芭蕉翁の一驚』に描かれていることは周知のことといえようか(注6)。「新々派」を唱えたことで知られる岡野知十の「俳諧又聞記」(『俳諧風聞記・又聞記・露骨録』一九〇三年、白鳩社)には以下のようにある。

幹雄は芭蕉を神とし奉じ、永機は芭蕉を仏の如く崇む、共に財銭を索むるは一なるべし。(但し予は業俳者がこの所為を非難するものにあらず)

芭蕉二百年忌に於る両個がなせしところを見よ、幹雄は深川に廟社を造営せり、全国よりこれがため寄進せし金員は千六百二十八円八十二銭六厘(明倫雑誌百五十二号社告参照)、永機はその前年取越して全国諸家の聯句をつくり、奥羽北陸を四ヶ月間漫遊し、義仲寺に仏事を営めり、此遊歴に収めし金員は幹雄が得たるところの三ヶ一に足らずと風聞す、然るときは其額凡そ五百円以外なるべし。

近今業俳者が収入せし金員の多額なるものは、此二者が得たるところのものなるべし。両個が旧派の俳壇に於ける勢力は亦其一斑を覗ひ知るべき也。

多くの金銭が動いたからこそ、全国的に様々な関連行事が行われた。すなわち多くの俳宴が設けられ、多くの作品が生産され、多くの追善集が編まれ、多くの碑が建立されたのである。

【注】

（1）「祖翁二百年忌／松濡てなほしたわしきしくれかな／加賀国小松／綜藤枝」。

（2）『無腸遺草』「祖翁二百年忌に二句／広かるやかをるや花の下流れ／花の雲鐘はむかしのひゝきかな」。

（3）曲川が深くかかわる二百回忌関連の木版一枚刷りが鳴弦文庫に所蔵される。最後に「辛卯夏」とあり、これが刊記であろうから、明治二四年夏の刊となる。一人一句の発句全三八句を載せる。最初に

東山芭蕉堂尊前に一燈／さゝけたてまつりて

風かおれ燈籠の火のきえぬほと　曲川

とあり、最後に以下のようにある。

祖翁二百年の御遠忌は明治廿六年にして／すてに明後年なりぬ八雲たつ／出雲の国釣年庵曲川老人其地の石／工に燈籠一双をつくらせこたひ粟津の／本廟と我東山なるはせを尚工と二所に／分ち寄進せられ侍る其形ち高から／す低からす何となく正風の寂栞を／ふくめる物から見るにあかす憮や／祖翁の御心にもかなはせ給はん叟可／若きより此道に杖を引れし事の高調な／事はいふもさらなりおのれ又御遠忌を営／み侍らむとするに一明り得たる／こゝちせられて

灯籠やいよ御扉の月涼し　楓城

山鹿楓城は、東山芭蕉堂八代を継ぎ「八世庵」と号した俳人。曲川が、二百回忌を迎えるにあたり、石灯籠を「粟津の本廟」（義仲寺）と「東山芭蕉堂」に寄進したことが知られる。

（4）萎文は明治二六年一一月一二日、金沢の小坂神社での「祖翁二百年正当手向脇起俳諧連歌」（発句は「けふはかり人も年よれはつ時雨」。歌仙。連衆・也哉、萎文、洪映、招鴬、桃翠、北江、桂処、夙月、尺水、十水）に一座している（石川県立図書館所蔵『明治冬の月』一八九四年、広文堂）。なお三十五、六句めは「花の香の猶いや高き二百年　十水／流れを慕ふ苗代の水　執筆」と二百年忌に因む句である。

（5）石川県立博物館『御用絵師梅田九栄と俳諧―芭蕉の教えを守った男―』（二〇〇八年）に拠れば、甫立は明治二六年二月一八日、芭蕉二百回忌にあたり、梅田九栄より芭蕉翁の頭陀袋を入手している。

（6）復本一郎『俳句から見た俳諧　子規にとって芭蕉とは何か』（一九九九年、御茶の水書房）は「子規の旧派俳壇糾弾」について述べる。

第二章　先行研究・研究目的・研究方法・芭蕉二百回忌周辺

第一節　先行研究

芭蕉二百回忌に関しては、櫻井武次郎の論文「芭蕉二百回忌」（注1）発表以降、にわかに注目されるようになった。そのため芭蕉二百回忌に限定した研究史はまだ浅い。

これ以前に芭蕉二百回忌が取り上げられる場合、明治時代における俳文学史の一部として、三森幹雄ら旧派の活動の一部として、また小説家の活動の一部として取り上げられるのみにすぎなかった。

芭蕉二百回忌に言及した早い例としては、勝峯晋風『明治俳諧史話』大誠堂、一九三四年一二月（後に『明治俳諧史話』近代作家研究叢書四五、日本図書センター、一九八四年九月に所収）がある。「芭蕉翁二百回取越句碑」（太陽暦の分頒と新月令）・「教林盟社の『時雨まつり』」（明倫雑誌発行を中心に）・「義仲寺で七日七夜の大法要」に芭蕉二百回忌に関する記事がある。なかでも「義仲寺で七日七夜の大法要」は、明治二〇年一一月二〇日～二六日、其角堂永機により行われた芭蕉二百回忌取越追善行事について詳しく記されている。

また、大塚毅『明治大正／俳句史年表大事典』（世界文庫、一九七一年九月）は、明治元年から昭和元年まで編年体でまとめられた資料である。芭蕉二百回忌に関する俳書刊行や追善行事、また芭蕉二百回忌に関与した各俳人について詳細な解説がなされ、芭蕉二百回忌全般について知ることができる。

一方で、芭蕉追善行事に限定し、編年体でまとめられたものに勝峰治兮纂・坂井華渓増補・西村燕々補遺『芭蕉翁追遠年表』（ひむろ社、一九三八年九月序。なお本書の稿本として、明治一五年、粋白房勝峰治兮編『芭蕉翁追福年表』《天理大学附属天理図書館綿屋文庫蔵》がある）は、芭蕉が没した元禄七年〜明治二八年までの芭蕉追善行事について記載する。これは、芭蕉二百回忌行事について知ることのできる貴重な資料となっている。

また、坪内逍遥との関係から芭蕉二百回忌に言及したものに青木稔弥「芭蕉翁二百年忌前後―坪内逍遥と俳諧」（『文林』二三号、一九八八年一二月、一〜二六頁）がある。明治二六年七月五日、東京専門学校第一〇回卒業式祝辞において、坪内逍遥が「朝に道を聞かば夕べに死すとも可なり」を引用した上で、

芭蕉が我が年ごろよみすてたる句は皆以て我が辞世の句とするに足るといひしは蓋し此の覚悟ありけるにやあらん。

と、芭蕉を援用しての覚悟論を述べた。この覚悟論の背景について、

小説家を断念した後の様々な模索の一部としての俳諧研究を下地に、東京専門学校第一回文学科卒業生の近世文学への関心と、芭蕉熱の高い明治二六年の文学状況を背景として、逍遥の芭蕉を援用しての覚悟論は成立した。

と結論づける。論文中に雑誌『早稲田文学』五二号・五五号に芭蕉二百回忌に関する記事があることが指摘されている。

しかしながら、芭蕉二百回忌それ自体について取り立てて注目されることなく、芭蕉二百回忌に係わった俳人、また芭蕉二百回忌という行事があったという事実の記述のみにとどまる。芭蕉二百回忌が取り立てて注目されなかった理由は、この時代の俳文学研究自体が価値の無いものと見なされていたからである。このことについて、今栄蔵は以下のように指摘する。

幹雄が幕末から明治にかけての俳壇の雄だったことはかなり知られているが、本格的な研究は皆無であった。幹

雄の属した時代そのものがまだ、俳諧史研究の大きな盲点になっている。正岡子規の旧派宗匠攻撃の熱気に煽られて天保以降の俳諧が蛇蝎のごとく嫌われて以来、俳諧史家までこれに目をふさぐ格好で、結果、この時代の俳諧は闇に閉されたままになっている。これは学界にとって恥ずべきことであった（注2）。

「幹雄の属した時代」＝「芭蕉二百回忌の時代」であり、芭蕉二百回忌の時代そのものが「俳諧史研究の大きな盲点」の状態であった。そのなかでも芭蕉二百回忌は、特に大きな盲点であったと言える。このうち「天保以降の俳諧が蛇蝎のごとく嫌われて」は、

天保以降の句は概ね卑俗陳腐にして見るに堪へず。称して月並調といふ。（注3）

を指す。

そしてようやく、芭蕉二百回忌研究は、櫻井武次郎によって端緒が付けられた。櫻井武次郎の芭蕉二百回忌に関する研究は、本節の冒頭に掲げたように『俳諧史の分岐点』「第五章二芭蕉二百回忌」にまとめられている。この櫻井武次郎の論文は、芭蕉二百回忌それ自体の研究意義を見出した論文として非常に重要である。

深い関心を持ってしたわけではなかったが、試みに『俳文学大辞典』巻末の年表の明治二十六年の項を閲してみた。この年が芭蕉の二百回忌にあたるので、どのような行事がなされたか見ようと思ったからである。ところが、そこには芭蕉遠忌に関する一行の記載もなかったのである。それではと『俳諧大辞典』を見ることにしたが、同様になんら記されることはなかった。かえって面白くなって『新選俳諧年表』を繰ってみると、やっと「○芭蕉二百回忌」の一行が認められたのであった。俳文学研究者は明治以降の俳壇に対してあまり注目しないし、俳句実作者が中心の近代俳句研究者は、いわゆる「旧派」に関心を払わない。そういう事情が、奇妙なエア・ポケットを作ってしまっていることは、『俳文学大辞典』編集に際して痛感させられたところであった。芭蕉二百回忌について関心を払わないことが、俳文学研究において「奇妙なエア・ポケット」を作り、それが俳文

学研究上の弊害になっていることを指摘されている。芭蕉二百回忌を主導した旧派は、江戸時代末期から俳壇の主流として確かに存在していたのにも係わらず、俳諧研究者からも俳句実作者からも顧みられることがなく、俳文学研究において断絶してしまっているのである。これは、今栄蔵が言うところの「俳諧史研究の大きな盲点」に対する研究意義を、芭蕉二百回忌に注目することにより、一層明らかにしたものと言える。櫻井武次郎の論文中には、『翁追善の筆跡集』・『追福集』・『明治／枯尾花』・『ふるさと集』・『井波集』など、芭蕉二百回忌に関する俳書や追善行事についての考察もある。

この櫻井武次郎の論文発表以降、芭蕉二百回忌への関心が高まることになった。

まず、綿抜豊昭による芭蕉二百回忌追善集について考察した一連の論文がある。一連の論文の多くは本書第三章に収められている。本書所収以外では、「『月の友集』について」（『人文資料研究』七号、二〇一三年五月、一七〜二三頁）がある。これは明治二五年四月刊、長野県豊井村の皓月居昌斎編『月の友集』の解題・翻刻を載せる。また、綿抜豊昭「汶蒼（吉本次郎兵衛）の俳書について」（『言語・文学・文化』一一一号《通巻二四四号》、二〇一三年三月、四五〜六二頁）は、石川県の実業家吉本次郎兵衛（俳号汶蒼）の写本「古翁二百句集童蒙解」（明治二五年成）について、芭蕉二百回忌を意識し「二百句」という数になったことを指摘している。

次に、青木亮人「芭蕉二百回忌と『芭蕉雑談』について」（『大阪俳文学研究会会報』四四、二〇一〇年一〇月、二二〜二八頁）は、芭蕉二百回忌について「二百回忌は今や顧みられることが少ないため、不明点が多々存在する。」と指摘した上で、

現在、明治二六年は子規「芭蕉雑談」が発表された年、とのみ語られることが多い。しかし、俳句界全体では芭蕉二百回忌が圧倒的に盛んであり、それは江戸後期以来の芭蕉像をより拡大し、多くは従来の遠忌に従って法要を営むものだったと推定され、つまり江戸後期俳諧の価値観がより流布した一年と捉えることもできよう。

と、明治二六年当時においては、子規よりも芭蕉二百回忌の方が注目されていたこと、そして芭蕉二百回忌が江戸後期俳諧の価値観を継承し拡大した重要な年であると結論づける。

さらに、鹿島美千代「明治期における美濃派―芭蕉二百回忌を中心として」(『桜花学園大学人文学部研究紀要』一三号、二〇一一年三月、三一～四二頁)では、旧派の一つである美濃派と芭蕉二百回忌との関係について述べる。美濃派のうち再和派は教導職と深く係わり、一方、以哉派は他派との積極的な交流により、芭蕉二百回忌を行っていることが知られる。

ただ、芭蕉二百回忌に限定した研究はまだ少なく、今後の一層の解明が求められよう。

第二節　研究目的

第一の研究目的は、今栄蔵が指摘したところの「俳諧史研究の大きな盲点」、また櫻井武次郎の言う「奇妙なエア・ポケット」を、芭蕉二百回忌に着目することによって明らかにするという点にある。芭蕉二百回忌は特別なイベントである。

第二に、明治時代における芭蕉という「文化」受容の面から、俳文学研究の上で、芭蕉二百回忌を論じることは非常に重要である。本書第一章で指摘されているように、芭蕉二百回忌について調査を進めると、芭蕉二百回忌の関連行事や出版等が盛んに行われており、芭蕉の追善が〈時間〉としては継続的に、〈空間〉として日本全国で行われていることが知られる。芭蕉五〇回忌・芭蕉九〇回忌・芭蕉百回忌・芭蕉百五〇回忌が、芭蕉の継承や追善による蕉門形成といった観点から研究がなされ、俳文学史のなかで注目されているのに対し、芭蕉二百回忌は研究の対象外であった。芭蕉神格化が定着し、その顕彰として芭蕉神社が新たに建設され、芭蕉句碑建碑が一番盛んに行われたのもこの時代であり、過去の年忌よりも芭蕉二百回忌はむしろ盛大に行われているのである。盛大に行われた芭蕉二百回忌追善行事を見てゆくことで、明治時代における、芭蕉という「文化」受容を明らかにすることができる。

第三に、芭蕉二百回忌は全国的に見られる営みで、そのありようを明らかにすることによって、どのように知的コミュニティが成立・運営されたかを知ることができる。長野県は旧派に属する俳人が多いが、この背景には、養蚕・製糸産業といった地域の経済力の関与が秋尾敏「教林盟社の成立」（『短詩文化研究』五号、二〇一二年六月、縦組六〜九頁）で指摘されている。商売を基盤とするコミュニティの背景に、俳諧におけるコミュニティの存在が認められるという点で、文化研究の深化に繋がる。

以上から、本書は、継続的・空間的に継続して行われてきた芭蕉追善において、芭蕉二百回忌に限定し、全国的・多面的な視野からの分析を試みた。そうすることで、明治時代の俳文学史や明治時代の文化を一層明らかにしてゆくものである。

第三節　研究方法

芭蕉二百回忌について、先行研究の紹介といった基礎知識を含め、多面的に考察できるよう構成した。

第一章では、芭蕉二百回忌の概略について述べ、第二章では先行研究や研究目的について記した。本書の中心となるのは、第三章の芭蕉二百回忌における一九点の追善集についての論考である。芭蕉二百回忌追善集の嚆矢である明治八年一〇月序、枕流亭一澄編『二百回忌越　翁忌集』から、明治三三年三月成『俳諧草庵集　初編』まで、個々の俳書について考察を加えた。一九点の俳書は、青森・群馬・千葉・東京・長野・新潟・富山・石川・静岡・愛知・滋賀・京都・香川で編纂されており、芭蕉二百回忌が全国的に行われたことを証明する。また「二百年」という語が積極的に詠み込まれていることが、芭蕉二百回忌追善における句の特徴であることを指摘している。

一方で、第四章では追善集刊行以外の芭蕉二百回忌追善行事として、句碑建碑や奉額・短冊帖について述べた。なかでも、芭蕉二百回忌前後に一番多く建碑された「春もやゝ」句碑について、句碑建碑場所との相関性も視野に入れ考察した。明治時代において句碑建碑は、芭蕉追善や崇拝の手段として、一方で旧派俳人のビジネスモデルとして盛んに行われた。また、馬場凌冬による句碑建碑実録『祖翁二百年回建碑録』、さらには、奉額、短冊帖について紹介した。

資料編「芭蕉二百回忌追善集一覧」では、芭蕉二百回忌に関係する俳書について、年代順に列挙し、各俳書に解説を付した。

第四節　芭蕉二百回忌周辺

明治二六年という年は、芭蕉二百回忌であると同時に、正岡子規が芭蕉を批判した『芭蕉雑談』を発表した年である。

正岡子規は『芭蕉雑談』において、

二百年忌に逢ふたりとて嬉しくもあらず、悲しくもあらず、頭を痛ましむる事も無き代りには懐を煖める手段もつかず、（中略）芭蕉の俳句は過半悪句駄句を以て埋められ（「悪句」）

と、芭蕉顕彰及び芭蕉の句を否定した。さらに芭蕉二百回忌が「懐を煖める手段」になっているとして、芭蕉二百回忌を金儲けの手段として用いる旧派に対する批判もしている。ここから、旧派が芭蕉二百回忌を行うのは、単に芭蕉顕彰だけでなく、生活費をかせぐビジネスモデルでもあったことが知られる。

芭蕉二百回忌に限定すれば研究はまだ少ないが、正岡子規の芭蕉批判はよく知られるところであり、芭蕉二百回忌周辺を理解する上で参考になる研究もある。そこで、芭蕉二百回忌周辺の研究状況についても簡単にまとめておく。

①旧派と新派

本書では、旧派と新派と言う呼称が頻出する。旧派と新派と、明確に分けることは困難であるが、おおよその線引きはできると考えられるため、以下、旧派と新派について記しておく。

旧派とは、江戸末期以来の宗匠の系統を継承する俳人を指す。東京では、其角堂永機（其角堂七世）・三森幹雄（春秋庵一一世、明倫講社創設）・月の本為山（月の本二世、教林盟社創設）・橘田春湖（小築庵、第二代教林盟社社長）・鳥越等栽（佳峰園、花の本講社創設）・鈴木月彦（東杵庵四世）・四世夜雪庵金羅・服部梅年（雪中庵八世）、京都では八木芹舎（泮水園、花の本七世）・上田聴秋（伴水園、花の本一一世）、大阪では黄華庵南齢、名古屋では松浦羽洲が有名である。

これらの旧派俳人のうち、東京の俳人は、教導職を拝命し（幹雄・為山・春湖・等栽・月彦）、京都の俳人は二条家から花の本宗匠の号を受けるという特徴がある。また、月次句合の判者として生活費をかせいだ。さらに、芭蕉を神と崇拝し、芭蕉二百回忌を盛大に行った。

一方で、新派では、伊藤松宇（椎の友社）・正岡子規（日本派）・角田竹冷（秋声会）が有名である。新派が発生した時代には教導職はすでに廃止されていた。そして、月次句合を厭い、芭蕉は神でなく、芭蕉二百回忌にはあまり関心を払わない。

この旧派と新派の各俳人については、大塚毅『明治大正／俳句史年表大事典』（世界文庫、一九七一年九月）で、「旧派俳句界」・「新派俳句界」、さらに「旧派俳家系譜」・「新派俳家系譜」と分けて示されている。古い資料になるが、岡野知十『俳諧又聞記』（白鳩堂、一九〇二年一二月）においても言及がある。綿抜豊昭監修・河合章男編『明治俳人墨書・書誌』（俳句図書館鳴弦文庫、二〇〇八年八月）は、明治期の主要俳人の墨跡とともに各俳人に関して詳しい閲歴が記されている。

②教導職

旧派を知る上で欠かせないのが、明治政府の教導職制度の導入と、三森幹雄の明倫講社（明治七年八月）と月の本為山の教林盟社（明治七年四月）の二大結社の創設である。二大結社は、教導職制度と係わりを持って発足し、教導職制度廃止以降も、教導職制度の位階を引き続き用いて活動するなど、教導職という国家制度が俳人にもたらした意義は大きい。

教導職は、明治五年（一八七二）四月、明治政府の国民教化政策よって、教部省に設置された職であり、大教正から権訓導までの一四等級からなる。「大教宣布」の一つである。多くは神官・僧侶であったが、歌舞伎役者市川団十郎や講談師三遊亭円朝のほか、俳諧師も任命された（注4）。

教導職は、三条の教則

第一条　敬神愛国ノ旨ヲ体スベキ事

第二条　天理人道ヲ明ニスベキ事

第三条　皇上ヲ奉戴シ朝旨ヲ遵守セシムベキ事

及び、三条の教則に基づく一一兼題や一七兼題（注5）を、俳諧を通して説教することを任務とした。

永平寺第六一世細谷環渓は、明治六年（一八七三）三月、俳諧師を教導職に任命すべしとの「建白書」を提出し、細谷環渓の推薦により、同年五月に月の本為山・鳥越等栽・橘田春湖が任命されている（大塚毅『明治大正／俳句史年表大事典』六三〇頁)。一方で、教導職試験により、三森幹雄・鈴木月彦が合格し教導職に任命されている。明治時代に顕著になった「芭蕉＝神」という図式は、三条の教則や教導職と不可分の関係にある。なお、教導職は明治一七年八月一一日に廃止されている。

旧派と教導職制度との係わりについては、市川一男『近代俳句のあけぼの第一部』(三元社、一九七五年四月)、及び越後敬子「明治前期俳壇の一様相―幹雄の動向を中心として」(『連歌俳諧研究』八七号、一九九四年七月、二五〜三五頁)に詳しい。また、加藤定彦「教導職をめぐる諸俳人の手紙―庄司吟風『花鳥日記』から」(『連歌俳諧研究』八八号、一九九五年三月、四七〜五六頁)、同「続・教導職をめぐる諸俳人の手紙―庄司唫風『花鳥日記』から」(『連歌俳諧研究』一〇〇号、二〇〇一年二月、六八〜七八頁)は、秋田の俳人庄司唫風(天保五年〜明治三八年)の『花鳥日記』より、明治六年〜一二年の間における、教導職に係わる諸俳人の書簡を紹介している。

③明倫講社

明倫講社は、明治七年八月、三森幹雄を初代社長として創設された俳諧結社である。明治一三年一二月から機関誌『俳諧明倫雑誌』を発行する(注6)。

明倫講社創設者三森幹雄については、関根林吉『三森幹雄評伝』(遠沢繁、二〇〇二年七月、初出は『俳句』角川書店、一九七八年四月〜一一月号)が詳しい。

明倫講社については、前出、越後敬子「明治前期俳壇の一様相―幹雄の動向を中心として」(『連歌俳諧研究』八七号、一九九四年七月、二五〜三五頁)がある。三森幹雄や明倫講社を中心としながら、明治初期の俳壇の様相、教導職制度が俳人にもたらした意義など、この時代の俳壇を知ることができる有益な論文である。越後敬子には、明倫講社が出版した俳書についてまとめた「明治俳壇の一様相―俳諧明倫講社の出版活動について」(『実践国文学』四八号、一九九五年一〇月、七四〜九〇頁）もある。松井利彦『近代俳論史』（桜楓社、一九六五年八月）、市川一男『近代俳句のあけぼの第一部』（三元社、一九七五年四月）、村山古郷『明治俳壇史』（角川書店、一九七八年九月）にも言及がある。

青木亮人「『祖翁』を称えよ、教導職―明治の俳諧結社・明倫講社と『田中千弥日記』について」（『同志社国文学』七一号、二〇〇九年一二月、四〇〜五一頁）では、三森幹雄門の田中千弥（埼玉県秩父市、農業・養蚕業、俳号義村）の日記を紹介しながら、当時の三森幹雄門のあり方について言及したものである。青木亮人「『道』と『文学』―明治の『庶民教化』と子規の俳句革新について」（『国語と国文学』八七巻六号、二〇一〇年六月、四八〜六四頁）では、明倫講社における芭蕉崇拝や、庶民教化の教訓に基づく句作について述べる。

明治二六年、三森幹雄によって東京深川冬木町一〇番地に芭蕉神社が建設された。この芭蕉神社については、前出、櫻井武次郎「芭蕉二百回忌」（『俳諧史の分岐点』一七五頁、一八〇〜一八一頁）、青木亮人「三森幹雄の集金力」（『俳文学研究』四五、二〇〇六年三月、二〜三頁）、及び、大谷弘至「芭蕉神社考―芭蕉二百年忌における芭蕉神格化」（『二松俳句』二四、二〇〇六年七月、一九〜三五頁）で詳しく知ることができる。

④教林盟社

教林盟社は、明治七年四月、月の本為山を初代社長として創設された俳諧結社である。鳥越等栽・橘田春湖（第二代社長）らの協力のもとに設立。教林盟社については、市川一男『近代俳句のあけぼの第一部』（三元社、一九七五年四月）、秋尾敏「教林盟社の成立」（『短詩文化研究』五号、二〇一二年六月、縦組六〜九頁）、同「教林盟社関係新資料の紹介」（『短詩文化研究』六号、二〇一四年三月、縦組一〜五頁）がある。また、『教林盟社起原録』、『結社名員録』（注7）といった資料も備わる。加藤定彦「国風社分課の顛末―白鱗舎拾山資料から」（『連歌俳諧研究』一三〇号、二〇一六年三月、一～一五頁）では、国風社と教林盟社との関係が資料を用いて詳細に述べられている。

教林盟社における芭蕉命日例祭は「時雨まつり」として行われており、その例祭の年刊句集『時雨まつり』は、現在、第一冊～第四冊が確認できる。このうち第一冊（明治一一年一二月刊、俳句図書館鳴弦文庫蔵）は、秋尾敏・綿抜豊昭「時雨まつり　第一冊」（『短詩文化研究』五号、二〇一二年六月、縦組二九～三七頁）に翻刻される。第二冊～第四冊までは天理大学附属天理図書館綿屋文庫に所蔵されている。

明倫講社と比べて研究があまり進められていないが、これが明倫講社と教林盟社との勢力の差を表すものともなっている。

⑤其角堂永機

明倫講社や教林盟社といった結社に属せず活躍したのが其角堂永機（穂積氏）である。

其角堂永機については、越後敬子の一連の論文で詳細を知ることができる。

・「其角堂永機」（『江戸文学』二一号、一九九九年一二月、一三六～一三九頁）
・「其角堂永機の俳諧活動―幕末維新期編」（『実践国文学』七三号、二〇〇八年三月、五〇～六四頁）
・「幕末俳壇と明治俳壇の『断絶』と『連続』―其角堂永機を例にして」（『国文学解釈と鑑賞』七四巻三号、二〇〇九年三月、九二～九九頁）
・「其角堂永機の俳諧活動―明治期編」（『実践国文学』八〇号、二〇一一年一〇月、一八四～二〇一頁）

なかでも「幕末俳壇と明治俳壇の『断絶』と『連続』―其角堂永機を例にして」では、「幕末俳壇からの『連続』こそが、江戸と対立する明治の俳句を作り上げていった。」と、断絶しているこの時代の俳文学研究の意義を明らかにするものとなっている。「其角堂永機の俳諧活動―明治期編」では、永機主宰によって明治二〇年一一月二〇日から七日間、義仲寺で行われた芭蕉二百回忌取越法要、この際の法要をまとめた『明治／枯尾華』、また明治二六年に永機が参加した芭蕉二百回忌追善について記されている。

なお、永機が義仲寺で行った芭蕉二百回忌取越法要については、前述した勝峯晋風『明治俳諧史話』所収「義仲寺で七日七夜の大法要」及び、村山古郷『明治俳壇史』所収「一九義仲寺の芭蕉忌」（角川書店、一九七八年九月、六九～七二頁）にも言及がある。

また、今泉恂之介『子規は何を葬ったのか─空白の俳句史百年』（新潮社、二〇一一年八月）は、「一茶以降、子規以前の『ミッシングリンク』を解き明かす」（裏表紙）とあるように、正岡子規登場以前の明治俳壇について随筆風に記す。本書のうち「第七章老鼠堂永機 vs 正岡子規」（一四一～一五七頁）で、永機の法要について触れている。

⑥明治時代の俳書

明治時代に出版された俳書については、越後敬子の研究が備わる。

・「明治期俳書出版年表（一）」（『国文学研究資料館文献資料部調査報告』一八号、一九九七年六月、五四三～六一七頁）
・「明治期俳書出版年表（二）」（『国文学研究資料館文献資料部調査報告』一九号、一九九八年六月、二六一～三四六頁）
・「明治期俳書出版年表（三）」（『実践女子大学文学部紀要』四一号、一九九九年三月、七七～一二一頁）
・「明治期俳書出版年表（四）・（補遺）」（『実践女子大学文学部紀要』四二号、二〇〇〇年三月、一三五～一八八頁）

日本全国の各図書館に所蔵される俳書について網羅されている。

また、秋尾敏「明治俳書目録」（http：//www.asahi-net.or.jp/～cf9b-ako/haikai/meijihaisho.htm）では、明治時代に

出版された俳書が一覧で掲載されており便利である。

【注】

（1）櫻井武次郎『俳諧史の分岐点』、和泉書院、二〇〇四年六月、一七四～一八八頁。初出は「芭蕉二百回忌」（『大阪俳文学研究会会報』三四、二〇〇〇年一〇月、一三～一七頁）、「芭蕉二百回忌、補遺」（『大阪俳文学研究会会報』三五、二〇〇一年一〇月、一四～一六頁）、「升六の丁摺と『年としふり』―付・芭蕉二百回忌、再三」（『大阪俳文学研究会会報』三六、二〇〇二年一〇月、二〇～二一頁）。これらをまとめた論文であるが、『俳諧史の分岐点』では、掲載に当たり按排が施されている。

（2）『俳句』角川書店、一九七八年一一月号、後に関根林吉『三森幹雄評伝』、遠沢繁、二〇〇二年七月に序として転載。

（3）正岡子規『俳諧大要』「第六修学期第二期」（『明治の文学第二〇巻正岡子規』、筑摩書房、二〇〇一年七月、三〇五頁）。

（4）朝倉治彦編『明治官制辞典』、東京堂出版、一九六九年四月、一五五～一五六頁、及び國學院大學日本文化研究所編『神道事典』、弘文堂、一九九四年七月、一四一～一四二頁。

（5）一一兼題①神徳皇国の説②人魂不死の説③天神造化の説④顕幽分界の説⑤愛国の説⑥神祭の説⑦鎮魂の説⑧君臣の説⑨父子の説⑩夫婦の説⑪大祓の説。一七兼題①皇国国体②皇政一新③道不可変④制可随時⑤人異禽獣⑥不可不教⑦不可不学⑧万国交際⑨権利義務⑩役心役形⑪政体各種⑫文明開化⑬律法沿革⑭国法民法⑮富国強兵⑯租税賦役⑰産物製物（市川一男『近代俳句のあけぼの第一部』、三元社、一九七五年四月、八二頁、八四頁）。

（6）『俳諧明倫雑誌』は、東京大学大学院法学政治学研究科附属近代日本法政史料センター（明治新聞雑誌文庫）・東京大学総合図書館・日本近代文学館など、全冊揃いではないが比較的多く所蔵する。

（7）『教林盟社起原録』は、明治九年成、天理大学附属天理図書館綿屋文庫蔵。『結社名員録』は、明治一八年九月刊、国立国会図書館、神奈川県立図書館、舞鶴市教育委員会糸井文庫蔵。

第三章　芭蕉二百回忌追善集の諸相

芭蕉二百回忌の追善集は三〇点を越えて現存する。ここでは、注目されるものを中心に次の追善集を取り上げる。

1　最初の刊行である『**二百回忌取越　翁忌集**』（千葉）付『**寄生集**』（千葉）
2　地域にこだわる『**越のしをり**』（富山）
3　俳諧之連歌を中心とする『**奉納　祖翁二百回遠忌俳諧之連歌**』（京都）付『**花月集**』（愛知）
4　大規模な追善であった『**建碑披露／祖翁年忌　兼俳諧発句七万輯**』（京都）
5　立句を同じくする『**時雨塚**』（群馬）『**時雨蓑**』（滋賀）付『**髭婦久楼**』（群馬）
6　法事を載せる『**閑古集**』（京都）
7　活版印刷の『**子規**』（青森）
8　諏訪でなされた『**時雨集**』（長野）付『**草の餅**』（長野）
9　金沢でなされた『**清流**』（石川）『**明治廿五年俳句五百題**』（石川）
10　高点句集の『**潮かしら**』（香川）『**華橘集**』（静岡）『**琵琶湖集**』（滋賀）
11　定型追善集である『**月廼莚**』（新潟）
12　最後の刊行である『**俳諧草庵集　初編**』（東京）

なお追善集の所蔵機関等は、本書「資料編」を参照されたい。取り上げたものはすべて一冊本である。引用は、原則原文のままとするが、表記を通行の文字にあらためるなどした。また改行は「／」で示す。

第一節 『二百回忌取越　翁忌集』付『寄生集』

芭蕉二百回忌の句集としてまず取り上げるべきは『二百回忌取越　翁忌集』(以下『翁忌集』とする)である。為山の「跋文」に「此集や遠来忌のはしめに／しておいく諸好士も法恩の志／を発す事にも至らん」(傍線・綿抜)とあるごとく、二百回忌の〈最初〉の追善集だからである。それはまた以後の二百回忌追善集が『翁忌集』を意識して編まれた可能性があることをも意味する。

『翁忌集』は、木版刷、袋綴、半紙本である。旧派の標準型句集の装釘といえよう。二百回忌の追善集も大方がこうした装釘である。なお、この装釘の旧派の句集は大正時代まで少なからず見受けられる。

表紙には植物の「芭蕉」の絵が刷られている。序文にある「祖翁深川の庵に一株の芭蕉を植しより／其根海内に分れて元禄の世より今に門葉の／絶す」を示したものと考えられる。

刊記はないが序文に「明治八年乙亥十月　枕流亭一澄」とあり、また跋文に「八年乙亥十月　七十二翁　月之本老人」とあるので、明治八年(一八七五)に刊行されたと考えられる。「取越」とはいえ、明治二六年が二百回忌であるにもかかわらず、明治八年の刊行は一八年も前である。前掲『芭蕉翁追福年表』の「序文」(一八八三年四月)に「祖翁の御年忌も今年は百八十九年なれは来／百九十回の御報恩を謝し奉らん」とあるごとく、節目となる百九十回忌があることを考えれば、明治八年は、如何せん早過ぎよう。しかしながら刊年は不明だが、明治九年一〇月一二日の序文のある『翁追善草の跡集』が関山大喬によって編まれている。その序文に「二百回も近けれは遠忌を引あけ供養せん」とあり、すでにこの頃には二百回忌を念頭に浮かべる俳人たちが出てきたものと思われる。明治一〇年には竹意庵社が「芭蕉翁二百年祭典取越」を催し、『祭典集』を刊行している。

枕流亭一澄は、この早い時期に行った理由を序文に「我齢ひの古稀の上過ていつかはしれぬ露の命の／散うせぬうちにと取集たる手むけを像前に／備へしを梓に上せて同好の諸君子に送る寸志にこそ」と記す。すなわち「古稀の上」という高齢のため、いつ命を落とすかわからぬので行った、というのが理由である。十年を節目とする「百九十回忌」よりも、百年を節目とする「二百回忌」は、当時の俳人にとって特別な遠忌であったことが窺われる。十年ごとの忌は何度か迎えることができるが、五十年ごと、或いは百年ごとの忌は一生のうちに一度も迎えられないこともある、特別なものである。また日本文化は「名数」などのように、数字に「束縛」される傾向が見受けられるが、その表出の一つともみなせる。

編者の枕流亭一澄についてはは不明だが、跋文に「上総の国勝浦の一澄老人」とある。「枕流」は「漱石枕流」の故事に拠るものであろう。これは、号の一つが「漱石」であった正岡子規と知識基盤が同じであったことを窺わせる。明治一一年一二月、教林盟社は『時雨まつり　第一冊』（注１）を刊行する。これに一澄の句が載り、この時点では健在であったと考えられる。

跋文の「月之本老人」は、俳諧教導職、教林盟社初代社長の為山のことで、この跋を著した三年後の明治一一年に七五歳で没している。一澄と同世代である。なお、前掲『翁追善草の跡集』にも句を寄せており、以下のようにある。

祖翁二百年忌をとりこして／句碑を建また追福の集迄／綴出す関山喬山子の志を／随喜して

願ふたる今日の花降しくれかな／七十三齢　月之本（為山）

この他にも鳥越等栽ら有名宗匠の句があり、彼らから門下の俳人たちに伝えられるなどした結果、二百回忌のことなどが「旧派コミュニティ」に周知されると共に、意識されていった可能性があることは指摘しておきたい。

〇

『翁忌集』は、①発句、②脇起俳諧之連歌、③発句、④俳諧之連歌、⑤発句、⑥追加の発句からなる。

①は、芭蕉忌に詠まれた故人の六七句である。序文にある「取集めたる手向け」の一部と考えられる。樗良、蕪村など有名な俳人が多い。最初の句は「芭蕉忌と申そめけり三回忌　史邦」である。『芭蕉庵小文庫』には「芭蕉会と申初けり像の前」の句形で載るが、『増補俳諧歳時記栞草』（芭蕉忌）には［小文庫］と出典を記すものの「芭蕉忌と申そめけり三回忌」とあるので、『増補俳諧歳時記栞草』と特定はできなくても「歳時記」などからの引用かと考えられる。他の句の出典も同様のものがあろう。

最後の句は「於枕流亭翁会／浪音のひまを時雨の逮夜哉　見外」である。「見外」は小林見外（菊守園）であろう。卓郎、為山と並ぶ江戸の大家で、明治六年に没している（享年不明）。なお勝浦市浜勝浦本行寺の芭蕉句碑は、一澄が建立、書は見外である。二人は親交があったと考えられる。

②の表六句は以下の通りである。

人々をしくれに宿は寒くとも　祖翁
そのいにしへのしたはしき冬　一澄
酒の銘ひと手捌に弘まりて　為山
はなしのときれ待て物いふ　石叟
ころ合に成れは能澄月夜なり　春湖
こほれかゝりの萩の上風　東枝

一人一句順送りの歌仙で、立句の「祖翁」は芭蕉のことで、『芭蕉翁全伝』収録句である。芭蕉忌を連想させる「時雨」が詠み込まれており、集まった「人々」を詠み込んだこの句は、追善集に収録される歌仙の立句としてふさわしい。二百回忌の追善集の書名は、立句となった芭蕉の句に因むことが多いが、『翁忌集』は異なる。早い時期の取越のため、これを明示するために「翁（芭蕉）」を強く打ち出したものか。

③は俳諧宗匠の発句が六四句あり、引き続き各地の俳人の三六句が載る。後者の地名と句数は以下の通りである。武蔵15、下総2、ヒタチ2、下野1、奥1、大泉1、江刺1、信濃1、甲斐1、相模1、三河1、尾張1、兵庫1、紀伊1、阿波3、土佐1、石見1、長門1

次に「下総」として九句、「安房」として九句、「上総」として一五六句が載る。千葉県の近代文学資料としては看過できぬものであろう。

④は「二百回忌取越俳諧之連歌」が載る。表六句は以下の通りである。

時雨忌や西にひかしに旅の味　一澄
　歩行こし川も水かるゝ冬　有方
煤あらひ誰か古筆の跡やらん　正文
　若いうちから眼鏡して居る　藍守
釣干に柿も粉をふく月明り　茶外
　わけてしつかな松虫のこゑ　染守

一人一句順送りの歌仙で、先の「脇起」と異なり、連衆は地元の俳人である。

⑤は前書きのある発句八句、前書きが略された発句一二句である。最後は、一澄の次の二句で締められている。

義仲寺へひけて灯ともす会式哉　一澄
月花の神まつりけり十二日　〻

⑥は「追加」として「わすられぬ春か老木の梅の花　西京　芹舎」他、計九九句が載る。この「追加」では追善句以外が収録されている。掲出順に地名と句数を以下にあげる。

西京3、ヒラ潟1、トニハ2、兵庫2、ハリマ1、アハ1、トサ2、肥前1、イツモ1、ヒンコ1、肥前1、ナカサキ1、イワミ1、イセ2、尾張5、三河4、シナノ5、エチコ5、エツ中1、カヽ2、アキタ5、陸中1、［　］1、アイツ1、米沢2、仙タイ1、石ノ巻1、浪花2、伊賀1、伊世1、遠江1、スルカ2、カヒ2、伊豆3、サカミ2、上毛2、アチユ1、下毛1、ヒタチ1、下サ2、上サ1、横ハマ2、武蔵10、東京11

③と合わせると五〇余りの地から句が送られている。句を送る人たちは無論、この句集が編まれることを知っていた。刊行され、句集が送られてくれば、複数で閲覧することもあったであろうと考えると、この追善集が広範囲に知られていたと推測される。

〇

追善句には頻出する語がある。季節を成り立たせる「季語」にならっていえば、追善を成り立たせる「追善語」である。芭蕉の場合は、他の俳人と異なり、「芭蕉」の追善句であることを示す語がある。具体的には「忌」「会」を用いた「芭蕉忌」「翁忌」「時雨会」「翁の会」「芭蕉の会式」、象徴的なものとして「時雨」があげられ、その他「翁の日」等がある。先述のごとく、本集のはじめに追善句が六七句置かれており、追善句の例となるものでもある。これらの句で明らかな「追善語」がないものは以下の六句である。

霜と消てきえぬ翁のむかし哉　白雄
翁の像酢うりも袴着て拝め　曰人
祖師達の外にひとりの翁かな　読人不知
十月やけふ月花のねはん像　葛三
けふの此御斎にさすや冬扇　護物
今はむかしと聞はめてたし十二日　無説

「今はむかし」の句は他に季語がないため「十二日」を芭蕉の命日と考えて季語とみなすことになる。これも「芭蕉の追善語」の一つとしてよいだろう。「十月や」「けふの此」「今はむかし」の三句は、芭蕉忌の句と理解するには、読み手にある程度の知識を要求すると考えられるが、「霜と消て」「翁の像」「祖師達の」の三句は「翁」とあるため、それほどの知識を要求しているわけではない。

脇起の俳諧之連歌の次にある二七四句も、「芭蕉（翁）まつり」を加えると、大半に同様の語が詠まれている。詠まれていないのは以下の七句で、喜山の句以外は、前書に其角編の芭蕉追善集の書名「枯尾花」とあり、また「翁忌」とあり、句に用いられた「玉まつり」「会式」という語から追善を連想するのが容易である。なお「枯尾花」はよく用いられる「追善語」である。

雪をまつ花つみやけふの玉まつり　富水

　漕出る船も観念の跡をのこすと枯尾花に書れたり

日は小春湖上の月をすみた川　永機

　翁忌営む折からに

花売のこゝろ利たり枯尾花　等栽

やはらかき奈良茶を宿の会式かな　完鴎

露とのみ昨日は見しに草の霜　喜山

灯ひとつに気のすむ庵の会式かな　奇一

俳諧のさひやしをりや此会式　霞柳

なお、二百回忌の追善句にしか詠むことができない表現がある。「二百」である。本集には「翁忌やこゝろのこもる二百年　抱清」など全三句に詠み込まれているが、他の二百回忌追善集収録句にも屢々用いられている（注2）。

前掲の史邦の句に「三回忌」とあったように、節目となる年忌を示す語は、その折々に詠まれたと考えられるが、

「二百年」の初出はこの集に収録された句といえよう。

○

集中、「下総」に一澄が住む勝浦の俳人の句が以下のようにまとまって掲載されている。

翁忌やふける用意の炭薪　花守
翁忌や筆わからねときぬ表具　藍守
しくれ会や朝からつゝく人通り　聞外
翁忌や最合てつかふ硯はこ　吟外
翁忌や名は知人の初対面　茗外
　一澄老師の営会式に膝を並へて
しくれ忌やかれ木も山のにきはひに　月守
翁忌やつきへらしたる桑の杖　米守
こゝろかけし花も甲斐あり翁の日　幡守
翁忌やむかしへ戻る人こゝろ　黒守
芭蕉忌や国はへたてと膝合　蓮丈
時雨会やすみわたり行このなかれ　茶守
翁忌に見てもとりけり源氏の間　筆守

一二人中八人が、俳号に「守」の字を使用している。「守」がこの「連」所属ということを示すものなのであろう。「翁忌」「時雨会」「時雨忌」「芭蕉忌」「翁の日」と、五つの追善語があるが、一句を除き、すべて初句に置かれ、さらに一句を除けば切れ字「や」が付いており、七句が「翁忌」である。没個性、月並ということになろうか。

しかし、各句ではなく全体を見渡すと、芭蕉忌の句会が開かれ、防寒のための炭や句を書くための硯などを用意し、床の間には絹表具の軸（おそらく芭蕉の句）が掛けられる。杖をつく、枯れ木のような老人達も含め、続々と参加者が集まり、名前だけは知っていたが、異なる住み所のため会ったことはなく、今回初対面の人もいる、といった状況が浮かび上がる。

各句は独立したものであるが、一方で連句にも共通するような「連帯感」を持たせたのではないか。とすれば、「皆で仲良く楽しみました」という雰囲気が伝わり、それなりの意図をもって編まれたものといえよう。

○

千葉に関連して『寄生集』（架蔵。半紙本、袋綴）についてふれておきたい。

香取郡には少なからずの芭蕉関連碑が建つのだが、その一つに徳星寺（山田町小見）の句碑がある。前掲『石に刻まれた芭蕉』には「百年の気色を庭の落葉かな　芭蕉翁」「明治二十六年（一八九三）三月」とある。『寄生集』の一丁め表には徳星寺の句碑の絵が載り（「百年の景色を／庭の落葉かな　はせを」とある）、同裏には以下のようにある。

ことし祖翁の二百回忌に／当れるを以て追福を徳星精／舎に営み文生詞兄とはかり／落葉の句を境内の七色樹と／称する木の下に建て聊謝徳の／意を表するなり／やとり木や幾世の／春のかたみ草　清古

すなわち徳星寺の句碑は、二百回忌にあたり、（小久保）清古らによって建てられたことがわかる。

ただし『寄生集』は、二百回忌の追善集ではない。右の次の丁は鳳羽の序文で、「今七旬の奇齢人そか七色の奇樹と相待て集冊成れり」とあり、清古の古稀記念集である。従って芭蕉追善の句は収録されていない。

また「明治戊戌春」（明治三一年）になる清古の跋文には「友人大八木文生ぬしと謀り過る廿七年弥生の頃祖翁二百年の遠忌を此樹下に営み百年のけしきを庭の落葉かなといへる高吟を石に刻みそか裏面に事の由を附記して不朽

にそめつ」とあり、建碑の年が、先の「ことし」（明治二六年）と一年異なる。

『寄生集』は、香取周辺の俳人の句を載せ、かつて銘木として知られたという七色樹、徳星寺芭蕉句碑についての絵と記述があるという点で、貴重な郷土資料といえよう。

【注】

（1）秋尾敏他「時雨まつり　第一冊」（『短詩文化研究』五号、二〇一二年六月）。

（2）浜松市立図書館宝林山房文庫蔵『芭蕉忌并唯庵円知居士追福句集』は刊年不明だが、そのうちの「芭蕉忌献詠」に「山茶花や祖師みまかりて二百年　雨城」と「時雨会や翁の徳の二百三十年　夢跡」の句が載る。前者は「二百年」とあるので二百回忌のおりの句である。なお後者の詠者は「林夢跡」で、浜松市田町北新道住であった。

第二節『越のしをり』

越中での芭蕉二百回忌については、竹谷蒼郎『北陸の俳壇史』（一九六九年、石川県俳文学協会）に、明治二六年秋、「城端の兎文（九代目、荒木文平）と北園（十代目荒木文平）を中心に俳諧の振興が見られ、芭蕉二百年忌法会を執行、その記念句集「すぐれ句集」が出た」とある。ただし西川栄一『城端俳史と俳人伝』（一九七四年、私家版）には「芭蕉二百年祭を明治二十六年善徳寺に於いて好季庵社中主催で営んだ。この記念集「しぐれ集」が出版された」とあるように、「すぐれ句集」は「しぐれ集」の誤りである。とすれば刊行は明治二七年三月である。

また『「奥の細道」北陸路と蕉門の人々展・解説図録』（二〇〇七年、滑川市教育委員会）には以下のようにある。

風月会の活動は、明治になって、いわゆる新派である子規派の運動が、地方にも伝播していく一方で、俳聖芭蕉を崇拝し、その流れを受け継ぐ芭蕉の旧派の活動であった。俳人達はその拠り所であった芭蕉の二百回忌（明治二十六年）の供養を営むとともに、追善句集を発行することで芭風の復興と結束を図る。越中でも、浪化の因縁の深い井波では、瑞泉寺の供養会に、『ゐなみ集』が発行される。芳塢も、「なつかしや時雨のやどり翁堂」と追善句を詠んでいる。風月会でも、明治二十六年（一八九三）十二月十三日、有磯塚のある徳城寺で芭蕉翁二百年忌を執行している。（注1）

右には、発行された句集として『ゐなみしふ』があげられているのみだが、この他『越のしをり』『早稲の花』が発行されている。『しぐれ集』『ゐなみ集』『早稲の花』は寺社で催されるなどした追善の集だが、寺社名のない『越のしをり』をここではとりあげたい。木版刷、袋綴、半紙本、後見返しに「明治十三庚辰冬　盛槿社蔵板」とある。これに従えば明治一三年冬の版行となる。序文は以下の通りである。

越中の国今石動の里は元禄の／むかしより蕉風の俳諧に随喜／して世に名をしられたる人々多く／猶次々其流れを没て世々風雅の／人にとほしからすされハはやくより／祖翁の木槿の句碑ありけるを／故とし補飾して弐百年の／遠忌をいとなみ席上になれる／連句はた四方の好士よりよせら／れたる句々なと取あつめて一綴と／なしいにしへをしのふ人々に披露／せんとするに及て序詞のもとめ／ありおのれいまた其地を踏されハ／ことにこゝろもとなくハ侍れと／たゝ伝聞にまかせてたる一語を／しるしていさゝか責をふさくもの／から猶其地なつかしうこそ／明治十三年冬　花本芹舎／越中今石動／一芳書（方印・弌芳）

序文を著した八木芹舎は、二条家から花の本宗匠の号を受けた（花の本七世）、京都の有力俳諧宗匠である。序文に「おのれいまだその地を踏まざれば」とあり、一度も今石動を訪れたことがないにもかかわらず序文を依頼されたのは、地縁ではなく「権威付け」であったからであろう。

版下の字を書いた「一芳」は牧田一芳と考えられる。『小矢部市史　上巻』（一九七一年）に拠れば、一芳は野寺屋与右衛門、始め大夢、後に雪袋に師事した。明治期の今石動俳壇の中心的人物といってよい。

序文に拠り、早くから今石動にある「祖翁の木槿の句碑」を「補飾」して二百年忌が営まれ、その席上で俳諧之連歌がなされ、また四方の好士から句が寄せられ、それを編集したのが『越のしをり』であることがわかる。『越のしをり』の刊行は冬であったが、式そのものは春に行われ、集中に、雪袋の句の前書が以下のようにある。

　　花木槿はたか童のかさしかな

　てふ高唫ありける古墳を再飾／して石動の一社二百遠忌／繰上営るゝ法莚に香を捻りて

　奉るさくらを塚のかさしかな　雪袋

なお、右の「石動の一社」とは刊記にある「盛槿社」であろう（注2）。

序文の次に俳諧之連歌二巻と発句一二九句が載る。

最初の俳諧之連歌は、芭蕉の「花木蓮はたか童子のかさしかな」（『東日記』所載）を立句とする。「木槿の句碑」のかかわりで選ばれた句であろう。一人一句順送りの七二句である。連衆は以下の通りである。

一芳、雪袋、梅暁、一瀬、和翠、可節、西渓、梅遊、梅茂、芦雪、星家、花丈、琴声、文常、兎石、秋紅、梅友、素伯、秋明、可月、春洞、知広、梅琳、如儛、柳雨、西蘭、竹外、霞広、啓山、東松、月雄、可友、常刀、梅健、ちゑ女、蓬洲、石甫、晴広、竹畝、小斎、若林、雅広、一二三、茶丈、柳翠、其山、月窓、雪鴻、貫練、春隈、仙月、夏林、梅霞、可亭、雲山、南斎、祥霞、早暁、梅渓、花子、梅年、悟空、珣甫、雪堂、知風、浹堂、喜久雄、美石、大来、僧錦翠、執筆

次の俳諧之連歌も「脇起」で芭蕉の「蒟蒻のさし身も少し梅の花」（『小文庫』所載）を立句とした歌仙である。何故この句が選ばれたか不明である。「木槿」が夏なので、式の行われた春にあわせて春の立句を選んだか。連衆は以

下の通りである。太字の俳人は二句、その他は一句を詠じている。

秋紅、**一芳**、**華丈**、**芦雪**、**知広**、**兎石**、梅茂、**春洞**、**梅友**、**如仙**、**文常**、**素伯**、**梅琳**、梅遊、**星家**、可節、一瀬、西渓、梅暁、和翠、雪袋、執筆

なお追善集の書名は、最初の俳諧之連歌の立句に拠ることが多い。が、本集は異なり、地名の「越」を用いている。ちなみに『ゐなみしふ』も地名「井波」を用いている。地域へのこだわりが強いからであろうか。とすれば「蒟蒻の」の句も、旧藩主前田家の家紋が梅鉢であったこととかかわりがあるのかもしれない。

さて、次は「手向之吟」で、①各国、②加賀、③越中、④今石動の順で発句があり、次に前書のある雪袋の発句があり、最後に⑤「盛槿社」の中心をなす俳人と考えられる今石動の俳人の句があげられている。①から順に俳人名を以下にあげる。

①［西京］芹舎・連梅［イセ］素問・果樵［ミノ］竹茁［ヲハリ］羽洲・素陽［ミカハ］蓬宇・鳳岱［スルカ］十湖［エチコ］宣子女・碩字・晴雲［サト］収之［アキタ］唫風・二葉［上毛］為潟［雲水］舜岱［東京］梅年・良大・香畦女・幹雄

②［金サハ］甫立・雪鴻・笑臍・知風・聞笑・晩画・漏香・桃塢・翠山・埋笑・梅園・悟空・一景・文器・常丸・従容・超翠［小松］可幸［金石］菖吶

③［福光］半夢・布尺・素笛・たか女［高ミヤ］林泉［ツサハ］素亭［伏木新］甘湖・石甫［日□］西蘭・春漲・柳翠・雪堂・仙月［紺ヤシマ］貫練［太郎丸］一柳・霞濤［小杉］梅路・静堂・松風・芳風［中野］竹翁［戸出］碩叟・僧柳屋・其山・石遊［金ヤ本口］竹外［フク丘］栄寿［下中］松元［ハニウ］鳩石・竹窓・蓬洲［大門］山林［トヤマ］李水・麁仏・ちゑ女・松渓・半江・龍水・石丈・完石・間中・若林・常力・東波・一二三・蘭丈・夏林

④僧錦翠・月窓・祥霞・可同・悠生・晴広・南斎・秋明・雅広・啓山・東松・ふち女・柳雨・友明・琴声・霞広・竹

畝・早暁・可亭・梅健　＊僧錦翠とふち女には「七十一」と年齢が記される。
⑤一芳・知広・和翠・可節・春問・華丈・梅友・如儛・梅茂・梅暁・梅琳・兎石・星家・一瀬・西渓・梅遊・素珀・芦雪・文常・秋紅

〇

序文にみられる「木槿の句碑」について述べる。

俳書で「祖翁」とあれば、それは「芭蕉」である。従って「木槿の句碑」とは、『越のしをり』のはじめにある俳諧之連歌の立句であり、芭蕉の句である「花木槿はたか童のかさしかな」が刻まれた碑のことである。

前掲の序文や雪袋の句の前書から、「木槿の句碑（古墳）」の修復がなされ、その披露の際に、芭蕉の二百年忌の句会が合わせてなされたと考えられる。「木槿の句碑（古墳）」は、現在、小矢部市の城山公園にある。

「木槿の句碑」が何時建てられたかは不明である。『小矢部市史　上巻』には以下のようにある。

「花むくげの句碑」を誰がいつ建てたかはっきりしないが、一説には享保のころの本陣であった酢屋方堅がたてたとも言われるが、確証はない。方堅は元禄時代の俳人であり、本陣を仰せ付かった程であるから、財政的にも恵まれていた。『東西夜話』の記事を読み、この碑を建てたのであろう。

『東西夜話』の記事とは以下のものである。

裸子の木槿の花もちたる画の賛に
花むくけ裸わらはのかさしかな　はせを
従古亭に此かけ物のかゝりて侍りしに、むかしの翁もなつかしく、法師も亦その絵に題して
裸子よ物着はやらん瓜ひとつ

「花木槿はだか童のかざしかな」の句は、延宝八年（一六三八）秋の詠とされ、言水編『東日記』に載り、今石動で

詠じられた句ではない。しかし、芭蕉がこの地で詠じたという伝承があった（『ゐなみしふ』）。その伝承が生まれる背景には従古が所持していた掛け物（注3）があったと思われる。芭蕉没後、芭蕉が俳聖として敬われ、慕われるにともない、その旅を追体験したり、その遺物等をたずねたりする俳人が出現してくる。今石動の掛け物も、『東西夜話』に記され、多くの俳人たちに知られていたであろうし、当然それを見せてもらいに来る俳人がいたことも推測される。こうした俳人らに掛け物の伝来を語る過程で生まれた伝承と想像している。

『小矢部市史　上巻』に拠ると、「従古の許にあった「花むくげ」の幅は、その後戸出の俳人康工の門人隻々舎玉可の手に渡」る。享保年間（一七一六〜三六）に方堅が建てたとすると、康工（一七七九年没、七九歳）の活動時期からして、掛け物はまだ今石動にあったと考えられる。建立に関しての資料が現存しない以上あくまでの憶測の域をでないが、『東西夜話』に記された「花むくげ」の幅が、今はないが、かつてあったことを記念するために、後の人によって句碑の建立がなされた可能性も考えられるのではないか。

また『小矢部市史　上巻』に蒼虬が「木槿塚に遊んだ時／秋のなかめ終には松にもとりけり／と吟詠した」とある。とすれば、遅くとも天保頃までには建てられていたことになろう。ただし、『化政天保俳諧集』（一九七一年、集英社）所載「訂正蒼虬翁句集」に拠れば、右の句の詞書に「木槿塚に遊んだ」とはない。

○

『越のしをり』には、

二百年おくれて花を手向かな　　たか女

あけ暮て梅はかをるや二百年　　鳩石

といった、芭蕉二百年忌ならではの句が収められ、

芭蕉忌や手向ならさる物もなし　　十湖

と明らかに「芭蕉忌」を詠み込んだ句もある。また

野や山や咲あふ花は皆手向　　唫風

といった、芭蕉二百年忌と具体的にはないものの年忌を詠んだ句もある。その意味で、『越のしをり』は二百回忌追善集である。ただし句碑のことも合わせて考えなければならない。今石動での遠忌が一三年も早いのは、単に先を争ったからではなく、句碑の「再飾」の記念と合わせて行ったからであろう。そのため中心となるのは「花むくげの句碑」をふまえたものになったと考えられる。

春雨の洗ふひかりや碑の面　　碩字
又更に芽の香はしめや木槿塚　　幹雄

といった句碑や塚を詠んだもの、また句の言葉を用いた

聞伝ふ里や目につく花木槿　　連梅
かさりなや花の陰くむ水の音　　果蕉
月雪のかさしやけふの花木槿　　羽洲

と「花木槿」「かざし」あるいはその両方が詠まれた句が寄せられている。

なお、こうした「挨拶句」は『越のしをり』に限ったものではなく、他の追善集にもみられる。一例をあげると、越後でなされた『月硒莚』（後出）には「細道の果は越路や初しぐれ　樹山」の句が載る。「地元外の人が郷土のことを詠んだ句」といった観点でみれば、二百回忌追善集は注目すべき郷土資料である。

【注】

（1）子規が「芭蕉の俳句は過半悪句駄句」と述べた「芭蕉雑談」が『日本』に掲載されたのは明治二六年一一月のことであり、ここか

らはじまる子規の俳句革新の仕事に拠って短期に新派・子規派の勢力が形成されたわけではない。明治二六年当時は、芭蕉を俳聖として仰ぐ俳人が多数をしめていた。「復興」が「前の繁栄の状態に引き戻す」という意味であれば、二百回忌の供養や追善句集の発行を「芭風の復興」とする点は疑問である。むしろ近世後期の延長線上にあるとみるべきであろう。

（2）「盛槿社」について詳しいことは不明。明治三五、六年頃、桜井兼香が主宰となった「木槿俳壇」は、機関誌名が『花木槿』であることから明らかなように、芭蕉の「花木槿」の句による。「盛槿社」も同様か。

（3）従古所蔵の「花むくげ」の掛け物については、『芭蕉全図譜』（一九九三年、岩波書店）にも解説があり、また『小矢部市史　上巻』には以下のようにある。

従古の許にあった「花むくげ」の幅は、その後戸出の俳人康工の門人隻々舎玉可の手に渡り、さらに天保のころ井波へ移った。その間に方々から来た俳人がそれに多くの句を寄せている。

散りもせず木槿は月の翁草　玉可
裸子の涼しきかげや絵のすさみ　夫木
この木槿風雅の末のかほと花　蚕臥
人の手にありて久しき花木槿　雪雄
たやすくは下にも置かず木槿かな　千崖

『東西夜話』に、花むくげの句は色紙の掛幅であったようであるが、後に芭蕉の弟子の杉山杉風の描いた翁の肖像画の上にその色紙を帖り付けて掛幅に仕立てた。

『ゐなみしふ』によると、明治二七年一〇月一二日、「瑞泉精舎」で、芭蕉翁黒髪塚二百回遠忌の正式俳諧百韻興行された際に、「井波の岩倉氏」に伝わっていた「花むくげ」の軸が床の間に飾られたとある。この会の担当者は、宗匠—羽洲園羽洲、幹事—大谷美杉、脇宗匠—暮柳舎甫立・素桂・板倉嵐江、執筆—宇野波山・岩倉翠竹・大谷星石・泉谷北英、香—宇野井里、花—大谷星石、座見—杉本柳雲、板蔵秘芳、岡部成竹とある。

第三節　『奉納　祖翁二百回遠忌俳諧之連歌』付『花月集』

旧派の俳人たちは「俳諧之連歌」をよく巻いた。その意味で注目されるのが『奉納　祖翁二百回遠忌俳諧之連歌』である。俳諧之連歌六巻を収録し、発句は巻末に九句を収録するのみである。木版刷、袋綴、半紙本で、後表紙の見返しに御摺物師馬場利助の印がある。馬場利助は旧派の俳人の句集をよく手がけている。巻尾に「明治十七年四月」とあり、これが刊年であろう。九年ほどの「取越」となる。

序文は、前掲『越のしをり』の序文を著した芹舎がなしており、以下のようにある。

祖翁の遠忌にあひ奉るもことしふたゝひなる／ものからいたつらに馬齢をかさねし／甲斐もありけりといとかたしけなし／されは旅に病て夢は枯野をかけめくる／とありし其世のさまも思はれ侍りて／そゝろに懐旧の情に袂をうるほす／八十翁　芹舎／

花の香やけふのこゝろにしみわたる／連梅書

「遠忌にあひ奉るもことしふたゝひ」とは、明治一七年に二度目の遠忌にかかわったということであろう。また次に「十七字中妙芭蕉翁／後誰遺韻今猶在／一蛙投古池／五岳　雪也書」とある。芭蕉の「古池や蛙飛び込む水の音」をふまえたものである。他の二百年忌追善集収録句にも、この句をふまえたものが少なからずある。

この後から俳諧之連歌が収められる。一順を以下にあげる。

①「脇起独吟」（歌仙）

初さくら折しもけふはよき日也　　翁　　（『芭蕉翁全伝』所載）

ふむもうれしき雪解の道　　雪也

②「脇起独吟」（歌仙）
しはらくは花のうへなる月夜哉　翁
　帰る名残を啼つれる雁　雨水
（『初蝉』所載）
③「脇起」（歌仙）
暫くは花のうへなる月夜哉　翁
　谷のきゝすのはしり出て啼　石友
爐ふさきを来合す人の手伝て　可梁
　もらうた箱の菓子は其まゝ　素雀
④「脇起独吟」（歌仙）
永き日を囀り足らぬ雲雀哉　翁
　おひ〳〵連の聴る野遊ひ　凌冬
（『続虚栗』所載）
⑤「脇起」（歌仙）
山路来て何やらゆかし菫草　翁
　猶色深き春の水海　卜斎
はつ□いそかしさうにひらめきて　如水
（『甲子吟行』所載）
⑥「脇起独吟百韻」
春もやゝけしきとゝのふ月と梅　翁
　けふものとかに暮る里々　連梅
（『続猿蓑』所載）
次に「手向」として以下の句が載る。

道は猶開け行世や花の蔭　　雪也
ひれふすや世に匂ふ此花のかけ　　雨水
汲めと香の尽ぬよ花の下流れ　　石友
逢ふ事の又なき花の供養哉　　可梁
すゝみ出ていたゝく花の雫かな　　素雀
花の香の深し見上るけふの空　　凌冬
猶慕ふ道の栞や花の蔭　　卜斎
花の香やものなつかしき檜笠　　如水
尊しとけふこそおもへ匂ふ花　　連梅

掲載された俳諧之連歌の立句はいずれも春のものである。また序文の芹舎の句および最後の一〇句すべてに「花」が詠み込まれている。春に行う追善なので自句は春を詠み込み、「芭蕉の春の句を立句とする俳諧之連歌」といった条件が提示されたのであろう。先にも述べたように芭蕉は花本神社にまつられ、芹舎は花の本七世である。

書名には「奉納」とあるが、どこに奉納されたかは不明である。可能性としては、三月一二日に芭蕉の追善会が催され、『花供養』が刊行されているので（注1）、京都東山の芭蕉堂が考えられる。

〇

「しはらくは花のうへなる月夜哉」の句は、『奉納　祖翁二百回遠忌俳諧之連歌』では二巻の脇起俳諧之連歌の立句となっている。「花」と「月」が詠み込まれており、「ハレ」の場にふさわしい句として旧派俳人に人気があったと推測される。この句を立句とした脇起俳諧之連歌が収録されたのが『花月集』である。刊記は「文音所　尾張国丹羽郡布袋野町　芭蕉堂」とあるのみだが、その前に「明治廿六年巳三月十二日　雨読庵書」とあるので、明治二六年の刊行とみてよいだろう。最初に「椿渓」の「芭蕉像」の絵があり、続いて豊屋素陽の次の序文がある。

一刀三礼にあらす浄石一唱して美濃の国関の／里なる老俳露牛坊祖翁の尊像を香木をも／て刻みわか尾張北地社中に贈らる今年祖翁二百／回の遠忌なれは市外の松林に小堂を新築して／これを安置し猶花の盛りなれは込花の詠草を／諸家に乞受花月集てふさゝなる折りものをして／手向草とはなしぬこの地の眺望月花に乏しからす／ころしも菜花五形の莚を引はへ雲雀蛙の声は朝夕／の読経に模ふに似たりこの地俳諧の道場とし将／諸国行脚の頭陀を休るの草堂とはなしぬ願くは海内／唫客とひろく交際をねきらひ当社の風雅なかく繁茂せん事を祈なり今月今日社輩集会大徳の僧／侶を招待し大法会を執行奉らぬこゝに惟るに風雅の／流れに浴し遠き貳百回忌に値るは実に因縁の大／幸福有かたくも忝もこのうへあらしと感涙の袂を／しほり拙き筆をとり霊前にさしおく／事しかり／豊屋素陽叟

美濃国関の里の老俳露牛坊が香木で芭蕉像を彫り、尾張北地社に寄贈、北地社は二百回忌に因んで小堂を新築、芭蕉像を安置すると共に、花の盛りの時期なので、諸家に花を詠み込んだ詠草を乞い、それをまとめたのが『花月集』であったことが知られる。文音所にある「芭蕉堂」は、この際に建てられた堂のことと考えられる。「花」を詠み込むとはあるが、「月」を詠み込むとはないにもかかわらず書名が「花月集」であるのは、序文の次にある脇起俳諧之連歌の立句が「しばらくや」の句であることと関係しよう。また一澄が「月花の神まつりけり十二日」の句を詠じている（前掲『翁忌集』）。「花」「月」を風雅の象徴とし、芭蕉をその神とする意識が旧派の俳人たちにあったということである。なお収録された発句のすべてに「花」や「桜」が詠み込まれている。

本書の大きさは縦一七・二糎、横一三・六糎で、序文に「折りもの」とあるように、折本仕立てである。二百回忌の追善集では珍しい装釘である。同じく序文に「雲雀蛙の声は朝夕の読経に模ふに似たり」とあるが、お経に見立てたという憶測もできようか。

脇起俳諧之連歌は、立句以後、一人一句順送りの歌仙である。晴耕、素陽、花道、露牛坊と続き、挙句前は尾張の羽洲が「仰く花元禄からのさきつゝき」と詠じ、また羽洲は各国からの句でも

三郎孫六なとのきたひたる名刀のありしにや／祖師の尊像を刻て北地社におくられしを拝して／今もなほ花に翁の笑顔哉　羽洲

と、見事な挨拶句を詠じている。晴耕については不明だが、本書の最後にあげられた句も晴耕の詠で、北地社で重要な位置をしめていたことが知られる。なお本書を筆した「雨読庵」は、「晴耕雨読」とかかわるか。とすれば晴耕の庵号だったかもしれない。

次は各国から送られた句である。順に国名と句数をあげる。

東京12、武蔵3、相模2、下野1、上野3、常陸・岩代・甲斐・陸奥・陸中は各1、羽後2、越後12、越中4、能登7、加賀5、越前5、近江1、美濃2、信濃5、三河3、遠江3、駿河2、京都5、伊勢4、大阪10、播磨2、美作2、出雲4、因幡2、阿波5、讃岐2、備前4、備中2、安芸3、豊前1、豊後2、筑後1、伊予2、長門3

句数は少ないが、東北から九州まで広範囲である。

次から関係地域になり、美濃の関9、名古屋27、北地社中50句である。

二百回忌の追善集の構成としては標準的なものであるが、「花」を詠じたものにしている点、折本仕立てである点などは特徴としてあげてよいだろう。

【注】

（1）「花供養」に関しては、立命館創始140年・学園創立110周年記念アート・リサーチセンター連続展覧Web展覧会「花供養と〃京

都の芭蕉〟」http://www.arc.ritsumei.ac.jp/event/arc10/webexhi/101101/hanakuyo.html を参考とした。

第四節 『建碑披露／祖翁年忌　兼俳諧発句七万輯』

塩尻青笳『岡山の芭蕉』（一九七二年、天山発行所）に「明治二十六年は芭蕉の二百回忌で、それを記念して二十二年から発句十万句輯を企てたと、西村燕々氏は二百五十回忌記念に書いてある」とある。それより一年前の明治二一年、京都の早苗社は、二百年忌追悼および建碑披露を催した。あわせて「俳諧発句十万輯」を企画する。二百回忌関連で最大規模のものといえよう。投句募集の公告は、「甲題」と「乙題」の二種類がある（各一枚刷）。「甲題」は撰者として早苗社関係の俳諧宗匠が、また「乙題」はその他の俳諧宗匠があげられている。

「甲題」からみていくことにする。右端に「芭蕉翁二百年忌追悼／俳諧句碑建築披露　兼俳諧発句十万輯」とあり、その下に「各上座丁摺／表紙附美本ニ仕立／各呈上ス」とある。「句碑」についての具体的説明はなく、「上座」の何句が掲載されるかについても記されていない。しかし、後述のように入花料金や賞品の記述は詳しく書かれている。何を広告として訴えたかったたかが窺われる。

左下には以下のようにある。

催主／早苗社／仝支社

事務当直／林羽光／井上龍陽／川島花酔／山本亀楽／藤川藤仙／武田亦閑／梅川茗月

清記／山下楽水／広田蕾／飯田花山／大島魁／坂倉竹芝

集記／松坂松月／田原幸介／鈴木眉八／松居撫山

補撰／田毎社
補助／府内諸玉社

左端には「大補　諸国貴玉社　玉詠投込惣集所／京都一条通松屋町西入黄雲亭裡／早苗社」とある。「黄雲亭」とは「稲雄」のことで、早苗社は稲雄を中心とする結社である。
中央下に以下のようにある。

配題　一月十五日／清記始　二月十五日／初〆切　二月廿五日／次〆切　三月廿五日／惣〆切　四月廿五日／
開巻　五月廿六廿七両日／席　東山牡丹圃

何年とは記されていないが、後述のように明治二一年に催されている。この広告は遅くとも明治二〇年の暮れから翌年一月初めに配布されたと考えられる。
「入花」料については右下に以下のようにある。

五十句以下　金四十銭／百句　六十銭／二百句　壱円／五百句　貳円
右必ス御添ヲ乞不添ハ清記ヲ除ク／郵券代用壱割増可成ハ小為替書留／便御送付ヲ乞依テ送費ノ半額弁簡／送金ノ内ヨリ引去リ御遣シ可被下猶／送金壱円以上ハ直ニ受取書ヲ送呈ス／但シ百以上御出詠之諸君ヘ芭蕉翁／千句集表紙附新板壱部特別進呈ス

これに対して、撰者によって賞品は異なり、整理すると以下の通りである。

黄雲亭稲雄
首一　絹表紙付桐箱入美巻納　染木綿二十反　添軸へ染金巾十五反
三　染木綿十反
四〜十　染金巾十反

十一〜二十　　染木綿五反
二十一〜五十　染金巾三反
五十一〜百　　染木綿二反
百一〜百五十　染金巾一反
百五十一〜二百　別染手拭五筋
二百一〜五百　極美景

橋月庵鯉友・菁莪堂白悠・松之家糸雀・船遊舎芦雀

首一　　絹表紙付美巻納　染木綿五反　添軸へ染金巾三反
三　　　染木綿二反
四〜五　染金巾一反
六〜十　別染手拭五筋
十一〜二十　別染手拭二筋
二十一〜百　美景

花橋庵柳枝・菊翠園以徳・閑雅亭月郊

首一　　絹表紙付美巻納　染金巾五反　添軸へ染木綿三反
三　　　染金巾二反
四〜五　染木綿一反
六〜十　別染手拭五筋
十一〜二十　別染手拭二筋

二十一〜百　美景

卍字窓指月・霊水庵金谷・観翠園魯心

首一　絹表紙付美巻納　白木綿三反　添軸へ白木綿二反
三　白木綿一反
四〜十　別染手拭半反
十一〜二十　別染手拭二筋
二十一〜百　美景

あふち庵稲処

首一　絹表紙付桐箱入美巻納　軸ェ宗匠染筆画賛絹表紙付軸物箱入一幅
三　宗匠染筆半切表装付箱入一幅
四〜十　宗匠染筆半切表装付箱なし一幅
十一〜二十　宗匠染筆短冊四季一組
二十一〜三十　宗匠染筆半切一葉
三十一〜五十　宗匠染筆短冊一葉
百一〜百五十　染金巾一反
百五十一〜二百　極美景

○

次に「乙題」をみる。右端に「祖翁年忌／建碑披露　兼ル句輯之余興」とある。

締め切り等については「〆切／開巻　期日都テ甲題之通リ」とあり、「入花」料については以下のようにある。

一題一句吐五十句一組金五十銭／但し甲題十万輯ェ百句以上／出詠之諸君ハ入花半額／各評丁摺呈上

「甲題」よりも「入花」料が高いのは、外部の撰者であるからであろう。撰者は以下の通りである。

［京都］花廼本芹舍、枯魚堂魚水、甘泉亭峨暁、芭蕉堂楓城［東京］香楠居幹雄、宝屋月彦、夜雪庵金羅、雪中庵梅年、前其角堂永機［大坂］黄花庵南齢、八千房流美、寸松庵梅枝、無事庵鳶笠［尾張］第一楼甫、竹意庵酔雨［伊勢］蝸牛庵蔵中［参川］呉井園蓬宇［遠江］年立庵十湖、無声居蕙畝［駿河］松之家守節［甲斐］智徳堂竹良、梅庵白隣［伊豆］瀧の本連水［近江］無名庵乍昔［美濃］揶々庵碌翁［陸前］香昇庵甫山［羽后］弄月園唫風［真風舎］桑月［箱館］孤山堂無外［越前］江畔園菊堂［能登］嘉猷軒守朴［越後］雪廼本逸我［因幡］自足庵芳盛［美作］看雪庵冬青［備前］万草園凉々［周防］香租園弘美［安芸］多賀庵由池［周防］花田庵半香［長門］装春園梅宿［阿波］鸚鵡館史白、松の本菖渓、綾西館たけ雄［讃岐］煙石堂芭臣［土佐］掬翠園松塘［豊前］蕉雪庵瓢舟［豊後］松風舎乙人、花儒園嶷北［筑後］掲月軒花庭［長崎］時雨庵秋兆

賞品については以下のようにある。

各首一巻納　軸ェ宗匠染筆本金砂子短冊壱葉ツヽ呈
猶五十句一組詠草之内各抜萃の点を合算し其点　第一ェ各宗匠染筆短冊五十枚一組／箱入壱個并ニ緋縮緬壱反添　第二ェ仝短冊壱組筥入一個并壁羽二重羽織地壱反添　第三ェ／仝短冊壱組筥入壱個并染紬羽折地壱反添　第四ェ染金巾三反　第五ェ染木綿弐反　第六ヨリ／第十迄染金巾壱反ツヽ　第十一ヨリ第廿迄別染手拭五筋ツヽ其余五十番迄美景ヲ呈上ス

○

先にみたように「甲題」に、「但シ百以上御出詠之諸君ヘ芭蕉翁千句集表紙附新板壱部特別進呈ス」とある。右の「芭蕉翁千句集」について架蔵本に拠って述べておきたい。

木版刷の小本、袋綴である。巻首に「芭蕉翁発句／千句輯／黄雲亭稲雄手録編」とある。「序文」は稲処で、以下のようにある。

頼氏か芭蕉翁の讃に十七文字開／別天と宜成かな翁の正風久方の／空に靡きはせを葉の下陰に遊ひ／高徳を慕ふの余りこたひ二百年忌も／遠からす迚報恩のため東山真葛原に／句碑を建猶翁在世の高吟千句集を／編て世の好人に贈り永く余光を仰奉らんと／稲雄か無量の発願是そいよ〳〵道の／栄ふるしるし成へしと其志の厚を感し／嬉しさの侭を書て序に換ることしかり／

明治廿一年の春　七十五齢　あふち庵老人

跋文は稲雄で、以下のようにある。

祖翁の高吟を慕ひとしころ／手録せしに千句となりぬよつて／二百年忌執行に際し集冊と／なし世に広くすされと見聞を／よせしのみなれはたかひたるも／あらんか識者の便を待て正す事とす

明治廿一のとし／花洛西陣一条にすむ／黄雲亭稲雄（いなを）

架蔵本には後表紙見返しに次の墨書がある。

此冊子ハ明治廿一年子ノ四月当年／祖翁様の弐百年忌ニ付発句奉額／題帋ヲ余り出吟致候所百句以上出吟之／方へハ此千句集差送る規則也と有て／差被送候なり／持主　山海子

若御望み有て御覧之御方ハ／一覧済次第御戻し之程別而／念入祈り上候なり

右の墨書により、送られたものが同好の士に回覧されていたことが知られる。

〇

早苗社としては十万句をめざしたが、結果として集まったのは七万句であった。そこで句集は「建碑披露祖翁年忌兼俳諧発句七万輯」と題された。これまで特に注目されることはなかったようで、鹿島美千代が以下のように述べている他に（注1）、特に取り上げられたことはないようである。

これは京都東山真葛原に芭蕉・其角・嵐雪・現今諸家の句碑建碑に係る披露と芭蕉二百回忌取越追善を兼ねた高点句集である。本集は句碑建碑の資金を募るために企画され、黄雲亭稲雄をはじめとする全十一名の宗匠が名を連ねている。後半に『余興／内国五十評』を付している。これはあふち庵稲処をはじめとする全五十名の宗匠による高点句集であり、この宗匠らの中に以哉派道統第十七世の碌翁も含まれている。

芭蕉二百年忌で、複数の有名俳人の建碑披露と兼ねて二百年忌が行われる例は珍しい。その意味で注目すべき句集と思われる。

共紙表紙に以下のように刷られている。

建碑披露祖翁年忌　兼俳諧発句七万輯／丁摺

企　京都黄雲亭　早苗社

「黄雲亭」は、ここでは「稲雄」のことである。「稲処」の俳号でもあった。

全四五丁のうち「遊び」が半丁もなく、刊記が後表紙に以下のように刷られている。

明治廿一年五月廿六廿七両日／洛東円山の麓真葛原／牡丹畑席にて開莚

文音所　京都一條通松屋町西ェ入／黄雲亭　早苗社

表紙及び後表紙から企画・文音所は「早苗社」、出版地は「京都」となる。

刊年は不明だが、「開莚」の後とすれば、明治二一年五月二七日以後となる。遅くとも「開莚」後数ヶ月のうちには刊行されていたと考えられる。

ただし「開莚」とは、七万余句の中から選ばれた七〇〇余句の披露のことである。その当日、参加者に配布するために本書が刷り上がっていた可能性も指摘できよう。

表紙見返しには建碑の地「真葛原」と思われる絵が刷られている。真葛原は、現在、円山公園があることで知られるが、明治二一年当時のままではなく、整備された地域である。整備のおりに処分されたのであろうか、明治二一年に建てられたこの碑は現存しないようである。

全体の構成は以下の通りである。

①本評　稲雄　一四丁分　四二九句
②副評　鯉友他　五丁分　一一〇句
③別評　稲処　二・五丁分　五八句
④内国五十評　二四・五丁分　五三九句

○

一丁表に、稲雄の序文が以下のようにある。

芭蕉翁の高徳を慕ひ古池の流れを汲庵を構へ机を／立て初学の誘導をなすの徒少なからす予も其数に入る／故にこたひ京師の勝地真葛原に　祖翁并ニ其角嵐／雪両先哲の句碑と現今諸家の句碑を建後人この／道に入る一端ともなさん事をおもひ起せしに門人挙て／賛成なしその披露と二百年忌取越追悼を兼る句／輯を催せしに纔一百日にして七万余の芳吟集りぬ諸国俳諧の／盛んなるもおして知るへしそか中七百余声を撰挙／してけふ開莚のあるしとなる歓喜の意を表する為挙に／替へて茲に誌す事しかり

夏山や雲の中ゆく水のおと

明治廿一のとし五月念七日　花洛　黄雲亭主人

右に拠ると句碑建立と芭蕉二百年忌取越追悼を兼る句輯の編纂が目的で句を募集し、百日間で寄せられた句が七万余句、うち一〇〇分の一の七〇〇句余りが撰ばれた。その撰ばれた句のうち三九九句が「序」の次に記される。八五句めと八六句めの上に「右百五十内／以下前同名ヲ中略ス」とあり、一〇六句めの上に「二百番句」とある。居住地名は以下の通りである。掲載順に初出の表記で記す。片仮名表記のものがあり、例えば「アハ」は「阿波」と「安房」の可能性があるので、片仮名のまま表記する。

因幡、土佐、京、ムサシ、ノト、日向、近江、美作、アハ、ヒタ、カハチ、サヌキ、ナダ、札幌、大坂、周防、フンコ、キイ、青モリ、シナノ、丹波、越后、長サキ、スルカ、岩代、サカミ、備前、出雲、越中、摂北、小樽、イヨ、川内、ハリマ、東京、和泉、堺、ヒセン、伯耆、イナハ、羽后、岩見、遠江、美の、カヒ、羽前、備中、豊前、長門、ヒタチ、ツカル、ヲワリ、筑後、陸中、伏見、陸前、後志、下毛、三川、函館、伊豆、仙タイ、大和、嵯峨、ワカサ、上毛

右のように北海道から九州までの六六の地域名がみられ、全国的に句が寄せられたことが窺われる。

副評は、稲雄に近い一〇名の評者がそれぞれ一〇句撰び、追加として評者の句を載せるものである。以下に評者とその句をあげる。

橋月庵鯉友　その流れ汲て涼しき心かな
菁我堂白悠　花に月袂引かるゝおもひかな
松の家糸雀　碑は道の栞りそ草は茂るとも
船遊舎芦雀　月涼し真葛か原の人通り
花橋庵柳枝　紫陽花やよき水のゆく咲処
菊翠園以徳　碑のたつはあれと若葉を教へけり
閑雅亭月郊　古池の流にすたく蛙かな
卍字窓指月　碑のうへに立派なさくらかな

霊水庵金谷　大空の花に押さるゝ曇りかな
観翠園魯心　また奥に花もあろふそ不如婦

以徳、指月の「碑」は建碑の「碑」である。

月郊の句の「古池の流」は、芭蕉の「古池や蛙飛び込む水の音」をふまえている。先の稲雄の「序」の冒頭にある「古池の流れ」と同じことをいっており（注2）、芭蕉の門流であることを示す。鯉友の句の「その流れ」も同様であろう。柳枝の「よき水」も「古池」の句の縁と考えられる。

また、芦雀の「真葛か原」は建碑の地である。白悠、金谷、魯心の句の「花」、指月の「さくら」は、後述の稲処の「序」に「此地や花にゆかりも深く」とあるように、建碑の地が花の名所であることに拠ろう。建碑を念頭に詠まれた「挨拶句」としては、それなりのものとなっていると思われる。

別評は、「あふち庵老人」すなわち稲処の「序」から始まる。以下のようにある。

芭蕉翁は元禄七年の十月十二日浪花に遷化したまひしより／頓て二百年近き星霜を経たり此道に心をよせる輩幾／万人皆翁の高徳を仰き哀慕し奉るその中にも稲雄は／殊に志厚くいかて万分一の報恩を謝し奉らんとこたひ観音／の甍見やりつと吟し給ふ東山の裾なる鶴の林に高吟の碑／を建築せんことを発願なす此地や花にゆかりも深くして山は／唯青山雲は唯白雲の禅意にもかなひ真葛か原の誠そ京／師の勝地なりけり是に随ふて十万の句唫を集むるに／日限纔にして海山隔つ遠き国々より出詠おくれたり／されと七万余吟あつまりぬあな歓はしく稲雄を助けて／老の身のまめやかに句撰をなして猶此道の弥栄へに／さかへんことを祈る事しかり

明治廿一年といふ五月末の五日／あふち庵老人

右から、建碑のうち芭蕉のものは「観音の甍見やりつ花の雲」の句が刻まれたと考えられる。また十万句を募集したが七万余句しか集まらなかったことが知られる。

序の後に「別評」として稲処の撰じた句が五七句と、追加として稲処の句が一句載る。

二一丁裏に「余興／内国五十評／丁摺」とある。先にあげた、三二の地域から五〇名の撰者がそれぞれ題によって詠まれた一〇句を撰び、追加として評者の句を載せるものである。

○

『建碑披露祖翁年忌兼俳諧発句七万輯』の収録句の特徴の一つは、芭蕉二百回忌を明らかに詠んだ句がないことにある。黄雲亭稲雄撰の最初の二句は以下の通りである。

秀逸　若水に曇らぬ空の移りけり　因幡　如洗
軸　氷る夜も有かとおもふ清水哉　土佐　如竹

如洗の句は新年のあらたまった気持ちが伝わり、如竹の句はこんこんとわき出る生命力を感じさせる句ではあるが、芭蕉二百回忌の追善の句とはいいがたい。また

福引や勤めて居わる作男　札幌　西湖
此日和なら賑ふそ人丸忌　其龍

は明らかに芭蕉追善の句ではあるまい。

こゝろまて濡るゝ時雨の会式かな　サヌキ　一夜
翁忌や小間に時雨る釜のおと　ハリマ　麦酒

このような時雨忌の句はあるが、これも芭蕉二百回忌の句と限定できるものではない。

こうしたことから芭蕉二百回忌は意識したにしても、主たるものはあくまでも建碑であったと考えられる。

なお稲雄の場合は、芭蕉の句碑にとどまらず、其角と嵐雪の句碑を建立したところに独自性がある。おそらくは、関東の其角の門流と嵐雪の門流（雪門）を意識してのことと思われる。芭蕉の句碑に刻まれた句は江戸で詠まれたも

のであり、「真葛原」は謡曲「隅田川」に登場する。

しかし採録された関東圏の俳人の句は決して多いとはいいがたい。ただし実際に関東から多くの投句があったにもかかわらず選ばれた句が少ないのか、投句が少なかったのかは不明である。

また収支決算報告書が残っているわけではないが、七万余句の投句の中から一％の句しか選ばず、しかも副評をした宗匠の句がその中に多く含まれていれば支出も限られるであろうから、それなりの利益があったのではないか。

『建碑披露祖翁年忌　兼俳諧発句七万輯』は、西京の俳諧宗匠が其角・嵐雪の門流の俳人を取り込もうとし二人の句碑を建て、さらに芭蕉二百回忌も利用した事業と位置づけることができよう。それは目標の十万句には届かなかったものの七万句を集めることができたという点で、まずまずの成功をおさめたといえようか。


【注】

（1）「明治期における美濃派―芭蕉二百回忌を中心として」（『桜花学園大学人文学部研究紀要第』一三号、二〇一一年三月）。
（2）稲雄の序文末の句の「水のおと」も「古池や」の句をふまえたものと考えられる。

第五節　『時雨塚』『時雨蓑』付『髭婦久楼』

しぼのある白色の厚手の紙に金紙を散らした表紙、中央に赤色の紙の題簽が貼られ「時雨塚　全」とある二百回忌の追善集がある。最初に句碑の絵が載り、「初しくれ／猿も小蓑を／ほし気なり　芭蕉／西岡恭洲謹書」とある。また集中に以下の前書きのある句が載る。
梅花園恭洲雅君の丹誠にて／翁の句碑落成せしをきゝて
額つくや塚のしくれの二百年　伊勢　蔵中
猿に小蓑を着て俳諧の神を／入給ふといふ高吟を石に鐫りて／後生の初心に魂を入むといふ／恭洲老人の道に切なるを愛て
時雨るゝを魂なれや庚申寺　三木雄
元禄の昔より祖翁の徳を慕／ひ跡を追ふは人皆よくする処／にしあれと爰に我友恭洲西／園ぬしは忌辰二百年の吊／祭を表せぬか為墳を築句／碑を建て尚集をさへ編みて／其徳を広からしめむとす此美／挙や他には一歩も譲らすと／いふへきものにこそ
かくはしや世に一曠の初しくれ　桑古
梅花園の主は年頃俳諧の道／に心を脩めて其角か花やか／なるをもいなます丈草か閑な／るをもきらはす猿も小蓑を／ほし気なる初しくれの情をくみ／て今その時雨塚をいとなみ／けるを悦ひて
我もいさ小蓑手向む初しくれ　石門
『時雨塚』の書名は、「初しぐれ」の句を彫った句碑を建て、「墳」を築いたことに拠ると考えられる。
序文は以下の通りである。
吾俳諧を好む事四十余年花神の恩／徳を蒙りて一毛の報謝せさるを歎して／曩に初時雨の句碑を建て二百年の遠／忌を営みしより益祖翁に仕奉る心／厚かりけれは今年の秋緑天居良大／老人自作の尊像を贈らる吾是を祭る／事浅からされは又他の旧家より年／久しく秘め置ける尊影御丈八寸余りにして／古き事壱百余年后の作也とか黒／き光沢ありて赤銅以て作れるか如く／いと尊気なるをはからすも吾手に／入しは二十一年十一月十五日則旧暦

十／月十二日御正当の日也不思議なる哉／妙哉と其理由をしるして一句を奉る／膝よせてむかしを語る時雨哉／
明治二十一年冬の日権大講義西岡恭洲敬白

右に拠り、成立は明治二十一年、編者は西岡恭洲であることがわかる。奥付に

文音処　群馬県高崎田町十二番地／西岡恭洲
日本橋区蛎売町二丁目四番地／明倫社

とあり、西岡恭洲は群馬県高崎の人であることがわかる。跋文には

祖翁曰初めの忽忙に飽くものは何そ／終の閑寂に飽かさらんと宣へり上毛／高崎西岡恭洲老人は豪商にして／家族多く世務多端の中にありて／俳諧をたしなむ事数十年克祖／神の徳を知るに足れり永く肺肝を／養ひ腸胃を肥して交際に終身の／無事を究め何そこれに報ゆるの勤／なからんやと句碑を建集をつくりて／同志に分ち報恩謝徳の志を表せん／とす大人や誠に初の忽忙に飽かす／富て賤からさる者というて可ならん
庚寅三月　桐子園主人述　［みき雄］／鈴木松江書　［松］［江］

とあり、群馬県高崎の「豪商」で「西岡」姓であることから、候補として、絹太織仲買商であった西岡勘五郎があげられる。跋文を著した「桐子園主人」とは三森幹雄で、本集には「三木雄」で句を寄せている（前掲）。俳諧教導職となり、明倫講社を結んでおり、西岡もその関係者であったため、発行が明倫社であったのであろう。

巻頭に次の三首がある。

時雨
あふみ路や粟津のわたりしくるれと／ゆふ日もり行勢多の長はし　稲葉正邦
ましら鳴こゑもあわれに初時雨／むかしをしのふ庵の夕くれ　大畑弘国
芭蕉翁二百年祭に枯尾花といふ事を

亡魂を祭の庭のかれ尾はな／枯てもまねくさまは見えけり　伊藤祐命

序文にある西岡恭洲の肩書が「権大講義」であり、三森幹雄は明治一七年に俳諧教導職が廃止された後に蕉風明倫教会を興しており、巻頭の稲葉正邦は神道本局管長、次の大畑弘国は浅草社司官であることから、西岡はそれなりに広い交遊を持つ神道関係者か。なお稲葉、大畑に続く伊藤祐命は、宮内省歌所首座をしめた歌人である。この三人は、句集の権威付けのために、編者から依頼されて詠歌を寄せたと考えられる。

さて、序文に拠ると句碑が建立され、それが口絵に載る。集中の真海の詞書に「庚申精舎に祖翁の句碑を建て」とあり、自句の詞書に「祖翁二百年祭を我高崎庚申寺に営み」とあることから、かつて高崎にあった庚申寺に句碑が建てられたことが知られる。前掲『石に刻まれた芭蕉』に

高崎高松郵便局の裏池の畔／天保年間（一八三〇～一八四三）／茂原示州再興／小蓑庵碓嶺　書／
通町庚申寺より石原町鶴辺へ、そして現地移建

とある。もとは「庚申寺」にあり、その句碑が『時雨塚』口絵と類似するので、何らかの関連性があったことを想像させるが不明といわざるをえない。

先の和歌の次に各国から寄せられた発句が載る。人名は以下の通りである。

〔西京〕芹舎、稲処、連梅、百可〔大坂〕鴬笠、流美、北叟、支仙、春翠、花全、連月、蛩石〔大和〕水石、翠山〔丹波〕栞山〔播磨〕菁岳〔安芸〕石山〔讃岐〕真海、芭臣〔周防〕竹塢、旭柳〔長門〕梅宿〔豊前〕晩節〔出雲〕曲川〔加賀〕文器、招鴬、賢外〔能登〕守朴〔越後〕抱月、佳翠〔近江〕乍昔、九峰〔美濃〕竹籟、香石〔伊勢〕蔵中、得水、霞非〔尾張〕羽州、杜発、荷庵、寄陽、可洗、知道〔参河〕蓬宇、静慮、貞之〔駿河〕五席〔甲斐〕竹良、為三、九江〔信濃〕雲老、寥左、公雄、水音、可笑、民又、南山、学而、可練、盛児〔羽后〕唫風、御水、素山〔岩代〕美泉〔陸前〕甫山〔常陸〕可昇、鴬居、谷水〔下総〕尽誠堂、貞松、耕雨、蓮

蓮、東風、貫文、誠雅、昇山、芹生、保一、原泉［安房］乙亥［相模］蔦雄［武蔵］有柳、良大、華城、朴正、義村、林寿、暁雪、きら久、楽友、支英、葉々［横浜］其峰［東京］月彦、梅年、永機、金羅、茶遊、成雅、機一、千畝、松雄、石丈、詩竹、文礼、朴因、冬成、松生、松江、潭龍、穿井、東烏、洞玉、三木雄、箭浦、清雅、芦城、可然［下毛］瓢仙、茶逸［越後］兎石、文琪、天江、青柳、梅氷、柳埃［能登］亀声、淇洲、図越、三寅［越中］友知［越前］香雨［播磨］鏡花、笠雅［豊前］蕉暁、竹窓

次に「自国」として、文河から西洲まで四七人の句が載る。その後に前掲の桑古と石門の句が載り、次の恭洲の句が載る。

祖翁二百年祭を我高崎庚申寺に／営み猶粟津の廟前に参拝す

吹かるゝもぬるゝも今日は枯尾花　　恭洲

次に「追加」として、まず恭洲と良大（一八句）、恭洲と松江（一八句）、恭洲と羽洲（一八句）、それぞれ両吟の俳諧之連歌が載る。また以下の俳人の句が載る。

［上毛］栞堂、かつみ［伊勢］耕雨、果樵［阿波］芳桂、抱清［越後］左儀［西京］楓城［下毛］茂精［相模］雪蕉、芥舟、雪香［横浜］左助坊［東京］素石、採花女、芳泉

○

『時雨塚』は「初時雨猿も小蓑をほしけ也」の句碑に拠る書名であったが、同じく「初時雨」の句に拠ったと考えられるのが『時雨蓑』である。『奉納　祖翁二百回遠忌俳諧之連歌』に名がある連梅が次の序文を著している。

ちかつ近江の国なる鴫涯／山月の両兄は常に俳事を好み／産業のいとまを得ては此道をたしむの／外なしかくて本年祖翁の後二もゝ／とせに当りけれは心斗の追福を／営み聊俳恩に報せんとせらるゝも／彼の鳰の湖の浅からさる志しなれは／いつれもさゝなみの相寄てともに／其いとなみをなしぬされは席上／一順の俳諧及ひ各手向の

佳調等を／取揃へ仮初なる一綴りをものし／時雨蓑と名付諸君に貴評を／希ふよしを聞ておのれも猿の小蓑の／みしかきひと言をそふるのみ／明治廿六年冬月　連梅

刊記は以下の通りである。

文音所　京都市下京区寺町通高辻上ル／小川九岳

近江国高嶋郡安曇村／土井鴨涯

『時雨蓑』は、右により近江国高嶋郡安曇村土井鴨涯・山月の催しに拠るものと知られる。序文に「席上一順の俳諧及ひ各手向の佳調等」とある「席上一順の俳諧」は芭蕉の「初時雨猿も小蓑をほしけ也」を発句とする脇起の五十韻で、書名はこの発句に拠るものと考えてよかろう。土井鴨涯・山月の二人の句は『時雨塚』にみられぬが、『時雨蓑』の序文を著した連梅の句は載る。『時雨塚』と『時雨蓑』は「塚」と「蓑」の違いはあるものの、同じ芭蕉の句に拠った書名と考えられる。もし書名を付けるにあたり、『時雨塚』の存在を知っていたにもかかわらず、あえて類似する『時雨蓑』としたならば、それは「芭蕉追善」という世界を共有する、いわば「同座」することが大切と考えたのではないだろうか。無論、『草の餅』（後掲）のように他と異なるものもあるが、他と同じようなものを目指すという俳人たちがおり、独自性を重視する価値観とは異なる価値観があったと思われる。

さて、最初に先の「席上一順の俳諧」、一人一句順送りの「俳諧之連歌」五十韻があり、次に手向の発句二七句がある。「俳諧之連歌」では、立句翁、脇句鴨涯、第三蓬宇である。呉井園（佐野）蓬宇は三河豊橋の有力俳人である。序を記し、「俳諧之連歌」では挙句前を詠んでいる連梅は当然のことながら、鴨涯と蓬宇とは親しかったと思われる。なお手向の発句の最初の句には「近江路の空したはしや時雨の日　八十五叟　蓬苧」とあるが、最初の句であることと年齢から考えて「蓬宇」であろう。「近江路」を詠み込んだみごとな挨拶句である。また、この次に羽洲の「ゆけと〳〵道に果なし枯尾花」の句が載る。この句と同じものが後掲の『華橘集』にも載る。自讃句だから再び送ったのか、それとも何かの事情で再利用したものか。

さて、次から「対塔庵連梅」「百果園果樵」「梅下素兄」の三人の宗匠が選んだ各三一句、計九三句があり、次に「副評　亀井庵三二雅伯」の選んだ一四句、「追加」として素兄、果樵、連梅の句が一句ずつあり、最後に「催主」として山月、鴨涯の句が一句ずつある。

有力宗匠の名には地名が付されず、また地名が付された俳人は少なく、地名も「阪本」「ツルガ」「長ハマ」「ヲカ」「河内」「ハリマ」「東京」「ヲハリ」「大坂」「キイ」のみである。東北や九州など近江から遠隔の地はない。有名宗匠と限られた俳人仲間でなされた句集といえるのではないか。とすれば、『時雨蓑』は、本職を持つ二人の俳人鴨涯、山月が催主となって、金銭的に何か得ようといった目的ではなく、まさに「追福」として編まれたものと思われる。

○

『時雨集』は「豪商」の者、『時雨蓑』は「産業」の者が編んだということがわかる。こうした職業がいささかでもわかるものとして『髭婦久楼』にふれておきたい。

『髭婦久楼』は、巻頭に「芭蕉翁二百年遠忌追福／脇起俳諧一順」（立句は「今日はかり人も年よれ初時雨　祖翁」）があり、二百年忌の追善集である。序文は以下のようにある。

髭袋弁言

止る処を知て止らすんは鳥にたもしかさるへけんや／との古人の金言むへなる哉　奥のほそ道／岩代高木の里根岸五成氏は総角の昔／より風雅を好み尾嶋清良翁の門に遊ひ／習学せしか猶捲たらす齢いまた三十路に／足らぬ比雲遊の念やみかたく笈を負うて／予か茅屋に尋来り杖をとゝむる事已に／三とせ過訪の雅客と膝を合せ風交を重ねしか／東海道のひと筋も践されは此道の進歩／覚束なしとの祖翁の金言をおもひやり／首途せしより各地の名家の扃を叩き風交に／赤心を練る事年あり猶東奔西走深山／幽谷を跋渉し勝景に深く尋入中仙道を／帰途の折

は慶応戊辰の兵革干戈こも〳〵／風雅の道も已に地に落んとするの際なりしかは／信州飯山に暫杖をとゝめける
か同氏はもと／養蚕の地に成長せられし身なれは此地に蚕業／を伝習せられけるに王政維新の泰き御代と／改り
今や養蚕俳道とも元禄のむかしに／倍し盛んなる事山水のわくか如し氏は蚕業／の間には彼地の好人を誘導し宝
命林の一社を設立し盛大に行なはる今とし祖翁の二百年遠忌に際し吟徒の人々進めて事を／助けて高詠に脇起の
俳諧をつらね海内諸／名家の吟を乞得て一小冊に綴り世に披露す／実にや今の隆盛止る処を知て止るに非なるへ
し／俳道養蚕ともに併ひ立社号に背かす／ます〳〵宝を得て命なかく林の如くに／栄えさかふる事おふへからす
と観想る／やつかれかもとに三とせ杖をとゝめられたる／因みに成氏か顛末をしりぬれはしめに／一書をしる
して序に換るになむ／明治廿七年甲午弥生／下つ総の国隠生／七十四叟旭斎

右に拠れば、岩代高木出身で、後に信州飯山に移り、養蚕業を営み、かつ宝命林という結社をつくった根岸五成による追善集であることが知られる。書名の由来は不明だが、口絵に描かれた五成は髭が長いので、髭袋が愛用の品であったためか。

刊記は以下のようにある。

文音処信州飯山町／宝命林根岸氏
明治廿七年五月十五日印刷
仝　年　月　日発行
編輯兼発行者／長野県下水内郡飯山町千八十九番地寄留／根岸助左衛門
印刷者／神奈川県橘樹郡生田村生田五千九百八十一番地／岸長吉

根岸五成の本名は右の根岸助左衛門であったと考えられる。おそらくは明治二六年一一月に二百回忌が催され、まとめるにあたって旭斎に序文を依頼し、それが出来たのが翌年三月、それから印刷にまわして完成したのが五月ということになろう。

信州の俳人の句も少なからず収められており、充実した追善集である。後で諏訪での追善集をとりあげるが、信州は旧派俳人の層が厚いように思われる。

第六節『閑古集』

法事等の次第を載せる追善集は、後掲の『子規』など複数あるが、その一つ『閑古集』は蕪村が多少なりともかかわってくるので見逃せない。その巻末に刊記が以下のようにある。

詩歌連俳書画摺物　印刷者／京都市四条通御旅町／湖雲堂　馬場利助

先述のごとく馬場利助は、旧派の俳人の句集をよく手がけている。右の刊記の記された丁の前の丁に「非売品」とあり、関係者に配布されたものと推察される。

刊記には、いつ出版されたかについては記されていないが、明治二二年一一月付けの「鉄斎儒史百錬」の漢文の「序文」がある。また句集の次に、明治二二年一〇月に行われた芭蕉忌二百年遠忌の法事の次第が記されている。法事関係者に本書が配布されたものとすれば、配布時期が法事から月日がたち過ぎていては問題があろうから、序文の明治二二年一一月から、さほど遠くない日に成っていたと考えられる。

法事は、金福寺で南禅寺の僧が行っている。芭蕉の二百回忌が行われるという芭蕉との関係と、法事を南禅寺の僧が行っているという二点から、「金福寺」とは、現在の京都左京区一乗寺才形町にある、臨済宗南禅寺派の金福寺であると考えられる。

金福寺は、与謝蕪村が「洛東芭蕉庵再興記」を著したことで知られる。「洛東芭蕉庵再興記」は『写経社集』巻頭に収録される。田中善信は以下のように述べる（新日本古典文学大系七三『天明俳諧集』一九九八年、岩波書店）。

安永五年（一七七六）四月、道立の発起で洛東一乗寺村の金福寺に芭蕉庵が再建された。金福寺は芭蕉と何の関係もなかったが、同寺を再興した鉄舟（元禄十一年（一六九八）没）という人物が、芭蕉を敬慕し自分の庵を芭蕉庵と称していた。（中略）それを機に写経社という新たな俳諧結社が作られて本書が刊行された。

芭蕉二百回忌の法事の際に、芭蕉庵の床の間に芭蕉の木像と共に、蕪村筆「芭蕉庵記」が飾られている。「芭蕉庵記」とは「洛東芭蕉庵再興記」のことであろう。田中善信は「この寺は蕪村一門にとって、芭蕉ゆかりの地として重要な位置を占めるようになる」とされる。そうした歴史的背景なくして『閑古集』の成立はない。

「洛東芭蕉庵再興記」に「うき我をさびしがらせよ、とわび申されたるかんこどりのおぼつかなきは、此山寺に入おはしてのすさみなるよし」とあり、芭蕉の「うき我を淋しからせよ閑古鳥」の句碑が建立され、二百回忌にあたり、それを立句に脇起俳諧之連歌が行われた。書名の「閑古集」は、その句に拠るものと考えられる。『閑古集』には序文の前に「芭蕉庵略景」の絵があり、それに碑が画かれ、その右下にこの句が記されている。

また先の法事の次第に「宗匠　楓城」「脇宗匠　稲処」とある。右の脇起俳諧之連歌の脇句を楓城が、挙句（執筆）の前を稲処が詠み、この二百回忌の中核をなす俳人、あるいは主催者であったと考えられる。京都という地域、主催者になることのできる社会的地位の二点を考えれば、「楓城」は先にもふれた東山芭蕉堂第八代の山我楓城　、「稲処」は岸田稲処であろう。共に京都の人で、京都俳壇の重鎮である。また他の地域で編まれた追善集にもその名は屡々みられ、全国的にもよく知られた俳人であった。

◯

『閑古集』の構成について述べる。

まず始めは百韻の「脇起俳諧之連歌」である。表三句は以下の通りである。

於芭蕉庵興行／脇起俳諧連歌　祖翁
憂き我をさひしからせよ閑古鳥
おそにしられぬ夏の山冷　楓城
松ふるく窓のかさしに枝のひて　一巣

立句は『嵯峨日記』所載。この後、一人一句で続き、第九十九、挙句は以下の通りである。

二百年花の栄を仰見て　稲処
なほも広かるこの是の春　執筆

稲処の「二百年」は、二百回忌に拠るものであろう。『閑古集』に記された法事の次第に拠れば、一〇月一二日に「正式俳諧百韻」が興行されたとあり、それがこの脇起俳諧之連歌であろう。この会では蕪村筆の「翁肖像」、蕪村画の「翁肖像」、蕪村画の文台と重硯が使用された。また「宗匠　楓城／脇宗匠　稲処／執筆　遊岳／香元　松鶴／知事　一巣・百仙／座配　葉舟」とあり、担当者の名が知られる。

この脇起俳諧之連歌の次に「其二」として、芭蕉の「冬枯や世がひと色に風の音」を立句として脇起俳諧之連歌が載る。立句は『もとの水』に収録されるが、存疑とされる。先の「憂き我を」の句は「洛東芭蕉庵再興記」に拠るものだが、「其二」は時節に合わせて冬の句を用いたのであろう。脇句詠者は岫雲である。これは一人一句順送りの一八句、半歌仙である。

次に七ヶ国から送られてきた各人の発句が載る。国名と発句数は以下の通りである。

武蔵7、摂津10、三河1、加賀2、尾張6、遠江6、羽後1

永機、蓬宇、庄司唫風（注1）など、全国的によく知られた宗匠がみられ、このうち田島卓志と鴬笠の脇起俳諧之連歌が次に載る。歌仙である。第三までは以下の通りである。

十月十二日於洛北芭蕉庵張行

俳諧脇起連歌　　　祖翁

金屏の松の古ひや冬こもり

あたり静に高き炭の香　　　卓志

袴着た客は今かた戻られて　　　鴬笠

（『炭俵』では「古さよ」）

卓志と鴬笠は摂津の有名な宗匠で、当日、京都まで来ていたことが知られる。

次は近江の二六人、但馬の四人の句が一句ずつ載り、再び歌仙の脇起俳諧之連歌が載る。発句は「とも角もならてや雪の枯尾花」、連衆は四名で京都の俳人。

次から再び各国から送られてきた各人の発句が載る。国名と発句数は以下の通りである。

越後9、能登3、丹波10、伊豆3、因幡5、播磨3、豊前12、豊後1、伊予1、備前1、備中3、阿波1

そして再び歌仙の脇起俳諧の連歌が載る。「九月十二日於松柏会張行」とある。月命日である。『笈の小文』所載句からはじまる一順は以下の通りである。

ほろ〳〵と山吹ちるか瀧の音　祖翁

はるかに杖の跡を訪ふ春　　　一菊

汁鍋をふさきおくれた煙にかけて　　　稲処

藁扱ひし埃りはくなり　　　葉舟

有明る月とは見えぬ宵明り　　　九峰

次から再び各国から送られてきた各人の発句が載る。国名と発句数は以下の通りである。

周防15、下総1、淡路1、土佐1、肥後1、美濃21、信濃1、上野3、甲斐1、石見1、越前3、伊勢1、青森1

次に歌仙の脇起和漢俳諧之連歌が載る。「八月十二日於養真館張行」とある。これも月命日で、八月には追善が始まっていたことが知られる。立句は『続猿蓑』に所載である。一順は以下の通りである。

けふはかり人も年寄れ初時雨　祖翁
破窓覚フ寒ノ生ヲ　杏隠
出しかけた船に碇をおろすらん　一巣
群鳥忽チ飛鳴ス　稲処
有明にうす〳〵雲の影きえて　遊岳

次から再び各国から送られてきた各人の発句が載る。国名と発句数は以下の通りである。

駿河2、安芸1、出雲1、陸奥9、岩代14

国名はないが「雲水」として一句。

次に「美濃国岐阜市於不共庵俳諧連歌」として八句が載る。発句は「うき我をさひしからせよ閑子鳥」、連衆は七名で美濃の人。次に山城の俳人の一二七句が載る。次に「北山芭蕉庵二百年遠忌」として、楓城の「澄残る古井なつかし草もみち」を立句とした歌仙が載る。次に「遅来之部」として発句が載る。国名と発句数は以下の通りである。

石見3、周防1、伊勢1、信濃1、長門1、京3、丹後2、陸奥2、大坂1、紀伊1、近江4、伊賀2

最後に、稲処、九峰、九岳、洗玉、遊岳、百僊、紫舟、杏濾、如意、鉄斎、岫雲、一巣、楓城の句が載り、法事の記録となる。この一三人は、最後をしめていることから、この遠忌の中心をなす俳人たちと考えられる。

全体をまとめると、俳諧之連歌八巻（うち和漢一巻）、発句三五六句となる。

○

先述のごとく法事の次第が記されているので、それに拠って法事についてふれておく。

明治二二年一〇月、金福寺において南禅寺僧衆によって法事が行われた。「修行品目」は以下のようにある。

一〇日　般若心経　法華経六ノ巻／首楞嚴神咒／同日　歌仙興行
一一日　観音懺法　三陀羅尼経／首楞厳神咒／同日　手向吟上
一二日　大悲円満無碍大神咒／枯香　有偈略之　法華経／首楞厳神咒／同日　正式俳諧百韻興行

一〇日に催された「歌仙興行」については不明である。『閑古集』に収録された歌仙にあるとすれば、「北山芭蕉庵二百年遠忌に」とある歌仙であろうか。

一一日の「手向吟上」は、『閑古集』に収録された発句が吟上されたと考えられる。すべてであるか、一部であったかは不明である。

一二日の「正式俳諧百韻興行」については先に述べた。

この他「展観」が行われた。金福寺では「寺村氏出品」として「翁真蹟　閑古鳥画賛　一幅」などが、また詩仙堂では「諸家出品」として、芭蕉所持「尾上釜」、「芭蕉翁像　蕪村筆　一幅」など、一〇〇品以上が展観されたようである。

【注】

（1）加藤定彦「明治俳壇消息抄」（『立教大学日本文学』第九二～九六号）で、庄司唫風『花鳥日記』が取り上げられ、旧派俳人の交遊を知るのに大いに参考になる。

第七節　『子規』

『子規』は、青森県弘前で発刊行された追善集である。木版刷ではなく、活版印刷であるところに、この集の特徴の一つがある。旧派俳人の俳書の多くは木版刷で、二百回忌の追善集もその例外ではない。

袋綴、半紙本、表紙は、鼠色地、中央に銀色で「子規」と刷られ、表紙下部に松葉、松笠が金色で刷られている。刊年については記されていないが、巻末に「明治廿五年十月十二日　閑窓真清書」とある。印刷所に提出する原稿を書いたのが、明治二五年一〇月一二日で、書いたのは閑窓真清ということが知られる。活版本として句の字高を揃えるために、提出原稿の漢字を平仮名に、あるいは平仮名を漢字にするといったことを行ったと推察される。なお「閑窓真清」は、後でふれる「句仏」につぐ地位を占める俳諧宗匠である。

印刷所に関しては、巻末に「弘前市元長町野崎活版印刷所印行」とある。

見返しには柑子色の料紙を使用する。表紙の見返しに以下のようにある。

略記

青森県弘前市大字西茂森町字庭天満宮社領／内エ花本神社芭蕉翁建碑落成ニ付明治廿五／年旧四月十二日祖翁二百年祭取越大祭執行／及大会本評福評互評即興共開巻ニ付風雅ニ／遊フ諸君子出席群集有リ依テ本日祭典式人／名及抜句並人名其外社中社外之有志諸君之／詩歌発句前句狂句奉額表共記載シ一小冊ヲ／製シテ有志諸君へ呈シ聊恩謝之微志ヲ表ス／ルノミ／明治廿五年初夏　艸々庵社裡

右の「略記」により、天満宮（現・弘前天満宮）内の花本神社に碑を建立し、明治二五年の旧暦の四月一二日に「祖翁二百年祭取越大祭」が執行されたことが知られる。その記念集として配布されたのが『子規』ということになる（注1）。なお「略記」を著した「艸々庵」は、弘前の俳諧宗匠句仏の庵号で、彼を主宰とする結社の名称でもある。

○

『子規』は、外題の他に題は記されていないため、書名は「子規」になる。しかし、漢字表記のため、「子規」を「しき」と読むのか、「ほととぎす」と読むのかについては不明である。

書名の由来は、後で述べるように、今回の「大祭」の「通題」が「ほととぎす」であったことに拠ると考えられる。『子規』の一丁表に「芭蕉翁建碑」の図が載り、右肩に「時鳥正月は梅の花盛り　翁」とある。「通題」は、芭蕉のこの句に拠り「ほととぎす」とされたと考えられる。

さて右の芭蕉の句は『虚栗』（一六八三年刊）に載る。ただし『虚栗』ではこの句の下五が「花咲り」とある。これが後に刊行された『泊船集』（一六九八年刊）では「花ざかり」とある。「祖翁二百年祭取越大祭」が、旧暦の「四月」、「花本神社」において行われるので、夏の季題である「ほととぎす」と「花」が詠み込まれたこの句が選ばれたのであろう。芭蕉七部集の一つである『虚栗』の存在を知らず、「花盛り」としたとは考えがたい。花本神社での建碑という「晴れの行事」であるから「花盛り」のほうがふさわしいと考え、あえてそのようにしたのではないかと思われる。なお、あえて旧暦にこだわったところに、いわゆる「旧派」の思いがあったとも考えられる。

○

芭蕉二百忌の催事を企画するにあたって、まず考えられたのが法要であろう。例えば関山大喬発起のそれは築地本願寺中の法重寺で営まれ、粟津社中梅敬らは義仲寺芭蕉墓前でそれを営んでいる。このように芭蕉二百回忌の法要をどこでするかは、固定しているわけではなく、主催者が各々取りはからっている。

弘前の場合は、寺ではなく、弘前天満宮内にあった花本神社で行われ、法要ではなく「大祭」が行われた。この神社であったのは、芭蕉が花本大明神であったこととかかわりがあろうか。祭典の様子は『子規』に記されており、それに拠れば祭典は午前六時より始まり、午後五時に主催者の句仏が参加者に一礼、参加者が退出して終わっている。

芭蕉二百回忌は追善行事であるから、追善の発句が読まれたり、俳諧之連歌がなされる。俳諧之連歌の場合は、芭蕉の発句に付けていく「脇起」が屡々行われている。

弘前の場合、俳諧之連歌が行われていたとすれば、他の追善の俳諧之連歌の例からして、先述の「時鳥正月は梅の花盛り」を立句にしたものと考えられる。しかし『子規』には俳諧之連歌が収録されていない。俳諧之連歌が行われながら紹介されないということでは、その連衆に対して失礼であるので、行われなかったので紹介されていないと考えるべきであろう。これは後述のように、この際の句が「点取り」として募集されたからと考えられる。

○

『子規』に収録された作品は二つに分けることができる。一つは前半部に収録され、大祭以前に送られ、句仏と真清が評した句と、この二人の宗匠以外の宗匠が点を付けた句である。いま一つは、後半部に収録された、それ以外のものである。前者については以下のようにある。

兼題

本会本評　艸々庵句仏宗匠／福評　閑窓真清宗匠

通題互評／弘前　松蔭舎宜徳先生　雲中巣青鷲先生／白露庵朝山先生　長庚舎一星先生／温故堂静山先生

青森　菊園祇年先生

黒石　東根舎子椿先生（注2）

鰺ヶ沢　水花舎船丸先生

木造　一瓢庵古江先生

諏訪堂　洗竹庵観山先生

「兼題」は、本来、句会で題をあらかじめ出しておくことだが、ここではあらかじめ出された題で詠まれた句のことで、句会とは関係ない。それを句仏と真清が評した。句仏は五〇句を選んだ。最初と最後の句は以下の通りである。

洗ふすきの刃先に移る辛夷哉　　板屋野木　蝶岳

名月や空はこゝろの置ところ　　秋田　梅児

真清は三〇句を選んだ。最初と最後の句は以下の通りである。

秋の蝶夢かさめたら悟るへし　　中沢　呉年

蕉風の二字を記念の時雨かな　　三千代

右にあげた四句には共通する「季題」がないように、特定の「季題」が出されたわけではなく、芭蕉忌に因んだもの、といった「主題」が出されたようである。

「通題互評」には松蔭舎宜徳他九名の「先生」の名がある。これは句仏と交流があった青森県内の俳諧宗匠で、点取りを行っていた。各宗匠の名と共に、彼らが選んだ内の二句が「軸」「首」としてあげられている。一例として宜徳のものを以下にあげる。

軸　一声のあと白川やほとゝきす　　菊雄

首　心あらは今日こそ来鳴け時鳥　　亀言

他の「先生」のものも含め、すべてこのように「ほととぎす」を詠み込んだ句が選ばれており、「通題」は「共通した兼題」といった意味で使用されていることがわかる。

各宗匠たちは、点数を付けており、総合点が高かったものが「互評合点調」として一〇句載っている。最高点の七八点を獲得したのが次の句である。

時鳥逃してやつたおもひかな　　秋田　南嶺

以上の「兼題」「通題」「互評」の句は、艸々庵句仏に事前に送られ、評者らが点を付けていたものである。『子規』の後半にあたる八丁裏からは「花本神社芭蕉翁二百年祭之大前ニ奉留」として、発句二一六句、漢詩六句、和歌一二首、狂句三句が収録されている。

青森県内の俳人が中心であるが、秋田、函館、豊前、東京の俳人の句もみられる。

紅菊のうらかおもてか霜白し　東京　桂花

といった、特に芭蕉二百回忌の句ともいえないものもあるが、その一方で、

しくれ降るけふや七万二千日　山泉

花も香もなくて親しき芭蕉哉　春歩

二百年一日にふるしくれかな　歌月

蕉風のすかたや月のある限り　歌風

といった、芭蕉二百回忌を明らかに詠んだものも少なくない。

○

『子規』には「芭蕉翁建碑」として、「芭蕉翁」と記された碑の絵が掲載されている。注記として「義仲寺無名庵乍昔翁へ依願承託を受祖翁碑前の土砂及苔蘚を移して碑下に納む」とある。この際に建てられた碑は、現在の弘前市西茂森にある弘前天満宮境内にあるが、もともとあった場所からは移動されている。表面に「芭蕉翁」、裏面に「明治二十四年辛卯年／十月十二日／艸々庵社裡／外有志中」と刻まれている。この碑に刻まれた年月日を信じるならば、建立のための準備期間が必要であるから、企画自体は遅くとも明治二四年にねられていたと考えられる。

なぜ、この地に建てられたか確かなことは不明だが、寛政五年（一七九三）、芭蕉百回忌の句会で呉江が詠んだ「春の夜は桜にあけてしまひけり」の句碑が弘前天満宮にある。こうした所縁があって二百回忌の碑が建てられた可

能性は指摘できよう。

○

最後に『子規』に記載された式典の式目を以下にあげておく。

本日式目

芭蕉翁碑前祭典　　午前六時ヨリ

天満宮神官　　宇庭光実

渡辺唯世

其外列座略シ

左側列座艸々庵宗匠閑窓宗匠及各先生奉行等迄

碑前四面仮屋幕飾忌竹榊等余略

徳増寺孝暁遍照寺順往

仏式アリ略

俳式

終焉記　　松蔭舎宜　徳読之

祭文　　宜徳作之　　桃下園三千枝読之

百韻　　右同

兼テ祝日ヲ撰ビ執行アリ本日吟声ノミ

宗匠艸々庵　　文台三千枝　典茶香元

脇　真清　宜徳　　脇　青鶩　　静山

余ハ略
奉吟数種アリ　三千枝
神酒　來復亭一陽取扱
但翁瓦及調饌共
式終テ惣列座順次玉串ヲ献礼拜
月花餅月花銭碑前ニ蒔ク
宇庭書院小座敷共不残借上惣会
兼題
本会本評　艸々庵句仏宗匠
同　副評　閑窓真清宗匠
通題互評　松蔭舎宜徳先生　雲中巣青鷲先生
弘前　白露庵朝山先生　長庚舎一星先生　温故堂静山先生
青森　菊園祇年先生
黒石　東根舎子椿先生
鰺ヶ沢　水花舎船丸先生
木造　一瓢庵古江先生
諏訪堂　洗竹庵観山先生
外即興等アレト畧
文台　三千枝　遊月　黍丸

補　　有樂　文窓　友雀
景物扱　石水　湖月　錦枝　松快
茶菓子　菊雄　静風
着頭書記　如虬　菊雄　恕考
会計　一星　千浦　句彦
添　　橡月　篦山　如虬　月洲　石水
応接掛　江山　冬扇
添　　清栄　豊山
惣奉行　南塘
副　　染年
補　　速悟　嵐月　三千雄
午後五時艸々庵句仏宗匠ヨリ連衆一統エ一礼有リテ惣連中退出セリ

式目には式典の開始時刻のほか、式典に参列した俳人や式典を執り行う側の役割が記載されている。これを見る限りでは、式目に名前が記載されている俳人だけでも、弘前市以外からも集まっていることがわかり、大掛かりな催しだったことがわかる。

【注】

（1）弘前市立弘前図書館には『芭蕉翁建碑落成二百年祭　発句大会高判』（整理番号GK911.3.68）が所蔵される。仮綴じ、共紙表紙で全三丁、活版印刷。おそらく、これが当日の参加者に配布されたものであろう。

（2）『子規』「通題互評」にみられる黒石の子椿の「東根舎」は、明治二六年三月、黒石神社境内に芭蕉の句碑を建てている（『黒石市史　通史編Ⅱ』一九八八年）。それには「春も稍けしき稠ふ月と梅　芭蕉」とある。建立時期から考えて芭蕉二百回忌のおりに建てられたものであろう。

第八節『時雨集』付『草の餅』

信州諏訪地方の俳人に拠る二百回忌追善集には、『草の餅』（明治二六年刊）『穂屋のしをり』（明治二七年序）『時雨集』（刊年不明）がある。諏訪が俳諧の盛んな地であったことが窺われる。このうち『時雨集』（木版刷、袋綴、半紙本）を取り上げたい。

『時雨集』は、一丁めに「雲心／巻舒／西洲」とある。それ以後は以下の通りである。

①俳諧の連歌　『泊船集』所載の「時雨るゝや田のあら株の黒むほと」を立句とする脇起之俳諧の連歌で一人一句順送りの歌仙。発句の芭蕉と、挙句の執筆を除く三四名は以下の通りである。

省我、凍湖、泉残、世外、芒斎、小仙、希斎、松嶺、明京、梅甫、松年、滴川、如翠、鬼岳、一二三、希心、守昕、抱湖、用休、其名、梅屾、菊明、桐陰、春窓、涼月、四好、対岳、良久、きく女、梅居、義碧、木人、若宜、竹支

②発句（各国）　主催者に送られた三九ヶ国の俳人の句。三河の蓬宇、羽後の唫風、出雲の曲川など有名宗匠の名も多く見られる。北は北海道から、南は沖縄まで広範囲である。掲載順に国名を記し、俳人数を数字で示す。同国が

二ヶ所に出ている場合は、初出に合計して示す。
三河1、尾張13、遠江3、駿河4、甲斐9、伊豆1、相模3、上野3、下野1、下総7、岩代2、仙台2、盛岡2、小樽4、佐渡1、羽前4、羽後3、越後5、出雲1、伯耆1、因幡2、豊後1、鹿児島1、沖縄1、播磨1、西京8、大坂3、近江2、美濃1、伊勢2、讃岐1、陸中3、青森1、加賀1、常陸1、武蔵7、花巻1、上総1、東京74

③俳諧之連歌　省我、蝸堂、竹支の三吟歌仙。
④発句（信濃）信濃の俳人の句。二四句。
⑤俳諧之連歌　雲底、省我、世外、希斎、芒斎、一左、各一句の俳諧之連歌。
⑥発句（国名なし）国名はないが、信濃の俳人の句。一一四句。
以上のように、『時雨集』は、連句三巻、発句三二〇句が収められている。

○

『時雨集』には刊記も序・跋もなく、成立年次等に関する情報は何ら記されていない。そこで収録俳句から推定を試みる。

明治時代の旧派の句集は、外題のほかに書名が記されることは稀である。本書も外題のみで、内題はない。外題によって書名は『時雨集』となる。

芭蕉の命日に行われる句会を「時雨会」といい、「時雨」は「芭蕉忌」を象徴する言葉であることから、旧派の俳人にとって特別な用語である。例えば、この句集には次の句がみられる。

a　わすられぬ忌日や薫る初しくれ　白隣
b　この翁花の本なり時雨会　鴬笠

c時雨忌や庭に菊焚香や匂ふ　　　　　　梅居

aに「忌日」、bに「時雨会」、cに「時雨忌」とあることから、この句集が芭蕉忌のために編まれたものであることがわかる。また次の句もみられる（傍線は綿抜）。

月花や慕ひしたふて二百年　　　　　　蓬宇
時雨来てしくるゝおとや百々林　　　　不退
殊にけふしのふ時雨や二百年　　　　　桐陰（注1）
世にふりし時雨やこゝに二百回　　　　凍湖

これらの句から芭蕉の二百回忌の際のものと知られる。それは明治二六年のことであるから、『時雨集』は明治二六年もしくはその前後に成ったと考えられる。

○

『時雨集』には、編者や発行者に関する情報もない。そこで俳句等から、それを推定してみる。

次の句がある。

しくるゝや粟津にかはる諏訪の湖　　　木甫
百年の時雨仰かん諏訪の湖　　　　　　耕雨

木甫は越後の、耕雨は伊勢の俳人で、名の知られた宗匠である。ある目的のもと句集が編まれた場合、他の地方の宗匠はその目的に関する挨拶をこめた句を送ることがある。木甫の句は、本来、芭蕉の命日に諸家の時雨の句を、粟津の義仲寺の廟に供えたことから時雨会がはじまったことをふまえており、粟津にかわって諏訪湖で時雨会が行われることを詠んだ挨拶の句と解釈できる。また耕雨の句も、諏訪湖で芭蕉を仰ぐというのだから、挨拶の句と解釈できる。もし右の二句が挨拶の句であれば、『時雨集』が信州諏訪湖周辺の俳人によって編まれたのではないかと推察される。巻頭の俳諧之連歌の挙句が「曙起の諏訪のあたゝか」とあるのも、それを証していよう。また信濃の俳人の句が多く、各国のものと別扱いされていることもそれを証していよう。とすると

湖に脚さしてやむしくれ哉　　曲川

湖も時雨かへして磯日和　　松年

とある「湖」は「諏訪湖」のことで、挨拶の句と解釈できる。

①の脇起俳諧之連歌の発句、脇句は以下のようにある。

時雨るゝや田のあら株の黒むほと　芭蕉翁

ひつそりとして暮る冬の日　　省我

他の追善集の書名の付け方からして、本書名は右の芭蕉の立句に拠ったものと考えられる。これに「時雨忌」の意を含ませたものであろう。また脇句の「冬の日」は芭蕉七部集の一つを連想させる。

さて、旧派の句集で最初に俳諧之連歌が置かれる場合、「発句は最も重要な客が詠み、脇句は亭主（主催者）が詠む」という俳諧之連歌の原則が守られることが多い。例をあげると、明治二九年四月に発行された『鶴巻集』は、千葉県鶴巻に住む遊徳庵竹鮮が四二歳となり厄年を迎えるため、その除厄のために編まれた句集である。刊記に編者兼発行者は遊徳庵竹鮮であると記されている。序は下総の宗匠東旭斎が記している。巻頭に次の俳諧之連歌がある。

除厄賀

しら梅や浦の潮風四十二咲　　旭斎

霞かくれに昇る旭の色　　竹鮮

客である旭斎は「四十二咲」と竹鮮の年齢を詠み込んで挨拶し、亭主の竹鮮も「昇る旭」と旭斎の名を詠み込んで応じている。故人の追善・追福を目的とする俳諧之連歌の場合は、立句は追善される故人、脇句は追善の主催者が詠

む。例えば芭蕉の高弟である北枝の二百年忌の句集『かやつり草』では、巻頭の俳諧の連歌の発句は北枝の句、脇句は主催者の一人である起翠が詠んでいる。『時雨集』も同様にみなすとすると、①の俳諧之連歌は、客は芭蕉、それを追善する亭主が省我ということになる。

また巻軸の句も亭主が詠むことが多く、『鶴巻集』の最後の句は「蔦に筆置てきく初音かな　竹鮮」と、亭主の竹鮮が詠んでいる。前掲『かやつり草』は、挙句は「執筆」のため、その前句に注目すると、もう一人の主催者雪袋が詠んでいる。『時雨集』の最後の句は「水仙やぬかつく膝にひと雫　省我」とあり、省我が亭主であると考えられる。

こうしたことから、『時雨集』の編者、または発行者、または編者兼発行者は「省我」である可能性が高い。

諏訪に関係し、「省我」と号する俳人の候補としては「藤森省我」があげられる。明治一二年に刊行された東旭斎編『古今俳諧明治五百題』（架蔵）の名録に「省我　信州上之諏訪町　藤森勝平」とある。

矢羽勝幸・田子修一編著『近世信濃俳人・俳句全集』（二〇〇四年、象山社）に拠れば、藤森省我は、明治二七年（一八九四）九月四日に没、享年は六五歳である。上諏訪清水町の人で、幕末期から明治期にかけて俳人番付の上位に登場し、岩波其残とともに諏訪の明治旧派を代表する俳人である。早くに教林盟社社員になった。例えば前掲『古今俳諧明治五百題』、その続編『古今俳諧明治新五百題』（一八八一年刊）に句が載り、明治一二年一〇月に刊行された広田精知編『明治附合集』（発売人川勝徳次郎・出版人西口忠助）には、「信濃」の俳人の発句を載せた箇所に「露白し里の灯かけもたえし比　省我」とある。先にあげた『閑古集』には、信濃の俳人の一人として句が載る。このように、全国の俳人の句を載せる、旧派の句集に名が載る省我は、全国的によく知られた俳人といえよう。

「省我」が、当時全国的に名の知られた俳人である藤森省我であれば、年齢を考えても、『時雨集』を編み、発行するにふさわしい人物であり、各国の俳人から句が送られたのも首肯される。また先に『時雨集』の成立を明治二六年前後としたが、編者が藤森省我であれば九月四日に没しているので明治二七年の成立の可能性は低く、明治二六年以前の成立となる。

○

上述のように『時雨集』は、編者に関する情報が少なく、控えめな感が拭えない。金銭的な問題とか、省我の性格に拠るものだとか、憶測は可能だが、その一つに岩波其残の存在があったのではないか。すなわち久保島若人を継いで、諏訪の俳人を導いた其残を意識して控えめになったということである。

其残の『草の餅』については、すでに岡本勝「『草の餅』をめぐって」(『俳文学こぼれ話』二〇〇〇年、おうふう)で述べられている。

書名は『桃の実』所載の芭蕉の句「両の手に桃と桜や草の餅」に拠るものであろう。信州の蕉風俳人の像、編者岩波其残が建立した芭蕉と曽良の句碑の絵、高島公園の絵と、豊富な絵像が掲載されている。豊富な絵と松尾氏の紋所略説(注2)が掲載される点で、他の追善集とは異なる。

「明治二十六年　岩波其残蔵版」とあるので、其残が没する前年の明治二六年に刊行されたことは知られる。書名の「草の餅」は春の季語であるので、春の刊か。

『草の餅』には、五四ヶ国の俳人三五八人の発句が各一句掲載されている。約半数の二一一人が信州の俳人である。以下にすべての俳人名をあげるが、当時のいわゆる旧派の有名俳諧宗匠の名が網羅されているといってもよい。

素水、梅年、採花、青宜、千畝、みきを、永機、花朝、愛石、凢年、三千守、尋香、芳泉、樹山、箭浦、清稚、九峰、魯堂、月華、其峰、左助坊、坡石、孤村、八束、袋蜘、甫山、沙山、桃川、一眺、唫風、米山、墨雨、不争、寄碩、斧刪、清江、収之、鴬春、遊虎、一洲、旭扇、木甫、文女、龍子、雪蓑、花月、雪山、桑古、乙瓢、瓢仙、北山、文生、藤守、渓水、志水、一守、雲鳳、竹呂、半拙、草国、連水、拙叟、蝸堂、宇山、雪蕉、木潤、十湖、鴬衣、石芝、草波、蓬宇、酔雨、静処、はしめ、素陽、荷庵、果樵、司水、猿心、玄丹、玉堂、藍汲、芳正、松涼、卓志、十水、似水、稲処、一白、一単、甫立、木圭、守朴、冨年、炊翁、蟻齢、平間、烏牙、梅旭、機外、丹霞、松霧、暁蛙、子来、曲川、由池、静雄、梅宿、重平、団戦、羅村、喜三、梅晴、松塘、不念、小奴、五葛、后湊、半窓、蟻廓、露降尼、晩節、石友、嶷北、西洲、朗々、花鸚、蘭夕、律声、嫌路、欽長、流巵、鳳栖、良々、里貞、食和、恭盞、稲背、一峰、薫甫、壮山、素涼、北鯤、幹史、鱗一、雲石、香波、三洞、茶楽、蘭志、対山、柳池、近喜、一寿、雲山、素石、露残、未得、如山、常念、竹遊、橋月、琦峰、文術、楓月、笑逸、月窓、露水、逸口、竹志、有山、一水、元水、一摑、露色、常倉、貸嶺、逸佐、柳扇、健一、なみ女、流泰、其翠、凌冬、三経、五風、如柳、蛍、青汀、晴雲、干普、樹葉、龍孫、楽二、啼月、見残、雲老、雲底、湖辺、椿斎、湖山、梅屺、一左、龍湖、訥史、帯雪、霞松、愛山、ひろし、一林、希心、希斎、左右、春堂、山月、かしく、雪人、青山、依山、珍荘、似水、菊明、金松、閑山、晴嵐、素翠、芒軒、田都、春月、六合、柳燕、正湖、泉残、欽粛、省我、月舎、積水、草池、甚吉、清流、梅宮、湖石、松年、蘭化、三朝、霽湖、其石、明京、用休、寿翠、義碧、梅居、一柳、登山、稲声、天龍、一吟、北湖、梅澐、而丘、其跡、買竹、田舎、田里、湖月、南嶽、鵞念、為一、今昔、思房、入亭、如翠、竹園、一処、芒池、層氷、昇山、一正、耕月、一意、不可、梅庵、凍湖、芒俄、良久、亀名、小夜、雪湖、葉舟、唐湖、芒村、鴬声、其伯、為草、米安、晴里、雨室、松花、金谷、梅山、翠潭、松眠、鶴友、代、玉湖、一光、滴川、梅姿、冨残、涼月、俵利、隆月、其盛、志静、一哉、曽楽、春酔、一静、一志、花生、春里、五瓢、耕甫、梅枝、鬼風、楓山、蕉舟、蕎圃、雪窓、一喜、水音、沙城、柳泉、珍亭、未歳、暁月、碧水、春卒、松残、雪残、梅隣、鵞湖、翠庵、澄湖、梅残、広雀、芒居、黙通、呉水、不二雄、芳逕、露城、椿水、羅城、秀穂、芒斎、世外、其残

信州の俳人の像と句とを描いた丁には、

元禄の頃より天保年間迄我信濃国に粗聞之有蕉門風士をえらひ各吟詠に其略像をものとし祖翁二百年祭の広前に

参勤として備ふ

とあり、白雄をはじめとして計四二人の俳人が描かれている。俳人の絵には、その句と名前等が記されており、例えば白雄には「迎火や父のおもかけ母の顔」「上田藩加舎六右衛門二男」とある。

また高島公園内に建立した芭蕉の句碑の絵を載せ「高嶋公園内　俳祖碑表雛形　芭蕉　花に遊ふ虻なくらひそ友雀

正二位季知書　惣丈　九尺余　横巾六尺余」とある。この句碑は現存している。

○

『草の餅』は明治二六年のものであるから、それ以前に刊行された追善集や建立された句碑の情報は、其残に少なからずもたらされていたと考えられる。自らが描いた絵像を豊富に用いていることからして、送られてきたものと同じような追善集は編みたくないと考えていたことは想像されるところである。

また追善集に関しては現物を実際にみることができたであろうが、句碑については、実際に現地に赴かない限り、現物をみることはできない。高齢であり、『草の餅』刊行の翌年に没していることから、現地で実際に見た句碑はほとんどなかったと思われる。しかしながら、実際に見た可能性の高い句碑がある。小泉山馬頭観世音境内に建てられたという碑である。「芭蕉翁碑建立之趣意」と題された広告（一紙・「上諏訪角間町文林堂印行」）に以下のようにある。

芭蕉翁碑建立之趣意

翁ノ詞徳タル児童走卒モ亦能ク之ヲ知ル敢テ予輩カ喋々／ヲ待タサルナリ今其末流ヲ汲ンデ誰カ欽仰セザル者アラ／ンヤ恰モ宜シ今年其二百年回忌ニ当ルヲ以テ茲ニ有志者／ト相謀リ聊カ其恵ニ酬ヒント欲シ翁ノ肖像ヲ銅碑ニ刻シ／永ク其徳沢ヲ記セント欲ス茲ニ玉川村粟沢小泉山馬頭観／世音之境内ヲ相シテ建設ノ地トナス又因縁ナキニ非ル也／伝聞古昔和泉式部毎ニ該観音ノ仏像ヲ懐ニシ信仰ノ念不／怠ト泉氏ハ国家ニ名アル女流ナリ翁ハ俳

諧ノ祖宗タリ共／ニ国風ノ標準タレバ又詞宗ノ邂逅トモ云ザルベケンヤ今／此霊地ニ銅碑ヲ建設シ併テ諸家ノ名
吟ヲ刻シ以テ永ク斯／道ノ隆盛ヲ期図スト云爾／前記ノ意ヲ以テ諸君御出吟ヲ乞フ／
銅碑　高サ四尺　巾三尺　厚サ六寸　台石高サ四尺
撰者　岩波其残宗匠
四季乱題　出句五吟入花十三銭五句以下ト雖モ入花十三銭右金ハ／仕上迄最寄ノ後見又ハ大補助エ預ケ但望ニヨ
リ族名ヲ刻ス／
右五句ノ内必ズ一句翁碑ノ横裏面ニ刻ス最モ宗匠ノ撰ニ／依リ順席ヲ定ム且該碑ノ図ヲ口画トシ名吟集一冊ツヽ
呈／上仕候〆切四月三十日限リ祭典ハ（九月七日）（旧七月十七日）四方／ノ諸君御光臨ヲ乞フ

諏訪郡玉川村字粟沢

明治廿五年三月　催主　田中俵山／牛山其砌
後見　原田田柳／牛山曾楽／伊東良久／長田菊明／牛山明京
大補　上スワ　山田世外／林芒斎
下スワ　小口金桃／小口金谷
有賀　笠原湖辺
マジノ　平林珍荘
神宮寺　守矢為一

補助届ケ所

右の広告の通りに行われたとしたら、其残は撰者であり、祭典に一座し、銅碑を実際にみていた可能性は高いと思われる。銅と石の違いがあるので、安易に比較できるものではないが、其残の建てた碑は俵山・其砌の建てたものの二倍の大きさである。なおこの際の「名吟集」については未見で、どのようなものであったか不明である。

【注】

(1)今井桐陰の遺稿集『草の戸集』(一九一三年序)には、この句は採録されず、「芭蕉翁二百年祭謹賦/十七言中泣鬼神/吟花詠月道茲新/古池一派開天地/伝得清風二百春」が載る。また花の本十一世上田聴秋は「二十六年芭蕉翁検頌徳碑を洛東通天橋畔に建立し百僧を招いて翁の二百年忌を修し都下の貧民一千人に施米をしたことがある」(『明治俳豪之俤』一九一二年、霞吟場)が、これに関する句は『花本十一世聴秋翁　鶴鳴集　第一声』(一九一九年、香風社)に収められていないようである。『草の戸集』を編んだ泉々居穿井、『鶴鳴集』を編んだ金沢の小杉咲也は、個人句集に収録するにはいかがなものかという判断があったか。

(2)「松尾氏の紋所略説」の箇所については、岡本勝が翻刻している。これについては、勝峯晋風も考えを述べている(『明治俳諧史話』一九八四年、日本図書センター)。

第九節『清流』『明治廿五年俳句五百題』

幕末から明治にかけての俳壇について、櫻井武次郎は「この時代の中心になったのには、蒼虬・梅室の門人が多く、彼らは明治にかけて俳壇の中心に位置を占めていく」(『連句文芸の流れ』一九九四年、和泉書院)とする。花の本六世蒼虬・同七世梅室の出身地金沢では、ほぼ同時期に相異なる二つの追善集が刊行された。『清流』と『明治廿五年俳句五百題』である。

『清流』は、木版刷、袋綴、半紙本、表紙左肩に題簽が貼られ、「清流」とある。巻末に「明治二十六年六月　横山氏蔵板／七十五老　青波書」とある。序文は以下のようにある。

芭蕉の翁の古池の吟を源として／枝流れさま〳〵に別れし中にも濁れるは／おほく清るは少し加賀の国金沢は／元禄二年の秋翁みちのく行脚のかへるさ／小春亭に立よりて白露の淋しき味／をとしめされしより此地の風雅の礎／いよ〳〵固く連衆の声名は諸書に／いちしるくなほ希因闌交蒼虬梅室と／つゝき斯道の隆盛今にたゆます今年／翁の二百回の法莚を開て俳諧の／百韻興行ありはた海内諸風子の／献詠は浅野川のあさからぬ志を顕し／卯辰山のことく堆に積て実花々しき／大会なりしとかやそも此地代々の連衆は／名にしおふ金沢水に耳を濯き腸を／さらされたるものからかの濁れるはなくて／清きかゆゑなるへしよりて此しふを清流と号てひとことを書つくるものは／おなし末くむをはり人になん／明治廿六年　仲夏　松浦羽洲

右から、書名の「清流」は羽洲に付けられたものであり、また金沢の俳壇は「芭蕉の清き流れ」であることに拠ったことが知られる。こうした書名の付け方は、二百回忌追善集では珍しい。羽洲の存在がそれだけ大きかったということか。なお羽洲は「白山の北と仰がんわか葉時」の句を献じている。

巻頭には「明治二十六年六月四日八坂於松山寺／芭蕉翁二百年忌追善会張行」とある。次に「ほとゝぎす声横たふや水の上」を立句とする「脇起俳諧之連歌」が載る。脇句は居中、第三は賢外である。一人一句順送りの百韻である。立句と「井波」とある二人と「ノムラ」とある一人を除いた九六句は加賀地方の俳人のものと考えられる。甫立、萎文といった、加賀地方の有名俳人の名が見られる。

次に諸国からの諸俳人の句が載る。地域と句数は以下の通りである。

山城16、摂津10、伊勢4、尾張19、三河2、遠江3、駿河4、甲斐3、伊豆1、小笠原嶋1、相模1、武蔵16、下総2、常陸2、近江2、美濃4、信濃10、上野2、岩代2、陸前1、羽後2、越前3、能登31、越中45、越後

26、因幡2、出雲4、播磨4、美作2、備前1、備中1、安芸1、長門2、阿波4、伊予2、土佐3、豊前6、豊後3、肥後2

次に自国一六句、金沢一五九句が載る。

次に和歌六首が載る。六首めの詠者は「富兄」である。高橋富兄のことであろう。近代の加賀地方の文学史で看過できない歌人である。

次に漢詩一首が載る。

最後に甫立ほか加賀の俳人の句が三〇句載る。

収録句の内容は、芭蕉の二百年忌の献詠ということがわかるように詠まれたものが多い。『古今俳諧明治五百題』の編者で知られる下総の東旭斎の「ぬればやな夏の芭蕉の下雫」のごとく「芭蕉」や「翁」を詠み込んだり、また「金沢や夏に翁の二百年　甲斐　芹甫」のごとく「二百年」を詠み込んだものが少なくない。また芭蕉の詠句をふまえたものも多い。遠江の松島十湖の「万世にひゞけ蛙の水の音」のごとく、序文に「芭蕉の翁の古池の吟」とある「古池や蛙飛び込む水の音」をふまえたものが目立つ。

○

『清流』は、木版刷、袋綴の半紙本で、句集の伝統的な装釘である。これに対して飯尾一風編『明治廿五年俳句五百題』は近代的な装釘で、活版刷の小本で、料紙は近代紙である。刊記は以下のようにある。

明治廿六年三月八日印刷／仝　三月十日出版

著作者／兼発行者　飯尾次郎三郎／石川県金沢市枝町

印刷者　中野俊雄／同県同市野町壹丁目

巻首に「金城　飯尾一風編む」とあるので「飯尾一風」と「飯尾次郎三郎」は同一人物である。編者の「凡例」に本篇は蕉翁の二百年にあたりこの年の俳句を広く輯めてそか／記念ともなしかつは時の流行を世々に遺さんか為めの主意なれ／は佳作秀吟ありといへとも故きに属したるものは之を棄て／新らしきをのみ拾ひてこゝに一小冊となしたるものなり

とあり、編者の跋文中に「翁の二百年にあたり之れか形見ともな／れかしと這般ひおこかましくも此編を／なしぬ」とあり、二百回忌に因んだものと知られる。

内容は、芭蕉像、題字、序文、凡例、本文、跋文から成る。芭蕉像には「洛東一乗村金福寺芭蕉庵／安置正風宗師之像／米僊寛」とある。金福寺は『閑古集』（前掲）とかかわりがあった寺である。笠をかぶり、杖をもった立像である。題字は不識庵主人。花の本聴秋のことである。序文は、釣年庵曲川、暮柳舎甫立、南庵文器、園亭萎文である。本文は、題数七六七、句数二六三八句、作者の多くは加賀・能登の人である。跋文は、石井一蛙である。

『俳諧新誌』一三号（明治二五年一一月）に『明治廿五年俳句五百題』の「予約出版広告」が掲載され、以下のように記されている。

右ハ当時全国知名ノ各宗匠諸名士ハ勿論予約申込者ノ秀吟五千余句ヲ部ヲ改メ題ヲ分チ国名俳名ヲ明記スル

「全国知名ノ各宗匠諸名士」とは、喰風、羽州といったいわゆる旧派宗匠のことである。また「予約申込者」とは本書の予約申込者のことで、一冊定価一五銭に対して予約金は八銭である。四季一句づつ無料で掲載し、申し込み時に一季題随意五句づつ出せば宗匠が撰んでくれるというのが、予約申込者の特典である。仮に千部販売しようと思えば、「全国知名ノ各宗匠諸名士」の句を千句、残り四千句すべてを予約申込者とすればよい。いずれにしろ五千余句集まれば、利益を出せると考えたのであろう。しかし、実際は先に述べたように全二六三八句であるから、もくろみの半分ほどであった。

また予定通りには進まなかったことに発行・送本の時期がある。「予定出版広告」では、予約申込期限を一二月一五日、送本は一月一五日としていたが、『俳諧新誌』一六号（明治二六年二月）の「雑報」に以下のようにある。

●明治廿五年俳句五百題集　当地の北溟社にて募集せる同俳句集は既に編纂を終りたれと迚も予告の通り発行送本なし難きに付三月十五日迄延期せりと同集は飯尾一風氏の編纂になり海内宗匠の近詠を多く掲載し此道のためにはよき栞とも成るへし

当初の予定より二ヶ月遅れている。送られてきた句を随時分類し、編集しても、印刷・製本するという行程を考えれば、申し込み締め切りから一ヶ月で送本というのは、かなり無理があろう。

なお右に見られる「北溟社」については『明治廿五年俳句五百題』そのものには記されていないが、「予約出版広告」に予約申込所としてあげられており、「金沢市南町四十四番地／北陸新報発行所」とある。吉本次郎兵衛の経営である（注1）。

また「予約出版広告」では、題字は上田聴秋、序文は、曲川、南齢、跋文は文器、桃芽、甫立としていたが、先に示したように変更されている。その理由については不明である。

編者の飯尾一風（次郎三郎）は、大正八年から一一年まで金沢市長をつとめ、政財界で注目される事蹟を残したため、地域史にその名が記される。ところが、例えば竹谷政雄『北陸の俳壇史』（一九一一年、北国書林）や中西舗土・新田祐久編『石川近代文学全集18近代俳句』（一九九〇年、石川近代文学館）で取り上げられていないように、『明治廿五年俳句五百題』については注目されることはなかった。二百回忌に因んだ句集として「懸賞」という形式はとらず、「予約」という方法をとった句集として注目される。

【注】

（1）吉本次郎兵衛については拙稿「紋蒼（吉本次郎兵衛）の俳書について」（『中央大学文学部紀要』一一一号、二〇一三年三月）を参照されたい。

第一〇節『潮かしら』『華橘集』『琵琶湖集』

前掲『子規』もそうであったが、「点取」の句集は「追善」よりも「高点」に比重が置かれ、配本に便利だったからであろうか、活版印刷の傾向があると思われる。そうした状況をうかがえるものとして、ここでは、刊行が明治二六年より後で、活版印刷で、点取を含むものを三点取り上げたい。

『潮かしら』は香川県で刊行された追善集である。刊記は以下の通りである。

明治廿七年五月廿日印刷／明治廿七年六月五日発行／非売品
編輯兼発行／香川県那珂郡龍川村大字金蔵寺廿四番戸／　山地健雄
印刷者／仝県仝郡象郷村大字苗田八十四番戸／有房梅三郎

編輯兼発行者の山地健雄は次にあげる「〇当二百年祭略況　橿姿社」に拠れば橿姿社の社主と考えられる。この時期の刊行になったことについては、巻末にある「〇当二百年祭略況　橿姿社」に以下のようにある。

本祭実は明治廿六年中を以て之を執行するの計画なりしも時／日遷り易く今日に至り遂に明治廿七年四月十五日とはなれり／前日以来降雨の下に於て粗諸般の準備をなしつゝありしに幸／ひ当日は天気晴朗予め招待の来賓は定刻より陸続来駕あり式／場は社主邸宅を充て金倉寺境内には本祭紀念の建碑を営なみ／正午より寺僧の読経修行ありて来会員参拝枯香の式をなし夫／より会主は一仝と請し式場に莅む時午后二時霊位は南面の床／上に按し

西端を宗匠席と定め地方紳士は北に列し俳道諸子は／南に連り宗匠は社主綾西舘健雄脇宗匠は榎蔭庵素石執筆は春／宵堂松雨之を勤め撃板第一声各座に就く（此間風琴奏楽）先つ／諸家より捧けたる手向吟詠を朗読し次に両宗匠着席執筆をし／て正式の連歌興行の準備をなさしむ（此間笙篳篥奏楽）之より／各次韻一順漸次発声し次に別途来賓よりの祭詞並に詩句の代／吟等を行なひ茲に全く式の畢りを告け撃板第二声と共に一同／退場時已に午后四時なりき来賓は南の別室俳士は北の別室に／於て酒肴を呈し献酬醺飲交々胸襟を披き和気洋々日没に及ひ／無事閉会せり実に　俳祖の遺徳千古昭々たるに頼るとは雖も／大方諸君の本社眷顧の情誼深からざりせは焉そ此満足の結果／と了し能はんや茲に当日の略況を叙し併せて之を拜謝す

記念建碑は元来丸亀地方の人士か蚤々企つる処にして碑面／の遺吟故花の本芹舎か揮毫せしは今を去ること殆んと／十年の昔となれり爾るに自来種々の事情ありて其侭荏苒経過／しつゝありしを当祭執行の好機に際し本社に於て該関係諸／士より申受其同意を得て自他の志を就すことゝはなれり

明治二六年中に催す計画はあり、それが延期された理由については明言されていない。最後に記された句碑は「名月や川にさし来る汐かしら」とあり、金倉寺に現存する。書名はこの句に拠るものと思われる。

はじめに「芭蕉翁第二百年遠忌奉納」として、芭蕉の「吹度に蝶の居直る柳かな」を立句とした、一人一句順送りの脇起俳諧之連歌（歌仙）がある。遠忌が四月一五日に行われるので、この句になったのであろう。脇句は素琴だが、挙句前は「寄つとひ昔を忍ふ花供養　たけを」とあり、「たけを」は社主の「健雄」であろう。なお本書表紙には桜が描かれている。

次から各国および自国の俳人の句で、国名と俳人数は以下の通りである。

東京4、西京2、ナニハ3、ミカハ1、イヅ1、名ゴヤ1、ウゴ2、ヤマシロ2、ヤマト1、カヅサ1、エチゴ1、オフミ1、ナガト1、アハ1、ビゼン1、サヌキ47

次に梅軒、梅里、河田正直の漢詩があり、次に「集句五万有余吟抜萃三百章内上座」として「綾西館たけ雄宗匠撰」「春宵堂松雨粛撰」（抜萃二百吟ノ内上座）の句があり、次に「集吟三百余章　題雪月花」として「ナニハ黄花庵南齢宗匠撰」「イヅモ花芳軒詞長撰」「コトヒラ彩雲堂花暁老大雅撰」「コトヒラ凌雲堂松皐老詞長撰」の句がある。最後に、南齢、たけ雄、佳暁、花暁、松皐、樟隣、松雨の句があり、先の「〇当二百年祭略況　欜姿社」となる。

〇

『潮かしら』の一月後に刊行された『華橘集』は、静岡でなされた追善集である。刊記は以下の通りである。

明治廿七年六月一日印刷／仝年仝月十三日発行
発行所　駿河国静岡市鷹匠町三丁目八十四番地／静岡吟社／責任者　古池堂蛙水
編集者　駿河国静岡市鷹匠町三丁目八十四番地／岡村歳郎
発行者　全国有渡郡豊田村南安東五番地／渥美仙吉
印刷社　全国静岡市呉服町二丁目卅七番地寄留／鈴木常次郎

最後に以下のようにある。

祖翁の二百遠忌は去る年なるに事繁くして思／ひつゝ過しつるをこの春にいたりて思ひ寄り／いさゝか営む事はなりぬ　　営主　拙叟
春なれや手向る花も沢山に　　李荘
さもあらん残る寒も別な春　　眉泉
北山や時雨るゝあとの花吹雪

これに拠れば、忙しかったので正忌の翌年春に成されたことが知られる。始めに「芭蕉翁／二百回／遠忌／追福／するか路やはな橘も／茶のにほひ　翁」とあり、書名は『炭俵』所載の、この句に拠るものであろう。茶所にふさわしい選句である。

高点句集で「正評」として、〈三河〉呉井園蓬宇宗匠撰（三句）、〈京都〉一道居犂春宗匠撰（二一句）、〈尾張〉羽洲園羽洲宗匠撰（一三句）が載る。

次に「衆評」として、白兎園知来宗匠評（七句）、釣軒其水宗匠評（五句）、一葉齊一葉宗匠評（九句）、玉兎園魯秀宗匠評（八句）、蕉花庵為梁宗匠評（七句）、浪庭此月宗匠評（五句）、執中庵麻山宗匠評（八句）、篆竹舘淇水宗匠評（八句）、春暁堂白雲宗匠評（五句）、芳蘭亭嘟玉宗匠評（六句）が載る。すべて駿河国の宗匠である。

次に「本評」として、雪草廬拙叟撰、常雪庵眉泉撰、対雪園李荘撰が各三〇句ずつ載る。「正評」「衆評」「本評」の句はいずれも追善句ではない。

次に「像前手向之吟」として

仰く外なくてたのもし初時雨　三河　八十六翁蓬宇
勢ひを根もとに見せて枯尾花　京都　犂春
ゆけと〳〵道に果なし枯尾花　尾張　羽洲

の三句の後に知来をはじめとして駿河の俳人の句が二七句、下総の俳人の句が二句載る。

さらに「催主」として次のようにある。

年を経し松のみとりや花の山　催主　一光
散栄て猶更惜き桜かな　李春
いつとても静な雨を春は猶　露舟
花日和むしろ集ひはよい頃そ　蛙水
霞ても寒き姿や枯尾花　静山

枯尾花霞糸遊招き寄せ　仙菓
手向るもけふの花也梅椿　素月
けふをこそつとひ鳴せよ百千鳥　保水

駿河の俳人が多くみられ、静岡県の郷土資料として貴重な一点に思われる。

○

『琵琶湖集』は、追善の会は明治二六年に行われたが、刊行されたのがそれより後になった追善集である。巻末にある「芭蕉翁二百年遠忌追善の辞」とその前にある「浪華梅旧院安置／芭蕉翁像直影之裏書」は以下の通りである。

「芭蕉翁二百年遠忌追善の辞」

翁は年少きより文学多才にして京師北村季吟翁に随ひ風雅／の道を学ひ俳諧の妙理を極められしより此方二百年の星露／を経るといへとも今もなほいますか如くそのおく深き道の／けちめを尋ねのほらん諸風士の詠吟なる種〻における露の／玉は八百日行浜の真砂の数にもくらへかたかるへきをこた／ひみやひをみやひ女らの黄金の声玉のひゝきを琵琶湖集て／ふ名つけて十三千余となりける双紙を浪花の芦の浦わに住／ける野坡斧の主はた加茂川の水汲める芭蕉堂朝陽堂のある／し達をはしめとし諸彦の指さしまてもこひて漣の湖の末粟／津か原にしつまりましますす御たましろを聊か慰め奉らんと／茲に法廷をしき霊前に巻をひらく事とはなりぬ

明治廿六年癸巳五月十二日　森千里敬白

「浪華梅旧院安置／芭蕉翁像直影之裏書」

滋賀のあかた高島太田の里なる梅香吟社の諸風士打／集ひてこたひ祖師芭蕉翁の二百年遠忌の法会を営る／ゝにより予も其招きをうけて此地に杖を曳くにあた／りさきの日我浪花に法筵を開きしみきり写しものせ／し此尊像を携へ来り土産にかへて此社に贈りしにこ／れか裏書せよと席上諸風子のもとめ否むに意なく拙／き筆もて聊事

のよしをしるしかき待りぬ

明治癸巳年五月十二日／浪花東南高　野ほとり 野坡庵主露城

右により滋賀の梅香吟社の催した二百回忌の際の追善集であることがわかる。森千里が梅香吟社の主宰であったと思われる。なお「浪華梅旧院安置／芭蕉翁像直影之裏書」を記した瀬川露城は姫路の人で、明治四〇年四月大津義仲寺無名庵第一五世となって正風会を創立した俳人である。「浪華梅旧院」とは、芭蕉が亡くなった折にお経をあげたのが梅旧院の住職で、その関係で加賀山中出身の俳人不二庵二柳が芭蕉の墓をこの地に建立したとされる。

巻末の刊記は以下の通りである。

明治廿八年三月廿四日印刷
仝　　年仝月廿五日出版　　非売品
著作者　　滋賀県近江国高島郡新儀村／大字太田二百四番屋敷／森可信
発行兼印刷者　　滋賀県近江国高島郡新儀村／大字太田六拾番屋敷／浅見俊雄
発行所　　滋賀県近江国高島郡新儀村／大字太田六拾番屋敷／梅香吟社
印刷所　　滋賀県滋賀郡大津町大字松本／三百三十三番屋敷二十二／近江新報社

右に拠り、刊行そのものは明治二八年三月であったことが知られる。明治二六年五月の追善からおよそ二年もたってから発行された理由は不明である。投句の処理などに手間取ったのであろうか。

内容ははじめにある、以下の「もくじ」にあたるものに拠って知られる。

○題字　　江馬天江
○脇起俳諧連歌
○俳句一万三千余　　野坡莽評

○時雨枯野　一題　二句吐　手向評者　九名
芭蕉堂評
朝陽堂評
手向評者　四名
○古今人之履歴　席順如落磊
○芭蕉翁像　浪花梅舊院女安置之辞
野坡莽
○芭蕉二百年遠忌辞　森千里
○芭蕉追善　勤行差定
○庫裏書畫展観　諸家出品
○客殿生花　池之坊門弟中

「脇起俳諧連歌」には「於西方精舎張行」とある。「西方精舎」とは、滋賀県高島市の西方寺である。立句は『卯辰集』に載る芭蕉の「四方より花ふきいれてにほのうみ」であり、書名は「にほのうみ」に因むものと考えられる。脇句は千里、一人一句順送りの歌仙である。挙句前は「楓城」であるが、他の連衆は刊記にあった梅香吟社の社員かと思われる。

次に「手向之吟」が載る。国名と俳人名は以下の通りである。なお国名が重複している場合、一つにまとめず、掲出順にあげる。

［京］楓城、葉舟、泰山、梅堆、琴湖、栢年、露翠、一巣、鳴立庵宇山［若狭］一景、詠月［敦賀］春窓、有夕、竹司［鴨］向暁、南居、美山［湖東］其節、梅家［新庄］起雲、松鶴［上古賀］梅雪［下古賀］梅仙［田

中〕梅居〔八日市〕君風、星石〔上弘部〕安達〔舟木〕正道、竹枝、正遂、琢道〔鴨〕楽明、幸雄、里月〔南市〕正扇〔大供〕一笑、珍丸、樹楽、桃軒〔三尾里〕虎竹、鴨涯〔浪花〕露城、霜堂、都人、藪堂、雫香、鴬宿、靄然、霞丈〔藁園〕諦喜、朝水、湖春〔浦〕梅起、清山〔岡〕山露〔川島〕雨石、梅春、秋齋〔四ッ川〕賞雪〔横山〕涼月、南山〔武曽〕一笑、松旭、淳堂〔安井川〕志道〔旭〕忠孝、明春、一牛〔中ノ庄〕白水〔東京〕旭亭、柳渚、かほる〔浪花〕虎友〔田中〕柳下、幽洞〔舟木〕士山、時尾女、梅暁〔敦賀〕伊吹〔京〕聴雨〔加賀〕小梅〔京都〕連梅、稲処〔深溝〕一六〔熊本〕半月〔川島〕眠蝶、梅園、梅寿、茂竹、梅居〔太田〕碧堂、梅石、竹洞、遠柳、潮悠、鳩庫

次に「一万三千余」句から、次の宗匠が、各自選んだ句が載る。

野坡蓊露城宗匠は一〇〇句と自句。方笙亭玩鳥大人、碧玉齋芦西大人、森の戸芦洲大人、一時菴山月大人、梅好園香月大人、敦賀江南堂耕歛大人、敦賀月清園里水大人、耕雲堂奇石大人、芦鶴園千里大人は各六句。芭蕉堂楓城宗匠評、朝陽堂一巣宗匠評は各一六句と自句。金花園西鶴大人、湖東朝日蓊松鶴大人、楊柳庵机休大人、越前麗園花笑大人は七句。

次に、露城、千里、梅塘、稲玉、三玉、里雪、雪架、雨石、其山、暁山、起村、楽遊の詠句が一句ずつあり、次に「手向評者／おの〳〵追加の吟」として芦鶴園千里、耕雲堂奇石、森の戸芦淵、碧玉齋芦西、方笙亭玩鳥、旭蓊松鶴の句が載る、

次に「山中や菊は手折らぬ湯の匂ひ　祖翁」がある。なぜこの句がここにあるかは不明である。あえて憶測すれば、先述の二柳の関係か。

続いて敦賀の麗園花笑、江南堂耕歛、月清園里水、金花園西鶴、一時菴山月、梅好園香月、楊柳菴机休の句が載り、「古今人之履歴」「浪華梅舊院安置／芭蕉翁像直影之裏書」があり、次に三三名の句が載る。梅香吟社の社員か。

次に前掲「芭蕉翁二百年遠忌追善の辞」が載り、西方寺で行われた「芭蕉翁二百年遠忌追善法会」の次第が載るとともに、「展観之部」では、展示された俳事に関係する短冊など二〇点あまりの目録が載る。最後に「生花の席」がある。生け花が記録されるのは珍しいので以下にあげる。

芭蕉　床構白幕　西湖執達　秀葉軒直忠
草花　砂物　花定式　常止軒知足
夏菊　同　森千里
杜若　松井松儛
薄撫子　田中柳涯
杜若川骨　本城利吉
柘榴夏菊　上原廣太郎
牡若　花定式　慶雲堂竹洞
九十九杜若　七種伝　清水青蓼
柘榴　同　長宗起村
芭蘭夏菊　饗庭艸清
槙夏菊　清水晴耕
夏菊　藤田庄太郎
一八　中野久米松

第一一節『月廼莚』

越後で編まれた追善集に『月廼莚』がある。刊記は「文音所／越后国北蒲原郡／堀越村大字大野地／田辺晴雲」とある。明治二八年の鳳羽の序に

越後の晴雲子をとゝしの秋はせをの翁の／二百年の霊を祭らむとて二三の風友とはかり／雲折々人を休むる月見の遺吟を石に／ゑり北浦原郡新発田の公園に築きて／憐恩の俳諧をさゝけ今又謝徳の一集／を編て同好にわかたる（中略）乙未中秋望後一日洗洞閑人鳳羽識

とあり、『月廼莚』が二百回忌の際の句などをまとめたものであることがわかる。刊記に刊年は記されていないが、序にある「をとゝしの秋」が明治二六年のことならば、本書は明治二八年に成ることになる。

二百回忌は秋に行われたため、『春の日』収録の「雲折々人をやすむる月見哉」を選び、この句を刻んだ石碑を建てると共に（口絵に碑の絵有）、この句を立句にする俳諧之連歌が行われた。集中にも

雲折々人を休むる月見かなの／高唫を石に彫て

碑にかをれ幾世も月の露　晴雲

祖翁の二百年忌を心ばかりに／いとなみて

おもひ起す今日や枯野の夢の跡　仝

とあり、主催は晴雲である。晴雲は文音所の田辺晴雲か。書名は「雲折々」の句に拠ったものであろう。なお新潟県新発田市諏訪町の諏訪神社に、「雲折〱人をやすむる月見哉」の芭蕉句碑がある。前掲『石に刻まれた芭蕉』に拠ると、明治二六年一〇月、荒井鶯春・安部柳琢建立、蜂須賀霰笠書とのことである。この句碑のことであろうか。た

だし晴雲の名はない。

はじめに一人一句順送りの「脇起俳諧之連歌」があり、脇句からの俳人名は以下の通りである。

晴雲、鴬春、柳垓、和静、百化、肥光、晏知、蕉雨、嘯月、三晴、碩宇、桃義、松蔭、香邨、愛我、松雨、東陽、密雲、如泉、琴丸、唫華、蓮麿、峰詮、一羊、未得、松涛、岩泉、晴谷、友丸、桐雨、春翠、訥々、芳宜、㒵舟、可月、極水、梅遊、志逸、甫雪、団雨、松臺、潜龍、三司、晴月、蕉陰、松泉、柳泉、亀石、半霞、汲古、竹窓、山斎、邃斉、内義、固有、嫌喔、静好、抱月、嵐止、酔月、松窓、天江、蘭亭、文琪、夢得、柳涯、素流、省春、乙雨、稲住、撫葉、松風、藤垣、玉水、古草、尤儀、柳眠、徐風、亀泉、松翠、送雲、二松、暁河、梅香、桜雲、うつ柳、梅岡、三久、雲峰、丈苞、青斧、晴峰、菱池、総拙、文之、再来、梅玉、木甫、執筆

次に各国からの句がある。俳人名は以下の通りである。

［東京］永機、素水、箭浦、採花、樹山、松江、愛我、清雅、青宜［京都］犂春、連梅、聴秋、九岳、葉舟、一巣、泰山、柳後、楓城、稲処［大坂］鴬笠、松窓［近江］洗玉［美濃］三守［尾張］羽洲、車友、華岳、其彭、可翠、可洗、荷庵、素陽［伊勢］耕雨、社楽、松年、梅有、果樵［三河］石芝［遠江］木潤、丹節、起雲、十湖［駿河］九成、以章、寸舟、李荘、一桃、眉泉［伊豆］連水［播磨］笠雅［備中］春園［因幡］敏樹、菊堂［長門］梅宿［讃岐］真海［豊後］華跡、凝北［筑後］楓蔭［上野］桑古、乙瓢、峨琴、かつみ［信濃］省我、対山［下総］旭斎［岩代］壮山、坡石、忍山［陸中］友山［羽後］唫風、月静［加賀］賢外、甫立、萎文、北江、招鴬［能登］淇洲、環洲［越中］西蘭、友知、箕山、石甫、乙友、積哉、枕石［新潟市］木甫、梅玉女、暁河、甫雪、蟾華［中魚沼郡］文琪、青斧［古志郡］三暁、東仙［三島郡］柳涯［南蒲原郡］丈苞、台雨、潜龍、三司、松台［西蒲原郡］流芳、梅岡、夢得［中蒲原郡］天江、芳宜、柳泉、稲住［岩船郡］邃斉、由義、山斎［北蒲原郡］琴麿、肥光、柳水、蓬麿、㒵舟、碩宇、岩泉、可月、嵐止、唫華、竹窓、香邨、道雲、春翠、玉水、亀泉、香

水、如翠、松翠、喜蔵、静好、半霞、春洲、塩海、省春、桃義、密雲、訥々、菱池、三久、松蔭、藤垣、雲嶺、山橋、東陽、虹跡、松雨、東雲、百化、三晴、嘯月、晏知、蕉雨、鴬春、柳玹

次に前掲の晴雲の二句（「碑にかをれ」「おもひ起す」）があり、一端ここで区切りを設けている。以下、追善句ではない句が国別にまとまっている。俳人名は以下の通りである。

［東京］其鳳、鳳羽、素石、みき雄、千畝、竹夫、芳連、花朝女、不二雄、菟好、一草、竹童、雪人、芳泉、梅年、尋香 ［大阪］南舲、北叟、支仙、露城［武蔵］雪簑、楓処、其峰、薫甫［下総］逸窓、雲石、文邨［相模］宇山［尾張］羊山、秋湖、二道［美濃］蓼庭［紀伊］芹丈、香岱［幡磨］三粒、鏡花［因幡］鳥牙［伯耆］聴水［近江］九峰［駿河］蓮糸女［越中］美杉［信濃］堆山、松嶺、春風［甲斐］守拙［上総］椿山［岩代］有俄［磐城］可祝［仙台］甫山［陸中］一眺、一閑［小笠原島］雪衣［佐渡］収之［北海道］墨雨、鱗一、池菱、応井［刈羽郡］亀石、抱月［中蒲原郡］尤儀、除風、ぅつ柳［新潟市］教山、再来、芦丸［岩船郡］琴団、以恵［北蒲原郡］松風、静山、酔月、松窓、嫌腥、松泉、蘭亭、無有、総拙、和静、峰詮、晴谷、志逸、志博、志泉、一宇、志正、龍雲、宝泉、雲峰、志流、椿葉、素流、乙雨、晴空、松翠、暉僊、源泉、梅遊、一洋、竹哉、老圃［住田］竹窓、玉翠、柳眠、古草、晴峰、文之

最後に晴雲の句が四句が載る。

『月廼莚』は、当時の越後の俳人について知ることができるので、郷土資料としてはそれなりの価値がある。しかし追善集としては平凡なものといえよう。この追善集がもし明治二八年に成ったのならば、それまでに刊行された追善集を十分に参考にできたと思われる。参考にした上で独自性を出すのではなく、皆と同じようなことをすることによって、共有する世界を持つことができると考え、同一性をめざした結果平凡なものとなったのではないか。とすれば、追善集の定番は、芭蕉の句を立句とする脇起俳諧之連歌、各地の俳人から寄せられる句、周辺の俳人の句を骨格

とし、書名は芭蕉の句に拠る、であったと晴雲が考えていたものと思われる。

二百回忌の追善集も、それ以前の追善集を参考にしてなされていったのではあるが、同時代の者が同時代の追善集と同じようなものをなして、いわば「共生」するところに、旧派の一つの性格がみられるといえよう。『月廼莚』は、そうした旧派世界の一つの特徴をうかがわせるという点で注目される追善集である。

第一二節『俳諧草庵集　初篇』

都営浅草線本所吾妻橋駅から徒歩三分ほどのところに芭蕉山桃青寺がある（現住所・東京都墨田区東駒形三―一五―一〇）。「芭蕉」「桃青」から明らかなように、松尾芭蕉に関係の深い寺である。

もともとは白牛山定林院といい、それが芭蕉山桃青寺と改められ、後に白牛山東盛寺と改められた。さらに明治二六年に再び芭蕉山桃青寺となるが、これは明治二六年が芭蕉の二百回忌であったことに拠る。この二百回忌の際に行われた俳諧之連歌等を収録したのが『俳諧草庵集　初篇』である。

近代になり、初めて桃青寺について記したのは内田魯庵『芭蕉庵桃青伝』（一八九七年）か。「茲に芭蕉の東下に就き其日庵に伝ある一異説あり」で始まる「芭蕉と桃青寺」という文を収める。まとめると以下のようになる。

寛永三年に黙宗和尚が開創した白牛山定林院に、寛文年間に初めて関東に来た芭蕉が小庵を結んだ。芭蕉没後、素堂が追悼し、定林寺に桃青堂を建立し、芭蕉遺愛の頓阿弥の西行像と新刻の芭蕉像を祀る。素堂没後、二世其日庵馬光が素堂像を作り合祭、三月と十月に俳筵を開き、追善供養をする。これにより延享二年九月に白牛山定林院を芭蕉山桃青寺と改称、その後、白牛山東盛寺と改め、今の十一世其日庵素琴が往時を追懐し、明治二十六年に桃青寺とし、芭蕉堂を再脩した。

その後、萩原蘿月『芭蕉の全貌』（一九三五年）で取り上げられた。それに、近世の資料としては、素丸の芭蕉百回忌の追善「浜木綿」（寛政五年）と松浦静山「甲子夜話」（正編巻六十四）の二つが紹介された。「浜木綿」には「本所原庭桃青寺は翁東旅行馬おりの地なり」とあること、また「甲子夜話」には「予が隠荘の北隣は東盛寺なり。その後に小篁あり。この処嘗て俳人芭蕉の棲みし跡と云」「桃青の号を後に東盛に改めしとも云へり」などとある。

また蘿月は、堀由蔵「大日本寺院総覧」などに拠り、その歴史を以下のようにまとめた。

震災前は桃青寺といふ寺は本所仲ノ郷原庭町三十五番地にあつて、寛文三年黙宗和尚の創立にかゝり、初は白牛山定林院と云つた。臨済宗である。此寺の檀越に長谷川馬光（二世其日庵）といふ者あり、頓阿作の西行像、素堂の像を安置し、四時像前に風雅を手向けた。後文化仲其日庵白芹再び桃青堂を修理した。延享二年峻岩和尚の際、旧事を因みて芭蕉山桃青寺と改称し、其後火に逢つて灰燼に帰したが、宝暦中泰龍和尚中興し、東盛寺と改めた。併し明治二十五年再び旧号に復した。現在の芭蕉堂は明治二十六年十一月芭蕉二百回忌に建てられ、正面に芭蕉・素堂の二像を安置し、周囲に数多の芭蕉を植ゑた。

「芭蕉堂は明治二十六年十一月芭蕉二百回忌に建てられ」とあるが、その二百回忌がいかなるものかについては、特に述べられたことがないようである。

〇

芭蕉山桃青寺の二百回忌に関しての基礎資料となるのが『俳諧草庵集　初篇』である。俳諧関連の辞典には立項されていない。

袋綴、中本で、表紙左肩に題簽、「俳諧草庵集　初篇」とある。ただし書袋には「俳諧草庵集／東京　唫窩　芭蕉山桃青寺／会主　芙蓉庵文礼」と刷られており、題簽にある「初編」はない。

また架蔵本の書袋には、左肩に「甫立先生」と墨書された赤色の小紙片が貼られている。当時、その句集等に句が採録された場合、「○○先生」とか「△△君」とか墨書された小紙片が書袋に貼られ、送られることがあった。とすると、これも加賀金沢の俳人「甫立」に送られたものと考えてよかろう。甫立はこの句集に句を寄せている。

「附言」は以下のようにある。

其日庵素琴子は山口素堂翁の十一世を／継き本所原庭町なる芭蕉山桃青寺を／再興してより此方年々追善の俳莚怠らす／開き来られし処明治三十一年六月の始ふと／病にかゝられ右俳莚の儀思ふに任せられす／成行しより愚老は再興賛助員の内なり／しを以右俳莚の儀ゆたねられ不日開莚の／運ひに趣く処十一月四日琴子終に黄泉の／客となられけれは今年四月十二日を以永代／俳莚の発会とし祖翁の遺志を継き／万事質素にして専ら正風の俳諧を／立貫かんとの素志なれは江湖の諸君にも／偏に賛助あらん事を希ふものは現今の会／主三世芙蓉庵文礼なり

明治三十三年三月

右から『俳諧草庵集　初篇』は、明治三三年四月一二日に三世芙蓉庵文礼が行う永代俳莚の発会の賛助を依頼するために配布されたものと知られる。今後、継続して発行する予定なので「初篇」としたものと考えられる。

また架蔵本には、活版印刷の正誤表一枚が付されており、それに「六月　芙蓉庵執事」とある。本体に挟まれて送られたとすると、発送は六月以後ということになる。

○

本書の印刷や配布は、前掲の「附言」に拠れば、明治三一年一一月四日に其日庵素琴が亡くなったことを契機にしており、芭蕉の追善のためではない。しかし、内容は、素琴が芭蕉の追善のために行った俳諧之連歌を中心とするものである。

『俳諧草庵集　初篇』は、最初に永機の序文、次に江月の手に成る桃青寺の絵（色刷）があり、その次に「故竹本素琴配布散紙之写」として以下のようにある。

芭蕉山桃青禅寺堂席再建之主趣

仰芭蕉翁の大徳は遍く人の知る処昔を慕ふ人心都鄙貴／賤を問事なし頃は永禄の始つかた正風俳諧を推弘め／教化の道に余念なく予て壁の隣には同窓同志の親友／にて素堂翁の有けるにそ心易くも行脚して過にし事は／本伝にも委敷掲けて見えたりき是より前の幾年か／翁の壮年に在りし際初て江戸へ下られし折柄途中に／連立一僧侶そは本所中の郷に居を卜したる黙宗和尚なり／しかは禅味を問つゝ同伴して竟に原庭町の禅室にそ落／着れける夫より此傍に小庵を結ひ暫く月日を送られし／かと又深川の阿武町に移り猶仏頂禅師に参禅する事／とは成ぬこの因縁の有あれは翁の没後四十四年延享／二乙丑の九月に至り原庭町の一宇をして芭蕉山桃青寺／と号けけり其後素堂翁の二世其日庵馬光は故事を／追懐するの余り此寺中の一隅に桃青堂を建立し／芭蕉素堂二翁の像を安置せり爾来年々三月に／花筵十月に時雨忌の俳筵を開て追善供養／を怠らす馬光以下七代も次て木像を并列し堂宇／の修覆も曾閊無りしか事の栄枯は世上の習ひとて／宝暦年中寺号に曾支有て白牛山東盛寺と改め／近時桃青堂の跡たに見えすなりけるはいともくやしき／事にこそ此度不肖秀子故ありて十一世其日庵の号を／承け名を素琴と改めて累代の遺物を悉く譲り受けたり／折しも天運循環して同寺の法元龍奥寺説禅長老の／勧告に応し当住等珉和尚は官府に請ひて旧称／なる芭蕉山桃青寺の号に復古する事を得たり／此道の栄え行へき時の至れるを芭蕉素堂の二翁にも／嘸かし喜悦して在すならん殊に本年は芭蕉翁／の二百回忌に当れるを以機会とし爰に古代の／固有図に雛形ある桃青堂を造りて正面に二翁／の木像を安置し方六尺下屋四尺左右赤壁の下地／窓萱屋根の質素なるを傍に連りて俳席一棟を建並／旧儀を講し正風の遺教を再ひ震ひ起さんとの願ひなり／又彼の三日月日記にいふ芭蕉を移すの詞に習ひ境内に数／多の芭蕉を栽込み雨を聞栞となし或は春秋の花草を／集め文人墨客の眺に備へんと欲す憐れ世の有識者其／善根を培養の為め偏に資助あらん事を望むといふ

明治廿六年四月　　主事秀子事　竹本素琴／賛助員　姓名略

右に「本年は芭蕉翁の二百回忌に当れる」とあるように、素琴が編んだ芭蕉二百回忌に際しての句集があり、それを文礼が刊行したということである。

先にあげた内田魯庵も萩原羅月も、桃青寺について記すにあたって、これを参照したものと考えられる。

○

巻頭は、「明治廿六年十一月十二日於桃青精舎興行／芭蕉翁二百回忌」とあり、『泊船集』に載る芭蕉の「時雨るゝや田の刈株の黒む程」を立句とした、一人一句順送りの俳諧之連歌五十韻がおかれている。本集が二百回忌追善集であれば、この句に因む書名になったかもしれないが、文礼が今後継続して出す予定であったため、『俳諧草庵集　初篇』になったと思われる。脇句からの俳人は以下の通りである。

素琴、幹雄、畊哉、登海、松塢、梅年、青山、青宜、採花女、素水、一草、千畝、一堂、清雅、覚斎、尋香、調雨、伯志、尚左、永機、又六、花影女、寿兆女、箭浦、寿山、石丈、尚古、菊外、とし守、桃年、うてな、橘仙、竹夫、芳律、鼠年、不言、古松、素石、桑月、機一、霊唫、菟好、素仙、碧海、福司、芳逕、文礼、雀志、旭子

芭蕉の句を立句とした五十韻は、前書に「芭蕉翁二百回忌」とあることから芭蕉二百回忌追善のものである。脇句の「冬に定まる鳫の声々」は素琴に寄せられた句、第三句の「集め木に奢り好まぬ普請して」は桃青堂のことを意味するものであろう。

○

次に漢詩と和歌が載る。以下のようにある。

古池一詠句留神　又有秋風戒冷唇　二百余年存旧址　遺堂今復会俳人／山舟居士晋

いにしへを忍ふ夕へのはせを葉にふる時雨さえ淋しかりけり　忠元
此ゆふへむかし思へは枯枝に啼やからすも心ありけり　頼国
はせを葉の時雨にぬるゝさま見てもふりし昔のしのはるゝかな　八十叟　重嶺

前掲『時雨塚』でも述べたが、句集に漢詩や和歌が載るのは、権威付けのあらわれと考えられる。とすれば、忠元は「諏訪忠元」、頼国は「井上頼国」、重嶺は「鈴木重嶺」か。

また次に以下の一九句がある。

帰り花咲日や其日桃青寺　永機
降りしみる蒼生の時雨哉　梅年
其影のさゝぬ国なし枯尾花　幹雄
かれてから寂もまことや蓮尾花　雀志
水音の空に広かる蛙かな　桃年
其日頃殊更桃のかへり咲　千畝
言の葉の花と雪さへ散る日哉　採花女
掘出した活栗洗ふ時雨かな　花影女
世々照や空と水との月明り　伯志
立枯の新芽にかへるはせを哉　鼠年
時雨会の尊さ知りぬ二百年　雪晗
さゝけはや梢のまゝを花若葉　うてな
忍はるゝものや若葉の花曇り　不言

待顔やけふの供養を時鳥　松塢
見こゝろも深し若葉の中の花　龍尾
ほとゝきす聞や仰て俯て又　桑月
誰耳とつらぬく声やほとゝきす　尚左
世に媚ぬ色や若葉の中の花　素蘭
若草やみななつかしき物はかり　芳律

はじめの俳諧之連歌の次に、地域名が記されない句のまとまりがおかれる場合、主催者と交遊のある宗匠であることが多い。先の俳諧之連歌の作者と、ここの句の作者で重複するところが、主催者にとって特に重視する宗匠であったと考えられる。素琴の交遊する宗匠の中核をなす人たちといってもよいだろう。

なお雪唫の句に「二百年」とあることから、これらが芭蕉二百回忌にあたり詠まれたものと確認できる。その文脈で、これらの句は解釈されるべきものである。たとえば桃年の句の「蛙」は、芭蕉の「古池や蛙飛び込む水の音」の「蛙」であり、蕉門の俳人を暗喩していよう。

○

次に各地域からの句である。

［京都］楓城、聴秋、寿瓶、稲雄、稲処、須臾［大坂］北叟、淡水、霞遊［須磨］霞城［伊勢］耕雨、社楽［尾張］羽洲、可洗、穲䆉、杜発、三楓、荷庵、可翠、寄陽、羊山［三河］石芝、杜堂、翠山、魯石［遠江］十湖、啓処、可然、洗玉［駿河］蝸堂、苔梅［甲斐］守拙、素白［相模］閑茶、宇山［上総］和兆、澄江［下総］和親［近江］義仲寺弓人［美濃］藍庭、竹籟、清泉［信濃］月盛、雪畝、一枝、吾風、堆山、対山、賀水、樹葉、凍湖、松渓［上毛］峨琴、閑窓、玉蕉、かつみ、半湖、歴山、青我、呉羊［岩代］壮山、有儀、尾全［羽後］唫

風、月静、蘭雨〔越中〕美杉、西蘭、流芳〔越后〕抱月、文琪、丈芭、天江、逸我、旭翁、晴雲、塩海、雲嶂〔加賀〕文器、賢外、萎文、甫立〔因幡〕桜旭〔伯耆〕聴水〔出雲〕曲水〔播磨〕鏡花、笠雅〔阿波〕抱清、宇雀〔讃岐〕真海、不如帰〔伊予〕呉雪〔豊前〕晩翠〔肥前〕竹外〔大隅〕梅青〔北海道〕応井、墨雨、池菱、対几
〔武蔵〕楓処、雪簑、海山、華城、是南、笑山、鶯樹〔横浜〕其峰、薫甫、蓼洲
〔東京〕尋香、鳳羽、素石、機一、芳逕、完岱、花影女、清雅、一堂、碧海、橘仙、双露、尚古、箭浦、菟好、菊外、寿山、素仙、寒香、福司、笑波、貞松、鳳嶺、菊友、又六、史遊、古松、丹蓉、雪丈、秋暁、対岳、梅笑、清雅女、貞兎、桂翁、融水、調雨、とし守、秧水、祖柏、杉夫、漂龍、窠雄、畊哉、卓堂、花川女、花莚、紫雲、青山、寿兆女、一直、石丈、孝節、松雄、竹夫
追加　伊豆武貞、羽后帯泉、越后柳泉、桃青寺石抱
(京都6、大坂3、須磨1、伊勢2、尾張9、三河4、遠江4、駿河2、甲斐2、相模2、上総2、下総1、近江1、美濃3、信濃10、上毛8、岩代3、羽後3、越中3、越后9、加賀4、因幡1、伯耆1、出雲1、播磨2、阿波2、讃岐2、伊予1、豊前1、肥前1、大隅1、北海道4、武蔵7、横浜3、東京55「追加」として伊豆、羽后、越后、桃青寺から各一句)

『草庵集　初編』では、北海道と武蔵・横浜との間で一行あけられ、その後東京の前で一行あけられている。最後のかたまり、ここでは東京が、主催者の活動する地域の俳人で、門弟が中心になる。素琴の場合、東京の他に、武蔵・横浜に門弟がいたことを示していると思われる。

例えば「年跨ぐ苔の数や冬つはき　加賀　文器」など、ここに載る句は追善句ではない。しかし、文器(南無庵・小島為善)は明治二六年四月に没しているので、各地からの句も二百回忌のおりに寄せられたものと考えられる。二百回忌を機会として芭蕉山桃青寺が再興されたから、このような作品がまとめられることになったものである。

最後に以下のようにある。

諸君の賛助により此寺に此会を開く／事のよろこはしく猶行末を寿きて
わらとれは間なく芽を吹芭蕉哉　文礼

これも二百回忌とは関係がなく、本書の締めにあたる。「芽をふく」ということばに、今後の発展を願った、祈願の句である。

第一三節　まとめ

高橋敏は、近世に「従来の行政制度や社会組織とは異質な教育組織」があったとし、「個々の地域を柔軟に結びつける知のネットワーク」を「手っ取り早く全国規模で一覧できるのは俳諧である」とする。さらに「俳諧の量的普及・浸透を見ることによって教育・文化の置かれた環境の大体の推移が見えてくる」とする（『江戸の教育力』二〇〇七年、ちくま新書）。高橋は「近世」としたが、旧派の俳人たちにも「個々の地域を柔軟に結びつける知のネットワーク」をみることができよう。

これまで述べたことを簡単にまとめると、追善集は、評点の結果収録された句が収められている句集とそうでない句集に大別される。前者は広範囲に句が募られたものであり、各詠句者の関係性が浅いものが多い。それに対して、後者は関係性が深いものが多い。前者は特定の俳人（宗匠）の活動を知る上で注目される。後者は、それが発行された地域の俳人コミュニティの状況を知る上で注目される。

主に後者の追善集の標準的構成は以下の通りである。

①「序」或いは「跋」　②脇起俳諧之連歌　③各国から送られた句　④結社や地元俳人の句

これに、建立した碑の口絵や、有名人の和歌、時には法会等の次第が付け加えられたりする。

①に拠って成立事情がわかるものが多く、主催者外の者が記す場合、それはその俳人コミュニティにおいて重要視される人物である。

②は芭蕉の句を立句とする。立句の多くは書名と関係性がある。複数の外部の者が連衆な場合、立場ある者が、脇句、第三、挙句（挙句が執筆の場合はその前）を詠んでいることが多い。

③は主催者らが、どのような外部の俳人とネットワークを持っていたかが知られる。②の脇起俳諧之連歌が、複数の外部の人が連衆である場合、それと重複している者が、重要視される俳人である。

④は主催者周辺の俳人の構成を知ることができる。

こうしたことをふまえれば、調査したい俳人が「有名宗匠」クラスであれば、さしあたり二百回忌追善集を調査することによって、そのネットワークがある程度みえてくる。

また二百回忌追善集の収録句の内容分析は、芭蕉の句の受容を知る上で看過できない資料を提供する。

現代人が芭蕉の代表的な句を一句あげるとしたら、「古池や蛙飛び込む水の音」はその上位に入ると思われる。現代では、この句の背景について学ぶ機会はないが、旧派の俳人たちにとっては共通認識があり（注1）、この句をふまえて詠まれた句は少なくない。

また『越のしをり』の最後の句は「この花の下かけ清き流れかな　秋紅」である。「流れ」は、「芭蕉の門流」であることを示している。この他に『越のしをり』に載る

けふもその流れをしたふ清水かな　梅園
流れ来る水かけ清き柳かな　麁仏

の「流れ」も同様である。また

飛びし音今猶響く蛙かな　可幸
日の入たあとの賑はし啼蛙　松風

は芭蕉の「古池や蛙飛び込む水の音」をふまえて、芭蕉の門流として今石動の俳人を「蛙」としている。こうしたメタファーは旧派俳人の世界を理解する上で欠かすことはできまい。

旧派の俳人達が芭蕉を俳聖として崇め、自らを「蕉門」と認識していたと、あらためてここで確認する必要はないかもしれない。しかし、芭蕉の清き流れを汲むと考えていたことをおさえておくことによって、静岡にあった「静岡吟社」の責任者が「古池堂蛙水」と称したことや、明治二六年に金沢で行われた芭蕉二百年忌の記念集の書名が『清流』と名付けられたことを、それと関連づけることができる。

『清流』には「古池や」の句をふまえた句が複数収録されている。例えば、

古る池の清きながれや杜若　越前　花童
古池の清き流れや夏の月　能登　机嶋
古池の流れは清し杜若　金沢　荘雪

がある。同じく本書でとりあげた点取りの句を載せる『子規』は次の句を載せるのみである。

古池もよひたき翁まつりかな　青森　日雪

正岡子規は『新俳句』（一八九八年、民友社）の序文で「不当の点を附して糊口の助となすの目的を以て之を作り、景物懸賞品を得るための器用として之を用うる者、其目的已に文学以外に在り。文学以外に在る者固より俳句を称すべくもあらざれば」と述べたが、旧派の内でも点取か否かが違いをもたらすことがある。

さらにいえば、省略表現は、共感性を高め、親近感を持たせることがある。「芭蕉忌」を「翁忌」ともいうように、この世に「翁」は多く存在するにもかかわらず、俳人の世界では「翁」は芭蕉のことである。文化年間の諧仙堂

蔵板「俳諧書籍目録」には「奥の細道」には「翁奥羽紀行」、「笈の小文」には「翁道の記」、「枯尾花」には「翁追善」とあるが、「翁」が芭蕉のことであるという謎解きができたとき、自分が「俳人」であることを自覚するという喜びがある。江戸時代、地域によっては、そこに住む人々のほとんどが在住以外の藩領に移動することがない。そのため、俳諧之連歌では地域的な特色が生じることがある。「時雨」といえば「芭蕉忌」を思う、といった全国的な共通理解とは別に、例えば、ただ「山」といった場合、京では比叡山を思い浮かべ、弘前では岩木山を思い浮かべる、ということである。そうしたことは明治になってもあり得ることで、例えば『越のしをり』では「木槿」「塚」が特定のものをさしている。まさに地域色濃厚な言語空間があるのである。

また子規とその門流の「新派」と「旧派」の大きな相違点は俳諧之連歌にある。子規は「個」の芸術を重視し、共同製作である俳諧之連歌（連句）に否定的であったが、旧派の宗匠は俳諧之連歌を重視し、皆が寄り集まって一つの作品をなす「場」も重視した。

「新派」も「旧派」も、歳時記に見られるような、「画一的なイメージ」つまり共通の認識・共通の価値観が全国的に必要とされる。しかし、俳諧之連歌は、発句では詠まれないことをも詠み、しかも俳諧之連歌全体としての視点と前句にどのように付けるかという視点を持った上で、高度なコミュニケーションを要求される。

そのため、発句しか詠まない人が持つことのない認識・価値観をも形成する。俳諧之連歌の場は、いわば「あれ」「これ」で具体的なものを特定できるようになる、高度な推測を要請される指示に応じることのできる知識を蓄積する場でもあった。後に「新派」が主流になることで、大きく変化することになった旧派にみられる細部の地域差を、各地の二百回忌追善集に見い出すこともできよう。

このように考えられるならば、今後の課題は、二百回忌追善集を全文翻刻し、各句、作者、国名が検索できるデータベースを作成することである。さらに追善集以外の旧派の俳書に拠るデータを追加していけば、明治文化のあらたな実態が明らかにされると考えられる。

【注】

（1）この句の解釈については深沢眞二『風雅と笑い　芭蕉叢考』（二〇〇四年、清文堂）が参考になる。

第四章　句碑・句碑建碑録・奉額・短冊帖

第三章では、芭蕉二百回忌において句集が刊行された場合を取り上げた。句集刊行と並んで多く企画されたのは句碑建碑である。芭蕉二百回忌の際には、六六基の句碑が新設された。そこで、本章では、句碑建碑について考察し、句碑竣功資料を紹介する。さらに、奉額・短冊帖といった形で残されたものについても言及する。

1　**芭蕉二百回忌における句碑建碑―「春もやゝ」句碑**
2　**句碑建碑実録―馬場凌冬編『祖翁二百年回建碑録』**
3　**長野県上伊那郡辰野町薬王寺の奉額**
4　**短冊帖「芭蕉翁古郷塚竣成の折の／手向句集」**

第一節　芭蕉二百回忌における句碑建碑―「春もやゝ」句碑

第一項　芭蕉句碑建碑の意義

芭蕉句碑（塚碑なども含む）は、平成一五年（二〇〇三）までに日本全国に二六八一基建碑されたという（注1）。

芭蕉句碑は、芭蕉生前より建碑され始め、百回忌（寛政五年、一七九三）には八五基、百五十回忌（天保一四年、一八四三）には六五基、二百回忌（明治二六年、一八九三）には六六基、二百五十回忌（昭和一八年、一九四三）には六基、三百回忌（平成五年、一九九三）には二一基（注2）と、追善の区切りには特に多く建碑され、句集刊行と並ぶ重要な追善行事であったことが分かる。

日本各地で芭蕉句碑建碑を行う意義については、義仲寺編『諸国翁墳記』（宝暦一一年三月序）の序文において、以下のように述べられる。

諸国に霊を迎んと塚を築、碑を建、或は遺物の品を収め、あるハ筆蹟の物を霊として正忌命日の香華を備ふと。（注3）

序文によれば、芭蕉塚や句碑を建てることは、芭蕉の霊を当該地に迎えることであり、また遺品や遺墨を芭蕉の霊とみなして、芭蕉追善の香華にすることである。つまり、句碑自体が芭蕉そのものだったのである。

芭蕉の門人は蕉風という流派を形成し、蕉風の形成と芭蕉追善とは深い係わりを持つ。芭蕉追善は年々盛大になり、江戸中期からは芭蕉神格化が始まった。芭蕉神格化が顕著になった明治時代には、芭蕉句碑が多く建碑された。勝峰晋風は「室の八嶋に翁塚を建つ」（『明治俳諧史話』）において、

近代俳人の信仰対象は芭蕉翁である。芭蕉翁の俳諧に帰依する意思表示として句碑の建立が所在に行はるゝ事となった（注4）。

と、明治時代における句碑建碑が芭蕉崇拝のあかしであることを述べている。ここで言う近代俳人とは、橘田春湖・八木芹舎・馬場凌冬・三森幹雄・上田聴秋などのいわゆる旧派俳人を指す。旧派は、芭蕉を崇拝し、遊戯的な月次句合の判者をつとめ入花料で生活をする、ということで正岡子規によって批判の対象とされた俳人である。

また、句碑建碑が芭蕉崇拝である一方で、旧派俳人の収入を得る手段、つまりビジネスモデルとなっていたことも

重要である。正岡子規著『芭蕉翁の一驚』（注5）においては、芭蕉二百回忌を利用して金儲けを企む、旧派俳人の姿が滑稽に描かれている。金儲けのために芭蕉の廟をこしらえようと画策する旧派俳人に対し、他の俳人が「廟よりは石碑がよからう、石碑ばやりの世の中だから」と示唆する場面がある。ここから、明治時代には句碑建碑が流行していたことが知られる。句碑であれば二坪ほど土地があれば十分であり、三森幹雄のような大宗匠でなくとも、月次句合に係わることにより、かろうじて生計を立てる宗匠レベルでも容易に建碑できる。

そこで、本節では、芭蕉二百回忌前後における句碑建碑を中心に論じてゆく。

第二項　芭蕉句碑ベストスリー

ここで、芭蕉句碑に刻まれた句のベストスリーを挙げる。第一位は「古池や蛙飛こむ水の音」、第二位は「春もやゝけしきとのふ月と梅」、第三位は「梅が香にのつと日の出る山路かな」である（注6）。一位の「古池や」句については、支考著『葛の松原』で喧伝されて以降、蕉風開眼の句として、人口に膾炙している句である。この句が第一位であることに異議はないとしても、二位が「春もやゝ」句であることについては、意外な感じがするのではないだろうか。しかも芭蕉二百回忌前後においては、全国で一番多く建碑された句なのである。

芭蕉二百回忌において人気を博した「春もやゝ」句については、現在、「句としてはたいしたものではないというべきであろうか」（注7）と、佳句ではないとの評が一般的である。しかし、過去においては佳句という認識があったからこそ、「古池や」に次いで多くの句碑に刻まれたのである。

このベストスリーの三句について、義仲寺編『諸国翁墳記』で句碑建碑状況を見てみる。『諸国翁墳記』（宝暦一一年三月序）

「古池や」七基、「春もやゝ」二基、「梅が香に」四基
『諸国翁墳記』（嘉永四年一〇月以降成立）（注8）
「古池や」七基、「春もやゝ」六基、「梅が香に」四基（宝暦一一年三月以降、新たに建碑された分）
このうち「春もやゝ」句碑は、宝暦一一年時点で二基であったのが、嘉永四年時点では新たに六基建碑されており、嘉永頃には既に「春もやゝ」句の人気が高くなっていることが分かる。

この「春もやゝ」句の人気の端緒を作ったのは加舎白雄である。白雄は文化九年（一八一二）五月刊、その著『誹諧寂栞』において「春もやゝ」句を称揚している。

春もやゝけしきとゝのふ月と梅　翁
ほとゝぎす啼〳〵飛ぞいそがはしゝ
白露もこぼさぬ萩のうねり哉ゝ
初しぐれ猿も小蓑をほしげ也ゝ

正流にいたらんと思ふものは、道に入るより常に吟じて旦暮に亀鑑とすべし。（注9）

「春もやゝ」句は白雄によって、初めて積極的に肯定されたのであった。長野県では、平成一五年までに「春もやゝ」句碑が九基と、全国で二番目に多く建碑されている（一番多いのは山口県で一一基）。これは白雄が「春もやゝ」句を称揚したことによる影響を受けていると考えられる。

また、明倫講社社長の三森幹雄は、白雄を祖とする春秋庵を嗣号し、主催する『俳諧明倫雑誌』では、「講義」として『誹諧寂栞』が連載されている。三森幹雄は、明治六年（一八七三）、教導職に任命された。教導職とは、明治五年四月、政府の国民教化政策によって教部省に設置された職である（注10）。神官・僧侶が主にその職に当たったが、明治六年には俳諧師も任命され、三森幹雄・鈴木月彦は試験により、月の本為山・小築庵春湖・鳥越等栽は推薦

という形で任命されている。教導職は、三条の教則（第一条敬神愛国ノ旨ヲ体スベキ事、第二条天理人道ヲ明ニスベキ事、第三条皇上ヲ奉戴シ朝旨ヲ遵守セシムベキ事）を国民に説教することを任務とした。三森幹雄ら教導職に任命された旧派俳人が、三条の教則にのっとり、俳諧を国民教化の手段として厳格に用いたのであれば、「物いへば唇寒し秋の風」句の方が多く建碑されたに違いない。

しかし教導職の任務に当たった旧派俳人は、教訓性を感じられない「春もやゝ」句の方を好んだのである。越後敬子は、三森幹雄が芭蕉句を教訓的に解釈したものは一部であり、三森幹雄自身の句にも教訓的な句が多くないことを述べた上で、「『三条の教憲』に基づかない、俳諧を、純粋に俳諧として学び、かつ楽しむという文芸的な姿勢が、そこにはある」と指摘する（注11）。

よって、明治時代に「春もやゝ」句碑が多く建碑されたのは、「春もやゝ」句が佳句とみなされていたこと、そして俳諧を文芸として楽しむ姿勢があらわれた結果であると言えよう。

第三項　明治時代における「春もやゝ」句の評価

次に、「春もやゝ」句について、明治時代における句の評価を詳細に見てゆくことにしたい。

何丸編『芭蕉翁句解大全』は、文政九年（一八二六）に成立した芭蕉発句注釈書であるが、明治二六年三月に芭蕉二百回忌を記念して再刊行された（注12）。本書では「春もやゝ」句について、「春宵一刻値千金。漸一日頃の月の気色いはむ方なし」とし、本句に詠まれた情景は、まさに春宵一刻値千金だと称賛している。

この「春もやゝ」句には、芭蕉と許六の合作になる「春もやゝ」画賛が残されている（山寺芭蕉記念館蔵）。「春もやゝ」画賛では、満月に、六〜七分咲きの白梅が描かれている。画賛に従えば、月齢一日頃の月とした何丸の解釈は、芭蕉の認識とは違うということになるが、称賛していることには変わらない。春の月と梅、画賛に最適な材料である。加藤楸邨は「画賛として発想された作と考えられるが、春のほのかな充実への推移が、たしかな観照の眼で捉えられている。」と評している（注13）。小さな池と蛙の画賛も悪くはないが、画として鑑賞するならば、断然、月と梅の方が好まれるであろう。

次いで、「春もやゝ」句に破天荒な逸話が生み出された。明治二四年四月刊、筒井民治郎著『芭蕉翁行脚怪談袋』の「芭蕉大内へ上る事　附狂歌を得手し噺の事　春もやゝけしきとゝのふ月と梅」である（注14）。芭蕉が禁裏に参内し、院より「春・月・梅」の三題を下され、その際「春もやゝ」句を詠んだことに院が感銘を受け、「翁」という官を院から賜った。そのため世間は芭蕉のことを「芭蕉翁」と称するようになった、という逸話である。もちろん、この逸話は事実として確認することはできない。

一方で、内藤鳴雪、角田竹冷、また正岡子規といった新派俳人は、「春もやゝ」句に対し総じて悪評を与えている。まず、内藤鳴雪著『春秋／芭蕉俳句評釈』では、

此句は言葉だけの意味で、今迄は月も梅も尚ほ寒げで何処となく春めかぬ所があったが、昨今に至って月も梅も時節相当に景色がとゝなったといふのである。あまり佳句ではない（注15）。

と評する。

次に、角田竹冷編『芭蕉句集講義 春の巻』においては、

華兮曰　梅が咲いて月がよくなる、春の景色も漸く調って来たと云った迄の事で、頗る悪い句だ。

望東曰　強みとか締りとか云ふものが一向にない、極めて調の低い拙劣な句である。

竹冷曰　左様にあしざまにの給ふな、併し翁の句としては感心が出来ぬ。（注16）

と悪評に終始している。

さらに、正岡子規著『芭蕉雑談』では、芭蕉神格化に伴う逸話を批判した上で、なかでも「古池や」句は、芭蕉が悟りを開いた句であるという「いわくつき」の句であるからこそ「古池や」句が称賛されると言う。これに対し「春もやゝ」句については「別段曰く無きか」とする。その上で、

聞えたる迄にて何の訳も無き事ながら、中七字はいかにも蛇足の感あり。

三日月は梅にをかしきひづみかな　不角
きさらぎや二十四日の月の梅　荷兮
梅咲て十日に足らぬ月夜かな　暁台

など如何様にも言ひ得べきを、「けしきとゝのふ」とは余りに拙きわざなり。されどかうやうの言ひぶりも当時に在りては珍らかにをかしかりぬべきを、後世点取となんいふ宗匠にとかう言ひ古されて、今は聞くもいまはしき程になりぬるもよしなしや。（「各句批評」）（注17）

と、中七の「けしきとゝのふ」を痛烈に批判している。ただ、句の詠まれた当時は「けしきとゝのふ」という言い方も珍しく趣があったが、後には点取俳諧の宗匠に繰り返し言われ、今では聞くことも不快だとする。

一方で、「春もやゝ」句は、高等小学読本に地の文として一部が引用された。

春は景色やゝとゝのふ梅の時期よりも、桜の花盛なる程、照りもせず、曇りも果てぬおぼろ月夜にこそ、一刻千金の値はあれ（第二期巻一第二六課「四季の月」）（注18）

春は、芭蕉が称賛した早春の梅の時期よりも、満開の桜の頃の朧月夜が最上であると言う。ここで注目したいのは、「春もやゝ」句が地の文として用いられるほど有名な句だった、ということである。この文章を理解するためには、芭蕉句と『新古今集』の和歌を知っているという基礎教養が必要だからである。そして、生徒に教える際には、当然、芭蕉句の説明がなされる。よって「春もやゝ」句は、高等小学読本を通じて、一般の人々にも基礎教養的なも

のとして受け入れられていたと考えられるのである。

この箇所について、沼波瓊音は『教員諸氏の為に国定教科書中俳句の解釈及俳句解釈法』において以下のように述べる。

こゝは文章の中にも俳句が使はれて居る。即ち「春は景色やゝとゝのふ梅の時節よりも」とあるのは、芭蕉の句

春もやゝ景色とゝのふ月と梅

を引いたのである。句意は、梅が咲いてるこのごろ、丁度月の夜頃になって来た。やあ、もう春の道具も可なり揃うて来たなとの感じである。寒い〳〵と云ってるうち、或夜、気静かに、この句の如き景色に逢ふことがある。春だな、と云感じが浮ぶ。のんびりとした佳句である。「春もやゝけしきとゝのふ」と云調子、まことに渾然として、芭蕉で無くてはと思はれる（注19）。

子規が痛烈に批判した中七を「芭蕉で無くては」と称賛する。沼波瓊音は旧派に近い立場の俳人である。以上から、「春もやゝ」句については、芭蕉二百回忌前後に賛否両論が生じ、旧派俳人らには支持され、一方で子規ら新派俳人には不評であったことが分かる（注20）。

第四項　『月と梅』と題する二点の俳書

①庵原広三郎編『月と梅』（明治二七年五月刊）

旧派俳人には人気の「春もやゝ」句であるが、それを反映して、この句の下七「月と梅」から、「月と梅」と題された俳書が二点刊行されている。それは、庵原広三郎編『月と梅』（明治二七年五月刊）と、久保田樹葉編『月と梅』（明治三〇年二月跋）である。

まず、庵原広三郎編『月と梅』から紹介する（注21）。

本書は、曙庵春峰・春畝園朗雀の立机記念高点句集である。両人は、あふち庵稲処門であり、師匠の稲処は、京都住の旧派の大家で月次句集を多く編纂した。本書は京都尚蕉会の企画になり、巻末に庵原湖萍（庵原広三郎）の還暦祝集も付す。

巻頭の「脇起俳諧之連歌」は、

春もやゝ景色とゝのふ月と梅　祖翁
囀りかねし鴫の羽叩　春峰
はつ雛に祝ひの品の押合ふて　呉嶽
辞儀する役は究てあるなり　朗雀（以下略）

とはじまる。芭蕉発句の下七「月と梅」に、立机した春峰・朗雀の二人がなぞらえられている。立机記念ということで、ようやく本格的な宗匠としての準備が「整った」という意図も読み取れる。そういった意味でとらえれば「春もやゝ」句は、立机記念にふさわしい句と言える。

立机に際する曙庵春峰の文章には、

義仲寺の乍昔老ハなき人と成、粟津の原の枯尾花いとゞ淋しく古池のながれ終に清むるによしなく、依て本廟の為一臂のちからを添へよと淳々として説かるゝに（後略）

とある。義仲寺無名庵一三世乍昔が没し（明治二七年）、義仲寺が荒廃しかけているので、師匠稲処から義仲寺再興のために立机して助力せよと説得されたという、立机に至った理由を述べる。また、あふち庵稲処の祝章にも、

義仲寺の御墳に其高徳を慕ひ国々より詣る人沢なり。保存昔より大津の風士これを助け居られしが、近頃俳士少く成けるにぞ。今たび春峰朗雀の両子にすゝめて机を立たせ此道の案内者にせんとなり。

とあり、ここから、稲処が両人に立机を促した理由が、義仲寺再興のためであったことが分かる。

義仲寺は、明治二〇年一一月二〇日～二六日にかけて、芭蕉二百回忌取越追善行事が其角堂永機により大々的に行われた芭蕉追善のメッカである。しかし二百回忌の明治二六年、義仲寺での追善行事と言えば、先に永機によって行われた取越追善の記念集『明治／枯尾花』が刊行されたこと、犂春・万松・九峰・乍昔らによって「旅に病んで」句碑が建碑された程度だったのである。明治二九年九月には台風により壊滅的な被害を受け、義仲寺は衰退の一途をたどった。

この芭蕉二百回忌を境とした義仲寺の衰退は、義仲寺の問題に限ったことではなく、義仲寺を支えてきた旧派全体が、芭蕉二百回忌を境に急激に衰退してゆくのである。

②久保田樹葉編『月と梅』（明治三〇年二月跋）

次に、久保田樹葉編『月と梅』について述べる（注22）。本書は、芭蕉二百回忌に際し、樹葉が信濃国国分寺（上田市）に明治二六年一一月一二日、「春もやゝ」句碑を建碑した際の記念集である。編者の樹葉は、長野県上田市豊里森住の蚕種業で、上州大戸の加部琴堂、また萩原乙彦に学び、大正五年、八三歳で没している（注23）。

本書の巻頭には、明治二十九年十一月念三、従三位源千秋書「風月双清」を掲げる。序文は日本橋住の算盤商幸島桂花である（注24）。序文に続いて佐竹永湖画「春もやゝ」句碑及び境内図を掲げる（注25）。佐竹永湖による画は、句碑を中心として国分寺境内を描いたものである。国分寺三重塔前の右側に大木二本（現在、三重塔の前にはネズの大木がある）、塔の左前には建碑されたばかりの「春もやゝ」句碑を描き、句碑の左側の木の向こうには小さな観音堂が描かれ、小川が流れ、橋が架けられている。画全体に霞がかかり、霞の上に覗く本堂の甍と数本の梅の木を描く。ただし国分寺に梅の木はなく、「春もやゝ」句碑にふさわしい境内を佐竹永湖が想像して描いたものである。次いで

「信濃国分寺」と題する樹葉発句「草も樹も洩らさぬ御代や法の春」を別掲。

本編は、明治二六年十一月十二日於信濃国小縣郡国分寺興行祖翁二百年紀念建碑会脇起歌仙行一、献詠発句八五（巻頭素水）、樹葉発句一（前書有）、建碑賛成家発句一〇二、樹葉発句四、そして待昼の七言絶句で終わる。続く「月と梅附録」は、曽良・白雄・一茶の略伝、各文略発句四九、琴堂と樹葉の二吟歌仙一で終わる。跋文は鳳羽である（注26）。

さて、本編巻頭の明治二六年十一月十二日於信濃国小縣郡国分寺興行祖翁二百年紀念建碑会脇起歌仙行は、

春もやゝけしきとゝのふ月と梅　翁
蛙鳴つぐ鶯のあと　樹葉
川遠く試る茶の水汲て　雲老（以下略）

とはじまる。樹葉脇句は、前句の梅には鶯であるが、その鶯の後に鳴き始めるのは蛙であり、「古池や」句の影響も受け、樹葉自身が芭蕉を継承する者だという自負が読み取れる。

また、献詠発句八五の巻頭句は、

月の夜は時雨よびはの南湖　八十六　素水

である。この句では「時雨」が詠まれているが、献詠八五句のうち、「時雨」を詠みこんだ句が四三句と約半数を占める。次いで「尾花」（枯尾花）を詠みこんだ句が一五句、「二百年」の語を詠みこんだ句も六句ある（一句のうちに二語の重複あり）。「時雨」・「尾花」・「二百年」といった語が頻繁に詠まれる傾向は、他の芭蕉二百回忌追善集でも同じであるが、本書において特徴的なのは「春もやゝ」句と句碑とをからめて詠んだ句である。

手向ばや月置梅を夫ながら　永二
此上のけしきハいはず梅に月　樹山

佐竹永湖画「春もやゝ」句碑及び国分寺境内図（上田市立上田図書館花月文庫蔵）

萬代に名も薫るや月と梅　　　　　採花
いしぶミに猶とゝのひぬ春げしき　八十　蓬宇
其風情むかしを今や月と梅　　　　京都　犂春
月と梅其中に住こゝろかな　　　　岩代　壮山
かくて猶千歳碑也月と梅　　　　　遊処
照り添うて朽ぬ薫りや月と梅　　　小縣　音好
梅に月碑ニも香にたちにけり　　　竹好
いしぶミや通夜して見たき月と梅　十駕
碑に伝ふ輝や月と梅　　　　　　　教好

句と句碑について、各自アレンジした詠みぶりである。先に述べたように、国分寺境内に梅は存在しない。そのためか月と梅を詠み込みながら、句の内容にふさわしい景色を空想して詠んだ句が多いと言える。

第五項　句碑の建碑場所―「場」の問題

ところで、句碑を建碑する際、建碑者にとって、建碑場所と句碑に刻む句は重要な決定事項であったに違いない。句碑においては書籍と違い、一年中そこにあるということ、つまり「場」の問題が関係している。そこで、本項では句碑建碑の「場」について考えてみる。

まず、建碑場所に共通して言えるのが、寺社の境内に建碑される場合が多いということである。弘中孝によれば、芭蕉句碑（塚碑なども含む）建碑場所は、寺院が一二一二基（三七・七％）と一番多く、次いで神社が七八七基（二四・二％）、三位は個人宅で三二六基（一〇・一％）と報告されている（注27）。寺院と神社とを合わせると六一・九％になり、約三分の二が寺社に建碑されたことが分かる。寺社に建碑された理由は、芭蕉追善また芭蕉崇拝の場として最適である、という理由からである。

さらに、芭蕉追善また崇拝の場として最適であるという理由を第一として、その他に寺社境内に建碑された理由を考えてみたい。

芭蕉句碑建碑第一位の「古池や」句は、寺社境内に一番多く、しかも池の傍に建碑された碑が多い（注28）。寺社には弁天池や放生池、また心字池といった池がある。しかも寺社の由緒は古代に遡る場合が多く、そこにある池が「古い」という条件にも当てはまる。池には蛙も生息し、「古池や」句にふさわしい建碑場所である。芭蕉追善や崇拝の場所としての寺社、そして境内に池があること、この二つの条件によって「古池や」句碑建碑場所として最適な条件が揃う。「けふばかり人も年よれ初時雨」句も多く建碑された部類に入るが、この句にふさわしい建碑の「場」を考えた時、句の中に「池」「川」「花」などといった具体的な事物を示す言葉がない。そのため句碑建碑にふさわしい「場」というものが確定しづらい。一方で「古池や」句であれば、「池」という言葉から、池のあるところが「場」としてふさわしく、池には蛙もいるし、池なら寺社の境内に既にある、という句碑建碑の条件が無理なく揃う。

よって、句碑建碑の「場」の条件としては、

①芭蕉追善及び崇拝の場としてふさわしいこと

②句碑に刻む句が、句碑建碑場所（環境）にふさわしいこと

になる。

この条件を考慮した上で、次に「春もやゝ」句と句碑建碑場所との相関性について考えてみたい。芭蕉二百回忌前後に一番多く建碑されたのは「春もやゝ」句碑で、二九基ある（注29）。「春もやゝ」句碑建碑においても「古池や」句碑建碑と同様に「場」という問題は重要であった。それは、「春もやゝ」句碑が、天満宮の境内、あるいは梅の名所や梅の木の下に建碑される場合が多いからである。

「春もやゝけしきとゝのふ月と梅」において、句碑建碑の「場」としてのふさわしさを追求する際、はずせないのは梅である。そこで梅の木のある場所が候補にあがる。さらに建碑には、芭蕉追善及び崇拝の場としてふさわしい、という条件も必要である。この二つの条件を満たすのが天満宮である。天満宮境内には梅が植えられている場合が多い。これは、菅原道真にゆかりのある植物が梅だからである。天満宮は、追善というよりは、崇拝の場としての側面が強い。旧派俳人にとって芭蕉は、信仰・崇拝の対象であり神であった。神であれば、寺院よりも神社のほうがよりふさわしい。

芭蕉神格化は、芭蕉百回忌頃からはじまり、明治時代に旧派俳人によってピークを迎える（注30）。第三章第七節では、明治二四年一〇月一二日、青森県弘前市西茂森町の天満宮境内の花本神社に「芭蕉翁」碑が建碑されたことが述べられている。東京では江東区亀戸天神社が俳諧と係わりが深く、俳諧興行の場とされた。明治一六年五月には、其角堂永機の主催で俳諧千句興行があり、同年一二月に記念集『かめ登千句』が刊行された（注31）。そして、明治二三年七月には「春もやゝ」句碑が沢口芙泉によって建碑され、芭蕉句の下には三森幹雄・四世夜雪庵金羅など二八名の句が刻まれた（注32）。

また、芭蕉と天神との係わりでは、明倫講社において、芭蕉二百回忌を記念して芭蕉筆の菅公神像が発売された。

芭蕉翁真蹟菅公神像　石摺左板

此は翁が真蹟にして自ら彫まれしと云。版木は泊船堂に伝へたれど虫損磨滅、摺本と為すに堪ざると雖、今名工を撰みて僅に二百枚を製するを得たり。依て奉祀の念ある者に頒たんと欲す。一枚摺本料金十銭。郵送費金二銭。(『俳諧明倫雑誌』一四九号、明治二六年一二月)

芭蕉筆の菅公神像など贋物に違いない。しかし明倫講社では、泊船堂に伝来したものと由緒正しきものとし、さらに二〇〇枚限定販売と、購入意欲をそそる商売方法である。一枚十銭は現在の貨幣価値に換算すると二千円ほどになり、二〇〇枚完売すれば四〇万の売り上げになる。このような商売方法は、三森幹雄ら旧派俳人が軽視される原因にもなったが、これも旧派俳人の普遍的なビジネスモデルだったのである。

第六項「春もやゝ」句碑と天満宮

さて、芭蕉二百回忌前後に建碑された「春もやゝ」句碑が、二九基あることは先に述べた通りである。このうち天満宮に建碑された句碑は五基ある。

①明治一四年、宮城県気仙沼市、北野神社、東岳・梅窓・萬々建立
②明治一六年一月、山口県熊毛郡田布施町、菅原神社、藤山幽眠・二宮凸堂・石井翠竹・林笑語建立、梅の木の下
③明治一六年四月一五日、群馬県佐波郡東村国定字天神前(現伊勢崎市国定町)、赤城神社、子岡孝学の弟子ら建立、子岡孝学其然書
④明治二三年七月、東京都江東区、亀戸天神社、沢口芙泉建立、默岸真書、芭蕉句の下に三森幹雄・四世夜雪庵金羅・月彦・古池庵芳泉ら二八名の句(消失)
⑤明治二八年一一月、香川県小豆郡土庄町、天神神社、梅雪・節水・卓水建立

①の建碑者の東岳・梅窓・萬々は、補雀庵如風門である。如風は、嘉永頃に活躍した俳人である。よって東岳らは

旧派に属する俳人であることが分かる。

②は山口県で建碑されたものであるが、山口県全域は江戸時代から美濃派の勢力下にあった。美濃派は支考が創始し、明治時代では旧派に属する。この句碑については、建碑を記念した摺物が残されている（注33）。全二丁で、摺物の巻頭には清光画の句碑図がある。画には「春もやゝ」句碑と句碑後方に梅の大木が描かれている。次いで、建碑者である四時庵幽眠（藤山幽眠）の前書（明治十六年仲春日）がある。

菅原社の傍に句碑を建立せばやと思ふ折から過る年、霞庵主志ありて道統遅楽庵先師の筆蹟を乞ハれけるに「春もやゝ気色とゝのふ月と梅」とてあたへられしよしを聞伝へ、此度碑面に彫刻して梅塚と唱へ、かけまくも祖翁の神霊永くとゞまりて此地に正風の俳道を昌隆ならしめ玉へかしと（後略）

霞庵が菅原神社に句碑建碑を計画し、師匠の美濃派再和派道統第一一世遅楽庵（弘化二年没）に句碑の文字を所望したところ、「春もやゝ」句を揮毫したものを与えられた。後年、四時庵幽眠が霞庵の遺志（摺物には「古人」として入集）を受け継ぎ、梅塚として建碑した次第を述べる。また句碑建碑が「祖翁の神霊永くとゞまりて」とされることから、明治時代においては芭蕉が神格化されていたこと、句碑自体が芭蕉そのものだったことが認められる。摺物では続いて、周防田布施中和連による歌仙行一（発句は四時庵幽眠）、各名録一八句、末尾に「文通」として美濃派再和派道統第一六世曙庵虚白の文を掲げる。

また、現在も句碑の後方には梅の木が植えられている。山本武『山口県の芭蕉碑─郷土の俳諧文化』では、山口県内にある「春もやゝ」句碑のそばには必ず梅の木が植えられている、と指摘されている（注34）。なお、前述したように「春もやゝ」句碑が全国で一番多く建碑されたのは山口県で全一一基ある。

③は『俳諧明倫雑誌』三一号（明治一六年六月）に詳細が記される。明治一六年四月一五日、上野国佐位郡国定村（現伊勢崎市国定町）に「春もやゝ」句碑を建立、斎主は教導職田部井窠詠（田部井富夫）。花之下大神祭と正式俳諧

百韻が行われている。斎主の田部井窯詠は、三森幹雄が主催する明倫講社に属する俳人である。この花之下大神祭の会主は句碑揮毫者の岡其然である。

④については、前項で述べた通りである。

⑤については、建碑者のうち、節水は土庄の俳人で、京都の金沙門である（注35）。

よって、天満宮境内における「春もやゝ」句碑建碑は、芭蕉崇拝の「場」としての天満宮、句にふさわしく梅が植えられているという「場」、その上に「春もやゝ」句を称賛する旧派俳人の関与、という三つの条件によるものであることが分かる。

さらに、句碑建碑第三位の「梅が香に」句碑の建碑場所も、天満宮境内に多く、「春もやゝ」句碑と同様の理由で選定されたものと考えられる（注36）。寛政元年には、芭蕉百回忌取越として、福岡県にある太宰府天満宮境内に俗仙庵自他那連中により「梅が香に」句碑が建碑された。芭蕉二百回忌では、明治二六年一一月、京都府伏見区御香宮神社末社天満宮境内に落柿舎八世山鹿柏年により「梅が香に」句碑が建碑されている。

「梅が香に」句の建碑場所については、下七の「山路かな」により峠や丘陵地に建碑されるという特徴がある。小川康路『拓本集 信濃芭蕉句碑めぐり―北信・東信編』では、芭蕉句碑建碑の意図として、それぞれの地域の風光や土地柄に適った碑が多いこと、そして北東信地方に最も多い「梅が香に」句碑は、東の空に日の出を拝むに相応しい場所に建碑されたことを指摘されている（注37）。

以上から、明治時代における句碑建碑は、芭蕉追善や崇拝を第一の目的とし、これを主導した旧派俳人の関与があった。その上で、句碑建碑においては句碑建碑の「場」の条件として芭蕉追善及び崇拝の「場」としてふさわしいこと、句の内容にふさわしい「場」であることが重要だったことが分かる。

第七項　芭蕉句碑建碑による観光地化とまちづくり―現代の句碑建碑事情

明治時代においては、句碑建碑が芭蕉追善や崇拝の表れであったことは前述した通りである。しかし昭和に入ると、芭蕉句碑建碑の意義が観光地化へと徐々に変わり始めた。

島崎藤村の『夜明け前』は、昭和四年～一〇年にかけて順次発表された小説である。「序の章四」に芭蕉句碑建碑についての記述がある。

木曽路の入口に新しい名所を一つ造る、信濃と美濃の国境にあたる一里塚に近い位置を撰んで街道を往来する旅人の眼にもよくつくような緩慢な丘の裾に翁塚を建てる、山石や躑躅や蘭などを運んで行って周囲に休息の思いを与える、土を盛りあげた塚の上に翁の句碑を置く―その楽しい考えが、日頃俳諧なぞに遊ぶと聞いたこともない金兵衛の胸に浮んだということは、それだけでも吉左衛門を驚かした。

（中略）

金兵衛の案内で、吉左衛門も工作された石の側に寄って見た。碑の表面には、左の文字が読まれた。

送られつ送りつ果は木曽の秋　　はせを（後略）

この「送られつ」句碑は、天保一三年（一八四二）六月、裏梅園古狂によって建碑され、岐阜県中津川市馬籠（旧長野県木曽郡山口村）に現存している。句碑は、翌天保一四年の芭蕉百五十回忌のために建碑されたものと考えられる。しかし『夜明け前』においては、芭蕉百五十回忌には言及せず、芭蕉句碑を建碑して「名所」とし、そして「休憩の場」とする、とした句碑建碑の理由が注目される。この記述には、もちろん島崎藤村のフィクションが入っているが、このフィクションには芭蕉句碑建碑の意義が、追善や崇拝から観光地化への転換を認めることができるからである。

そして、昭和二〇年以降、芭蕉句碑建碑の意義は、観光地化へと着実に変化していった。観光地化の場合、芭蕉句が「ご当地」で詠まれたことが第一の建碑理由となった。そのため、建碑の場所は寺社といった追善や崇拝にふさわしい場所でなくてもよく、その土地に芭蕉が訪れた「事実」さえあれば、市民公園や高速道路のサービスエリアといった場所にまで建碑されるようになった。さらに、句碑建碑が俳人ではなく、市町村（文化財課や教育委員会）によって行われることが多くなったことも、句碑建碑が芭蕉追善や崇拝から離れていることを示している。

平成に入ると、平成元年（一九八九）の『おくのほそ道』三百年と、平成五年（一九九三）の芭蕉三百回忌を記念して、平成元年から平成五年までの五年間で実に一三二基もの句碑（塚碑なども含む）が建碑された（注38）。平成元年の『おくのほそ道』三百年において、この年に建碑された芭蕉句碑は五二基に上る。『おくのほそ道』に係わる土地では、句碑建碑も兼ねて『おくのほそ道』三百年祭が盛大に執り行われた。一方、芭蕉三百回忌に建碑された句碑は二二基であった。芭蕉三百回忌よりも、『おくのほそ道』三百年において二倍以上の句碑が建碑されているのである。『おくのほそ道』がこれほどクローズアップされたこと、また芭蕉忌よりも注目されたことはかつてなかった。これは、国語の教科書に『おくのほそ道』が採用され続け、人口に膾炙している影響が大きい（注39）。

また、最近では、芭蕉句碑建碑がまちづくりの指標として用いられるようになってきた点も注目される。滋賀県大津市では、「自ら考え自ら行う地域づくり事業」（通称：ふるさと創生事業）の資金をもって、平成三年（一九九一）一〇月に幻住庵を再建、さらに大津市内に二三基（俳文も含む）の芭蕉句碑が新しく建碑された。ここから、まちづくりの指標として建碑が行われたことが分かる。

また、神奈川県川崎市では、「東海道川崎宿２０２３いきいき作戦～川崎宿起立四〇〇年にむけて、その歴史と文化を地域活性化に活かそう」と題して、二〇二三年の川崎宿起立四百年に向けて、さまざまな試みが進められ、芭蕉も地域活性化の中に位置づけられている（注40）。芭蕉が川崎宿で詠んだ句「麦の穂をたよりにつかむ別れかな」の句碑を中心に、全国の芭蕉ファンが訪れるような名所を目指す「芭蕉ゾーン」の整備が、まちづくりの一環として進められている。この句碑は、文政一三年（一八三〇）八月に一種により建碑され、梅室の揮毫になる。昭和三九年（一九六四）に川崎市日進町婦人会が句碑の愛護活動を始め、昭和五九年には日進町婦人会ＯＧを中心に「芭蕉句碑愛護会」が発足し、現在まで大切に清掃・管理が行われている。「芭蕉ゾーン」の整備を中心としたまちづくりは、この活動を継続・発展させるものである。

以上から、現在では芭蕉句碑建碑の意義が、観光地化やまちづくりの指標へと変遷したことが知られる。

第八項　まとめ

以上、芭蕉句碑建碑の意義、旧派俳人に大人気であった「春もやゝ」句の時代的背景、そして「春もやゝ」句を含めた句碑建碑について論じてきた。

明治時代において句碑建碑は、芭蕉追善や崇拝の手段として、また旧派俳人のビジネスモデルとして盛んに行われた。その上で、句碑建碑の場所は芭蕉追善及び崇拝の「場」としてふさわしいこと、句の内容にふさわしい「場」（環境）であることが重要であった。また、昭和から平成における芭蕉句碑建碑の意義は、観光地化やまちづくりの指標へとシフトしていることが分かった。

さらに「春もやゝ」句に関しては、「春もやゝ」句を支持する旧派と、「春もやゝ」句に否定的な正岡子規ら新派との評価の違いが見られた。この違いが、芭蕉二百回忌を盛大に行う旧派ＶＳ芭蕉二百回忌にあまり関心を払わない新派、という対立構造にも重なる。子規は芭蕉二百回忌を盛大に行うことによる旧派俳人の利益獲得に苦言を呈し、芭蕉信仰や芭蕉二百回忌の際における旧派俳人のお祭り騒ぎを嫌悪したのであった。

平成元年『おくのほそ道』三百年では、『おくのほそ道』に係わる土地において句碑建碑も兼ねて『おくのほそ道』三百年祭や、優れた俳句作品に賞品が出る俳句大会も盛大に行われた。この事象こそ、子規が否定したところの芭蕉をかつぎあげてのお祭り騒ぎに他ならない。もちろん現在では、句碑建碑が観光地化やまちづくりといった観点からなされた、というところが明治時代とは異なる。しかしこれらが芭蕉にかこつけたお祭りとして行われたものであること、地元振興の「金儲け」の手段として利用された側面は否定できない。

次は芭蕉三百五十回忌である。三百五十回忌にはどの句が一番多く建碑されることになるのだろうか。句碑建碑には、その時代における芭蕉という「文化」の受容が顕著に表れているとも言える。明治時代では芭蕉崇拝の手段として、現代では『おくのほそ道』の人気を背景とした観光地化である。この芭蕉を中心とした「文化」という点から、芭蕉句碑建碑は、非常に興味深い問題だと考えられるのである。

【注】

（1）弘中孝『石に刻まれた芭蕉―全国の芭蕉句碑・塚碑・文学碑・大全集』、智書房、二〇〇四年二月、二〇頁。
（2）各年忌の句碑数については注（1）の文献を参照。
（3）『諸国翁墳記』は京都大学潁原文庫ほか蔵。
（4）勝峰晋風『明治俳諧史話』、大誠堂、一九三四年一二月、二七頁（後に『近代作家研究叢書四五明治俳諧史話』、日本図書センター、一九八四年九月に所収）。
（5）『明治の文学第二〇巻正岡子規』、筑摩書房、二〇〇一年七月、一五〇〜一五二頁。
（6）注（1）三八頁。
（7）井本農一・堀信夫注解『新編日本古典文学全集七〇松尾芭蕉集①』、小学館、一九九五年七月、四二五頁。
（8）八戸市立図書館百仙堂文庫蔵（所蔵番号仙一二―一二二）。

（9）清水孝之・松尾靖秋校注『古典俳文学大系一四中興俳論俳文集』、集英社、一九七一年七月、三四四頁。
（10）教導職については、朝倉治彦編『明治官制辞典』、東京堂出版、一九六九年四月、一五五〜一五六頁参照。
（11）越後敬子「明治前期俳壇の一様相―幹雄の動向を中心として―」、『連歌俳諧研究』八七号、一九九四年七月、二五〜三五頁。
（12）何丸『芭蕉翁句解大全』は、松室八千三編、明治二六年三月、米田ヒナ刊。もともとは、文政九年（一八二六）成『芭蕉翁句解参考』であり、翌文化一〇年に後刷本『芭蕉翁句解大成』として刊行され、この『芭蕉翁句解大成』に「芭蕉翁正伝」「芭蕉翁終焉記」を付して『芭蕉翁句解大全』として刊行されたものである。「春もやゝ」句の解釈は同書一八頁。
（13）加藤楸邨『芭蕉全句 下』、筑摩書房、一九七五年三月、三一八〜三一九頁。
（14）筒井民治郎『芭蕉翁行脚怪談袋』、一八九一年四月、今古堂、一六〜一七頁。
（15）内藤鳴雪『春秋／芭蕉俳句評釈』、大学館、一九〇四年五月、三八頁（後に『芭蕉研究資料集成 明治篇作品研究一』、クレス出版、一九九二年六月に所収）。
（16）角田竹冷『芭蕉句集講義 春の巻』、博文館、一九〇八年一二月、一二九頁（後に『芭蕉研究資料集成 明治篇作品研究二』、クレス出版、一九九二年六月に所収）。
（17）注（5）一七一〜一七二頁参照。
（18）『高等小学校読本 第二期巻一』、文部省、一九一〇年一二月、一一四〜一一五頁（『復刻 国定高等小学読本』、大空社、一九九一年五月に復刻）。
（19）沼波瓊音『教員諸氏の為に国定教科書中俳句の解釈及俳句解釈法』、俳味社、一九一二年七月、一三〜一四頁。
（20）明治時代において「春もやゝ」句に関するものに、幸田露伴『露団々』（金港堂、一八九〇年一二月刊。後に『新日本古典文学大系明治篇二二幸田露伴集』、岩波書店、二〇〇二年七月に所収）がある。『露団々』では各章段の見出しが芭蕉句になっている。第一九回の見出しが「春もやゝ気しきとゝのふ月と梅」であり、副題は「遮莫寡婦眉を画くに懶く、寒威未だ去らずして菱鏡に残る」。さらに時代は下るが、荻原井泉水は「春もやゝ」句を称賛する俳人の一人である。『芭蕉名句鑑賞』（目黒書店、一九四九年一二月、一二三〜一二四頁）においては、軒端の梅の蕾がぽつ〳〵と開いてくる、それだけでも春だけれども、まだうすら寒い。月が夜毎に円みを帯びてくる、それだけでも春だけれどもまだ物足らぬものがある。だが、その月の光が此の梅の花を照らす、しら〴〵としたほの明るい景色―あゝ、これでともかくも春の景色は出来上ったといふのである。

と述べている。

(21) 京都府立京都学・歴彩館所蔵。発行兼編輯者滋賀県近江国滋賀郡大津町大字猟師第四十八番屋敷 庵原広三郎、明治二七年五月一九日刊行。

(22) 国文学研究資料館・上田市立上田図書館花月文庫蔵。

(23) 矢羽勝幸編『長野県俳人名大辞典』、郷土出版社、一九九三年一〇月、四二六頁。

(24) 東京都大田区多摩川の斎藤製作所敷地内にある「梅香に」句碑は、幸島桂花筆の句碑になり「日本橋室町の算盤商幸島桂花筆」と記される。幸島桂花については『俳諧明倫雑誌』一九五号(一八九九年八月)一五頁に「桂花園桂花小字幸島正一郎。天保元年遠州掛川に生る。幼にして江戸に来り室町三丁目幸島市右衛門の智養子となる。俳諧は介我翁の門に入て綾守と云。後桂花と改む。別号紫曙堂。明治三十二年六月病に罹り十二日臥床同月十六日午前四時終に永眠す。年七十云々。(渡辺桑月君寄稿)」と掲載されている。

(25) 佐竹永湖は当代一流の画家。金井確資編『日本美術画家列伝』(八木恒三、一九〇二年二月)によれば、佐竹永海の息で沖一峨に師事し、明治二六年には、美術協会へ出品した着色孔雀図が銀牌を受け、宮内省御用品となっている。

(26) 鳳羽は、天保一三年生、大正八年没、七八歳。反古庵天来、茶飯堂蟻兄に学ぶ。元老院大書記官、富山県知事、貴族院議員を歴任した人物である(綿抜豊昭監修・河合章男編『明治俳人墨書・書誌』、俳句図書館鳴弦文庫、二〇〇八年八月、三五頁参照)。

(27) 注(1)四〇頁。

(28)「古池や」句碑が池の傍らに建碑された例を挙げる。茨城県笠間市玄勝院・栃木県小山市間々田八幡宮・千葉県香取郡多古町薬師寺・東京都文京区関口芭蕉庵・東京都港区芝公園・新潟県燕市戸隠神社・新潟県上越市国分寺・山梨県塩山市恵林寺・長野県松本市神沢池・長野県塩尻市矢彦神社・長野県北安曇郡池田町不動池観音堂・長野県小県郡丸子町延命地蔵堂・岐阜県岐阜市大智寺・

岐阜県可児郡御嵩町浄覚寺・滋賀県大津市岩間寺・大阪府吹田市千里南公園・鳥取県八頭郡若桜町西方寺・岡山県岡山市蓮昌寺・山口県柳井市瑞相寺（柳井天神社裏の池の傍らにあったものを移建）・山口県防府市防府天満宮・山口県防府市植松八幡宮・山口県山口市長野八幡宮・山口県下関市玄空寺・山口県美祢市秋芳町バスセンター温水池・山口県下関市豊田町西神社・徳島県美馬市脇町貞真寺・福岡県遠賀郡岡垣町熊野宮・福岡県築上郡椎田町金富神社・熊本県熊本市大慈寺・宮崎県西都市大安寺など。これらについては、弘中孝『石に刻まれた芭蕉—全国の芭蕉句碑・塚碑・文学碑・大全集』などを参照した。

(29) 芭蕉二百回忌前後に建碑された「春もやゝ」句碑一覧を掲載する（年代順）。

1明治一一年春、長野県飯田市、光明寺、原甫建立
2明治一三年八月、山口県下関市豊浦町、阿弥陀院、峰雲舎嵐山・風友吟社中建立、碑の後ろに老梅あり
3明治一四年、宮城県気仙沼市、北野神社、東岳・梅窓・萬々建立
4明治一五年、福島県会津若松市上町、個人宅（以前は稲荷神社にあり）、遠藤建立
5明治一六年一月、山口県熊毛郡田布施町、菅原神社、藤山幽眠・二宮凸堂・石井翠竹・林笑語建立、梅の木の下
6明治一六年三月、石川県鳳珠郡穴水町、来迎寺、久保守朴・曙庵虚白建立（勝邨治兮纂・坂井華渓増補、西村燕々補遺『芭蕉翁追遠年表』、ひむろ社、一九三八年九月序、八八頁）、出口対石『芭蕉塚』、長崎書店、一九四三年一〇月、二三六頁参照）。
7明治一六年四月一五日、群馬県佐波郡東村国定字天神前（現伊勢崎市国定町）、赤城神社、子岡孝学の弟子ら建立、子岡孝学其然書
8明治一七年仲夏、埼玉県大里郡寄居町、不動寺、四世夜雪庵金羅建立
9明治二〇年一〇月、東京都日野市、百草園、平戸清八建立、紫紅十時書、百草園は梅名所
10明治二一年春、茨城県東茨城郡茨城町馬渡、個人宅庭、梅月堂春雨建立・書
11明治二一年夏、大分県大分市生石町、個人宅庭、清風舎乙人建立・書
12明治二二年四月、千葉県館山市、那古寺、雨葎庵四世稲妻路米ら建立
13明治二三年七月、東京都江東区、亀戸天神社、沢口芙泉建立、黙岸真書、芭蕉句の下に三森幹雄・四世夜雪庵金羅・月彦・古

池庵芳泉ら二八名の句
14明治二三年一〇月一二日、宮城県登米郡東和町米川字北上沢、道路際
15明治二四年二月、茨城県土浦市、二十三夜尊、蹊深亭一雄建立
16明治二四年、山口県下関市、龍王神社、杜若庵五世浮月園建立、美濃派以哉派道統第一七世棚橋碌翁書
17明治二五年三月二六日、長野県下高井郡山ノ内町、上条神社、滝沢公雄書
18明治二六年三月一三日、青森県黒石市黒石神社、東根舎中建立（東根舎主催子椿については、第三章第七節に言及あり）
19明治二六年一一月一二日、長野県上田市、国分寺、久保田樹葉建立、東京広群鶴彫
20明治二六年一〇月、山梨県南巨摩郡身延町、久保公民館
21明治二六年、愛媛県今治市吉海町、高龍寺、建碑者不明
22明治二七年三月一五日、群馬県藤岡市、戸塚神社、常沢和十郎ら建立、成瀬蓮堂書
23明治二八年一一月、香川県小豆郡土庄町、天神神社、梅雪・節水・卓水建立
24明治二九年秋、長野県伊那市高遠町上山田、金井観音堂、田中古庫建立、馬場凌冬書
25明治三〇年三月、埼玉県羽生市、毘沙門堂、香庵赴生・竹宇・杏村・紫峰建立
26明治三〇年頃、長野県茅野市、蚕玉社、花之本十一世聴秋書
27明治三三年一月三日、京都府宮津市、如願寺、藤原言長書、本堂芭蕉堂の隣に建立、樹齢二百年の梅あり
28明治三四年、静岡県伊豆市柳瀬、道路際、金寿堂千之建立、三森幹雄書
29明治三五年、長野県飯田市伊賀良下中村、個人宅、平田縫之介建立
これらついては、弘中孝『石に刻まれた芭蕉―全国の芭蕉句碑・塚碑・文学碑・大全集』、出口対石『芭蕉塚』（長崎書店、一九四三年一〇月）、田中昭三『芭蕉塚蒐Ⅰ～Ⅵ』（近代文芸社、一九九一年一二月～一九九三年七月）を主に参照した。実際に全ての句碑を確認した訳ではないため、不備や誤りがあることを付言しておく。
（30）芭蕉神格化の端緒は、寛政三年（一七九一）神祇伯白川資延より「桃青霊神」の号を贈られたことにはじまる。そして、芭蕉百回

忌の寛政五年一〇月、筑後国高良山に了山が「桃青霊神」として祀ったのを義仲寺重厚が認めるという行為で一層具体化した（『俳諧明倫雑誌』八号、明治一四年四月）。続いて文化三年（一八〇六）、朝廷から「飛音明神」の号を、さらに天保一四年（一八四三）には二条家から「花の本大明神」の号が贈られた。なお、上田聴秋は、明治二三年一一月二九日に二条家より花之本宗匠の免許を受け、第一一世花之本を称している。芭蕉神格化については、萩原羅月『芭蕉の全貌』（三省堂、一九三五年九月、六一五頁。後に『芭蕉研究資料集成 昭和前期篇伝記・総記三』、クレス出版、一九九五年六月に所収）、堀切実「俳聖芭蕉像の誕生とその推移」（『創造された古典―カノン形成・国民国家・日本文学』、新曜社、一九九九年四月、三六六～三九二頁。後に『芭蕉と俳諧史の展開』、ぺりかん社、二〇〇四年二月、三二九～三五一頁に所収）参照。

(31) 大塚毅『明治大正／俳句史年表大事典』、世界文庫、一九七一年九月、六六九頁、及び、勝峰晋風「道服の宗匠姿で亀戸千句」（『明治俳諧史話』三二九～三三四頁）参照。

(32) 本碑は消失。出口対石『芭蕉塚』、一二五頁、及び『亀戸天満宮史料集』（亀戸天神社菅公御神忌一〇七五年大祭事務局、一九七七年八月、五五三～五五四頁）参照。

(33) 摺物は、高瀬達男「菅原社の梅塚Ⅰ」、『田布施地方史研究会会誌』一四二号、二〇〇三年二月、一～二頁に翻刻掲載。同「菅原社の梅塚Ⅱ」、『田布施地方史研究会会誌』一四三号、二〇〇三年四月、五～七頁も参照。

(34) 山本武『山口県の芭蕉碑―郷土の俳諧文化』、私家版（山口県玖珂郡周東町中差町）、一九八三年九月、一〇六～一一二頁。

(35) 節水は、三枝重太郎、竹亭とも号す。県議・村議・村長を務めた。明治二六年成、泮水園芹舎編『追福集』に一句入集。梅雪は、中塚庄吉、霞山とも号す。池田町入部の山形屋。卓水も土庄の俳人。これらの俳人については、浜田一夫『島のいしぶみ』、私家版（香川県小豆郡土庄町）、一九七三年五月、一～四頁、一七頁を参照。天神神社境内に「春もやゝ」句碑が建碑されたことに関し「建碑にあたっては天満宮であるから、梅の句を選んだものと思われる」（同書二頁）と指摘されている。

(36) 「梅が香に」句碑建碑場所の例を挙げる。青森県黒石市温湯峨虫峠・栃木県鹿沼市大越路峠・群馬県佐波郡玉村町天満宮・千葉県野田市菅原神社・神奈川県小田原市天満宮・山梨県北杜市白州町駒ヶ嶽神社・岐阜県岐阜市梅林公園・静岡県熱海市熱海梅園・島根県鹿足郡津和野町天満宮・山口県長門市尾水峠・福岡県前原市天満宮・福岡県太宰府市太宰府天満宮・佐賀県西松浦郡有田町天

満宮・大分県豊後大野市三重町内山観音・宮崎県西臼杵郡高千穂町天岩戸神社など。これらについては、弘中孝『石に刻まれた芭蕉―全国の芭蕉句碑・塚碑・文学碑・大全集』などを参照した。

（37）小川康路『拓本集 信濃芭蕉句碑めぐり―北信・東信編』、ほおずき書籍、二〇〇四年九月、一五五頁。

（38）注（1）一九頁。

（39）柳川彰治『松尾芭蕉この一句―現役俳人の投票による上位157作品』（平凡社、二〇〇九年一一月）によると、現代俳人に人気のある芭蕉句ベストファイブは以下の通りである。

一位 荒海や佐渡によこたふ天河（『おくのほそ道』）

二位 閑さや岩にしみ入蝉の声（『おくのほそ道』）

三位 夏草や兵共が夢の跡（『おくのほそ道』）

四位 旅に病で夢は枯野をかけ廻る（『笈日記』）

五位 さみだれをあつめて早し最上川（『おくのほそ道』）

上位五位のうち四句までが『おくのほそ道』内の句で占められている。現代ではいかに『おくのほそ道』が絶大な人気を博しているかが知られる。

（40）「東海道川崎宿2023いきいき作戦～川崎宿起立四〇〇年にむけて、その歴史と文化を地域活性化に活かそう」（東海道川崎宿を活かした地域活性化推進組織、通称東海道川崎宿 2023）については、

http://www.city.kawasaki.jp/kawasaki/category/94-10-2-6-17-3-0-0-0-0.html（二〇一八年七月参照）

【謝辞】

信濃国国分寺につきご教授賜りました信濃国分寺住職塩入法道氏（大正大学教授）に謝意を申し上げます。また山口県熊毛郡田布施町の句碑についてお教えいただきました田布施町立田布施図書館、及び香川県小豆郡土庄町の句碑についてお教えいただきました土庄町立中央図書館に深甚の謝意を申し上げます。

第二節　句碑建碑実録—馬場凌冬編『祖翁二百年回建碑録』

前節で句碑建碑の「場」について述べた。ところで、句碑建碑は実際どのような過程を経て竣功に至ったのだろうか。

芭蕉句碑が一番多く建碑された都道府県は長野県で三一三基ある（注1）。長野県の芭蕉二百回忌前後における句碑建碑には、馬場凌冬・小野素水・岩波其残・穂積永機・上田聴秋といった俳人が関与している場合が多い。このうち、馬場凌冬と小野素水は伊那、岩波其残は諏訪の出身であり、地元の著名な旧派宗匠によって建碑された句碑であることが分かる。

第一項『祖翁二百年回建碑録』

明治二六年一一月、馬場凌冬とその社中円熟社によって伊那古町八幡社境内（現伊那市中央伊那公園上伊那招魂社）に「しぐるゝや田のあら株の黒む程　芭蕉」句碑が建碑された。本節では、この建碑の際の詳細な記録を紹介し、句碑建碑の実際について検討してみることにする。

馬場凌冬による「しぐるゝや」句碑建碑次第を詳細に記した記録は、明治二六年一二月成『祖翁二百年回建碑録』である（注2）。馬場凌冬が句碑建碑に賛助した八九名への配り本として作成したものと考えられる。この八九名は、馬場凌冬が社宰長を務める円熟社の社中である。円熟社は、教林盟社の鳥越等栽及び橘田春湖によって、明治一四年九月に設置が許可された教林盟社の伊那における分社である（注3）。本書末尾には八九名の賛助者の住所と俳人名を記載した後に「右の面々大ニ力を被添速ニ建碑の落成を遂たり／依而為後証呈此壱部置の者也／明治廿六年十二月呉竹園馬場凌冬〻」とあり、続いて凌冬の筆で「通称　小林初様／俳名　翠幹様」と墨書される。よってこの本は、賛助者八九名のうちの一人である翠幹へ贈呈されたものであることが分かる。なお、翠幹は凌冬の元で円熟社社宰を務め、明治三六年一月、円熟社第二代社長を継承した人物である（注4）。

本書には、句碑建碑過程とともに、凌冬ほか建碑に尽力した円熟社中の句が記載されているが、「句集」として編纂されたとは考えにくい。それは、前述したように巻末に「右の面々大ニ力を被添速ニ建碑の落成を遂たり／依而為後証呈此壱部置の者也」とあること、また句碑竣功までの詳細な記述から、克明な記録として位置づけられるからである。

第二項「しぐるゝや」句碑竣功までの過程

さて、『祖翁二百年回建碑録』の巻頭には、半丁分で完成した「しぐるゝや」碑面図が掲載されている。芝石と台石の上に句を刻んだ立石が据えられている。また、裏表紙表には、「二百年回／明治廿六年初冬建之　馬場凌冬／補助　門人中／仝　各社中」と、碑陰と同じ文字が記されている。

続く本文では、句碑建碑の過程が日を追って記載されている。そこで、日付に従い、句碑建碑過程を簡潔にまとめてみることにする。

●九月二二日（彼岸）
句碑用の立石・台石の検分・選別のため、小黒原へ上り、大坊へ下る坂で凌冬・春圃・方圭・一泉・稲谷が待ち合わせ。さらに大坊より古（小）屋敷へ登り、峰救方で昼食。稲谷は疲労により先に帰る。台石は、岩沢で峰救が選別した方形の石に決定。立石は、字西の窪にて方圭が選別した丈五尺、幅三尺の石に決定。古屋敷へ下り、素琴方で茶話。峰救に別れ、小黒原へ戻る（注5）。

●九月二三日

凌冬、佳色に昨日の出来事を話す。

●九月二六日晴天、午後一時大雨

台石及び立石を運搬。早朝から車力三名と石工一名を雇い、円熟社中四七名で鼠平（注6）まで運ぶ。鼠平からは車輌で伊那古町の八幡社（現伊那市中央伊那公園上伊那招魂社）の社際まで運搬。

●一〇月二五日

石工二人により立石に句を刻む作業に入る。しかし石の性質が脆弱ゆえ文字を彫ることができず、石工栗太郎のす

「しぐるゝや」句碑図
（『祖翁二百年回建碑録』より）

立石→石工栗太郎が選別した犬田切川の川原石

台石→岩沢で峰救が選別した方形の石

芝石→字西の窪で方圭が選別した丈五尺、幅三尺の石

端石→三峰川の川原石

すめで近くの犬田切川（注7）の川原の石に変更。
●一〇月二七日晴
車力一人を雇い、凌冬義子梅栄及び凌冬親族君太郎と円熟社中一一名で犬田切川の川原の石を八幡宮境内へ運搬。
正午完了。夕方、石工のために雨露をしのぐ小屋を補修。
●一〇月二九日
立石に芭蕉句を書いた紙を貼り、石工が彫刻にとりかかる。
●一一月一一日雨のち晴
午後から芭蕉句碑の建碑場所を相談し決定。
●一一月一二日快晴
早朝から芭蕉句碑碑陰の文字を彫刻。午後からは文字が彫刻できず不要となった立石を芝石として設置。端石は馬と人を雇い、円熟社中六名も協力して近くの三峰川（注8）より運搬。
●一一月一六日夕方大雨
午後三時頃、竣工。句碑建碑場所の永代借地承諾のため、当地籍代表者小林勝一へ訪問し、永代賃借誓約書を得る。返礼として清酒一樽を納める。また八幡社の社地をつかさどる宮下正方（注9）へも一封を納める。
●一一月一九日（陰暦一〇月一二日、芭蕉命日）晴
芭蕉忌当日。伊那坂下町松坂楼で時雨会と建碑披露会。翁像を安置。脇起俳諧之連歌七、祖翁二百年回正式俳諧之連歌七二候一。一人一巡。

しぐるゝや田のあら株の黒むほど
けしきを仰ぐはつ冬の空　　凌冬

ゆたかさに世間一統賑はいて　一蛙（以下略）

別に凌冬手向句「けふの風の身にしみわたる枯野かな」。夜八時三〇分、長野町へ出張中の翠幹より電信「オキナヲヨウハイス」。石工の費用及び雑費を特別に補助した五六名の手向句各一句。最後に凌冬「古池のかれず濁らず二百年」。

続いて、諸国文音二〇句。巻末に建碑に協力した八九名の住所と俳人名一覧（石工の費用及び雑費を特別に補助した五六名と重複あり）（注10）。

第三項　句碑建碑の「場」の確保と句碑建碑材料の「石」

句碑建碑は、九月二二日からはじまり、凌冬が主宰する円熟社中の無償の人的・金銭的協力を得て、約二ヵ月後の一一月一六日に竣功し、一一月一九日（陰暦一〇月一二日）の芭蕉命日に披露されたのであった。句碑建碑のための立石と台石の検分・選別からはじめ、一〇月二五日からは、石工により句を刻む作業に入るが、運搬した立石が脆弱で文字を刻むことができず変更を余儀なくされ、運搬費が余計にかかるなど、難儀している様が窺える。

そして、一一月一六日の竣功の日には、句碑建碑の場所の永代賃借誓約書を得るため、地籍代表者小林勝一へ訪問し誓約書を受け、その返礼として清酒一樽を納めた。さらに、八幡宮の社地をつかさどる宮下正方へも一封を納めるなど、句碑建碑の実質的な「場」の確保にも金銭が必要であったことが知られる。永代賃借誓約書と宮下正方の承諾を得た日の凌冬は「心ひそかに曠々として草庵へもどれり」と感想を述べている。句碑建碑の「場」の確保に対して無事承諾を得ることができ、心配から開放された喜びが伝わる。

この実質的な「場」の確保は、建碑者にとって意外と懸念されることだったのではなかろうか。東京都深川区冬木町十番地の芭蕉神社建設における社地の永代賃借権取得までの困難な過程は、よく知られるところである（注11）。

東京都深川区冬木町十番地は、「古池や」句の旧蹟として知られていた。ここに明倫講社社長の三森幹雄が明治九年より芭蕉神社建設を計画した。しかし社地の永代賃借権が得られず計画は難航し、明治二五年にようやく許可され、明治二六年一〇月に竣功したのであった。芭蕉神社の社地の永代賃借権取得までには実に一六年もの年月が費やされたことになる。この間の状況は、『俳諧明倫雑誌』一三七号（明治二五年一〇月）に詳述される。

来る明治二十六年十月ハ二百年正当。されバ本年二月より宮殿及記念碑の建設を図るに、古池の旧地ハ米倉一平氏の所有地となりて人家軒を並べて、立錐の余地なし。為山春湖等栽の在世にも共に図りて、木村素石氏を以て請へども許されず。今便なくして小石川関口台町水神社ハ祖翁水道工事の縁由あるを以て同地と志ざすも障りありて成らず。向島花屋敷根岸鶯花園の風致を撰て図れども、遷延して定まらず。或人をして米倉氏を説に旧蹟保存の意を以てす。忽氷解して永世貸与の事を諾するを得たり。

ここから、「場」の確保のための永代賃借権がいかに重要であったかが分かる。深川区冬木町と言えば、東京の中心部に位置する場所であり、しかも芭蕉神社の面積は約四百坪とされる。永代賃借権や地代をめぐって難航するのも無理からぬことであった（注12）。

次に、句碑建碑の基本的な材料となる石について考えてみたい。各都道府県における句碑建碑数は、その土地における俳諧人口の多寡を示す指標ともなるが、長野県の句碑建碑数は群を抜いて多い。長野県において句碑建碑数が多い理由は、もちろん馬場凌冬や小野素水、また岩波其残といった地元出身の旧派宗匠の影響によるものである。一方で、句碑建碑には基本的な材料として石が不可欠であることも見逃せない。『俳諧明倫雑誌』一五二号（明治二七年五月）には、三森幹雄が主催した芭蕉二百年祭の収支報告が記載されており、記念碑建碑に費やした石代が七五円（現在では約七五万円）と記されている。三森幹雄らによる記念碑は本碑よりも立派なものだったに違いないが、それでも石屋に求めるとすれば何十円という石代がかかるであろう。
本碑建碑においては、石の運搬と彫刻のために車力や石工を雇う費用が大きな出費だったと考えられる。少しでも出費を抑えようとする姿勢は、凌冬と円熟社中が献身的に石の選別と運搬に携わっていることからも知られる。句碑のために特別に石をあつらえる費用など到底用意できなかったであろう。伊那地域は東西を高山に囲まれた狭隘な谷である。天竜川に流れ込む川は急峻で渓谷を形成し、大小さまざまの川原石があり、句碑建碑に適切な採石が容易であった。採石の容易さは、長野県全域にも当てはまることである。この採石の容易さも、句碑建碑数が多いことと関係していると考えられる。

第四項「二百年」という語の季語化

『祖翁二百年回建碑録』本文を簡潔にまとめたため記すことができなかったが、一つ仕事が終わるごとに、その場に居合わせた連衆の詠んだ句が記載されている。一一月一九日の芭蕉忌当日に、石工の費用と雑費を特別に補助した五六名の手向句には、「二百年」の語を読み込んだ句が見られる。

思ひ出すふたもゝとせや初しぐれ　奇峰
たふとさよふたもゝとせの翁の日　松里
時雨会や年に一度の二百度目　紫水
二百年むかしをおもふしぐれかな　松翠
しぐれ会や尽ぬためしの二百年　三洲
二百年経てもかはらぬ枯野かな　翠幹

また凌冬も、

古池のかれず濁らず二百年　　凌冬

と詠んでいる。さらに「二百年」の語は、諸国文音においても散見される。

月花のまこと尊し二むかし　　伊勢耕雨
仰ぎ見る花は相似て二百年　　近江九峰
夏草や夢もむかしの二百年　　大坂無腸
夏書して崇めん祖師の二百年　　能登淇洲
時雨会やしたひしたうて二百年　　三河蓬宇

このうち、凌冬・耕雨の句では「二百年」「二むかし」という語が季語として扱われていることが注目される。本書第三章第九節『清流』で、二百回忌に関する句には「二百年」を詠み込んだ句が少なくないということが指摘されている。「二百年」という語が頻繁に詠み込まれることによって、既に季語として定着していた「翁の日」や「時雨会」とともに、「二百年」という語が「芭蕉二百回忌」を指し、初冬の季語として扱われつつあることが窺えるのである。

【注】

（1）弘中孝『石に刻まれた芭蕉』（智書房、二〇〇四年二月）二頁。

（2）『祖翁二百年回建碑録』は個人蔵。木版。縦一八・五×横一三糎。墨付三一丁。竹入弘元・翁悦治「翻刻『祖翁二百年回建碑録』―明治期の伊那俳諧人が催した時雨忌の記録」（『伊那路』五八巻一号、通巻六八四、二〇一四年一月、二七～三六頁）に、建碑協力一覧者などを除き翻刻あり。

（3）伊那市史編纂委員会編『伊那市史現代編』伊那市史刊行会、一九八二年一一月、九〇一頁。

（4）翠幹は、安政四年生、大正一〇年九月没、六五歳。別号、清奇園。町長・郡会議員・県会議員を歴任。（『伊那市史現代編』九〇一頁、九〇六頁、九〇八～九〇九頁）

（5）小黒原は伊那市ますみヶ丘一帯。大坊・古（小）屋敷・岩沢は、伊那市中心部を西東に流れる小黒川中流の両岸に位置する。字西の窪は、板沢山中腹の谷。

（6）鼠平は、小黒川中流北岸一帯を指す。

（7）犬田切川は、伊那市南部を流れる天竜川支流。

（8）三峰川は、伊那市東部から中心部へ流れる一級河川。天竜川水系。

（9）宮下正方は、石工の費用及び雑費を特別に補助した五六名のうちの一人として手向句があり、巻末の人名一覧にも「伊那村　正方」と記載される。また、句碑が建碑された八幡社（現上伊那招魂社）に隣接する伊那東大社の神職に宮下八十二郎（明治四二年～昭和一五年まで在職）が知られる。（伊那市文化財審議委員会編『増補改訂／伊那市神社誌〈本編〉』、伊那市教育委員会、二〇〇一年三月、一一〇頁）

（10）八九名の住所と俳人名を記載する。

飯島村　三中
赤穂村　蔵六
宮田村　春花　也哉　戴月
東伊那村　晴耕
西春近村　南陽　凌霜　文斎　奇石　奇峰　柳斎　素琴　峰救　玉亭
東春近村　修竹　古月
富県村　其碱　東海　終夜　竹風　松里　蛙水
河南村　霞松

高遠町　一蛙　世外
美篶村　柳川　玉斎　三洲
甲斐国雲水　半眠
伊那村　如泉　玉翠　野山　崩雲　列士　依山　鶴齢　伯栄　稲谷　月露　一泉　一翠　ゑひ女　朗国　波心　波山　啼月　松老　如岡　琴里　玄山　金衣　野龍　在古町上マキ佳色　蘭花　正方　和声　方圭　在古町トノシマ唐雲　喬松　松翠　在古町スハ秋声　嘯月　応草　紫水　翠幹　凌宵　清友　一舟　残香　輪虹　南枝　風雲　藍美　南帰　如麹　梅林　青玉　如山　沢柳　清空　催帰　千丈　工木　花王　春圃　良佐　和道　君太郎

連衆中、傍線を引いた人物について簡単にまとめておく。

- 蔵六　松崎氏。郡書記。(『伊那市史現代編』九〇三頁)
- 南陽　唐木氏。第二代円熟社顧問。(『伊那市史現代編』九〇六〜九〇七頁)
- 素琴　「(西春近村)小出　素琴」(嘉永四年序『伊那五百題』)(『伊那市史現代編』八九七頁)
- 修竹　細田氏。第二代円熟社副社長。(『伊那市史現代編』九〇六頁)
- 古月　井上氏。第二代円熟社補助。(『伊那市史現代編』九〇六頁)
- 霞松　「上山田　六波羅霞松　耕園居」(『信陽俳諧名家集』)。一八八五年一二月跋『信陽俳諧名家集』編。
- 柳川　「(美篶村)川下り　柳川」(『伊那五百題』)。(『伊那市史現代編』八九七頁)井上井月門。五律と交遊。(矢羽勝幸編『長野県俳人名大辞典』郷土出版社、一九九三年一〇月、九一六頁)
- 列士　柴氏。第三代円熟社幹事。(『伊那市史現代編』九〇八頁)
- 伯栄　「(伊那町)山寺　白栄」(『伊那五百題』)。(『伊那市史現代編』八九六頁)
- 稲谷　「伊那村　福沢六朗　岐月庵稲谷」(『信陽俳諧名家集』)。円熟社は明治二三年、伊那坂下町の稲谷宅へ移転。(『伊那市史現代編』九〇三頁、九〇五頁)
- 一泉　松沢氏。第二代円熟社顧問。(『伊那市史現代編』九〇六頁)

・如岡　東条氏。第二代円熟社幹事。西町文音所主事。（『伊那市史現代編』九〇六頁）
・佳色　唐木氏。酒屋。副戸長。明治三十三年没。（矢羽勝幸編『長野県俳人名大辞典』郷土出版社、一九九三年一〇月、一〇九頁）
・正方　注（9）参照。
・方圭　竹村氏。第二代円熟社幹事。（『伊那市史現代編』九〇六頁）
・翠幹　注（4）参照。
・一舟　「伊那部村　窪村吉重　川流舎一舟」（『信陽俳諧名家集』）。明治一八年春刊『月花の友』編（『伊那市史現代編』九〇二頁）

（11）芭蕉神社建設についての詳細は、櫻井武次郎『俳諧史の分岐点』（和泉書院、二〇〇四年六月、一七四～一七五頁、一八〇～一八一頁）、大谷弘至「芭蕉神社考─芭蕉二百年忌における芭蕉神格化」（『二松俳句』二四、二〇〇六年七月、一九～三五頁）参照。

（12）芭蕉神社は、明治四四年、宅地造成のため地代が高価になり、支払うことができないため遷座を余儀なくされている。

【謝辞】『祖翁二百年回建碑録』についてご教授賜りました竹入弘元氏に謝意を申し上げます。

第三節　長野県上伊那郡辰野町薬王寺の奉額

芭蕉追善や崇拝の方法としては、句碑建碑を記念して奉額を行うという方法もあった。奉額は、寺社への奉納を目的とし、あらかじめ募句を行い、高点句を公表する形態のものが多い。このような句合の判者を務め、また句の入花料によって収入を得る手段は、旧派俳人の典型的なビジネスモデルである。

句碑建碑に係る記念奉額の古い例としては、文化二年（一八〇五）四月、長野県上田住の白雄門人、無事斎麦二によって上田市国分寺に奉納された奉額が知られる（注1）。この奉額は、無事斎麦二を中心とする瑠璃連により国分寺境内に「春の夜はさくらに明てしまひけり」句碑建碑を記念して奉納されたものである。奉額には、芭蕉・其角といった故人、また麦二の師である鳥酔や白雄ら五八名の句が掲載されている。

さて、芭蕉二百回忌における句碑建碑記念奉額では、長野県上伊那郡辰野町北大出にある桑沢山薬王寺の奉額がある。明治時代、辰野町では俳諧が盛んであり、辰野町宮木にある長久寺第一八世住職一棹庵蒼芦が指導的立場にあった（注2）。辰野町の吟社としては、蒼芦主宰の尾花吟社、他に千鳥社・風雅社が知られる。

辰野町北大出にある薬王寺本堂は、明治二四年（一八九一）に落成した。そして同年五月、千鳥社三三名によって薬王寺境内に「薬師寺初会　初ざくらをりしもけふハよき日なり　翁」句碑が建碑された（注3）。「初ざくら」句が選ばれたのは、芭蕉句の前書に「薬師寺初会」とあり、薬王寺の本尊も薬師如来であることから、本寺に建碑する句としてふさわしい句だったからである。ここでも、薬王寺という芭蕉追善の「場」としてのふさわしさ、そして句碑に刻む句が句碑建碑場所にふさわしい、という句碑建碑の「場」の条件は満たされている。

この「初ざくら」句碑建碑を記念した奉額は、薬王寺本堂正面右に掲げられている。奉額は「奉翁塔追福」と題されている。「奉翁塔追福」の「翁塔」とは「初ざくら」句碑を指し、句碑が芭蕉そのものであることを示している。奉額の巻頭には、芭蕉の木とその樹下で脇息に片肘を付く芭蕉像が描かれている。成立は明治二四年仲秋で、六〇句ほど掲載されている。催主は千鳥社の三玉と梅花である。判者は東京の佳峰園岱山（注4）と長久寺僧一棹庵蒼芦で、佳峰園岱山は四季混題、一棹庵蒼芦は兼題として芭蕉追善句の選句を務めている。一棹庵蒼芦の選句のうちにわずかに「翁忌」「芭蕉忌」「翁の日」の語が読み取れる。ここから句碑建碑と奉額は、本堂の落成記念だけではなく、二年後の芭蕉二百回忌取越も兼ねているものと考えられる。生憎、額面は風雨にさらされ文字を読み取ることが不可能である（注5）。

奉額という形態は、辰野町をはじめ長野県内で非常に盛んに行われ、長野県における俳諧文化の一大特徴となっている。よって、「初ざくら」句碑を建碑した辰野町の千鳥社は、手近な奉額という方法を選んだものと考えられる。そして奉額は、落成したばかりの薬王寺本堂に掲げられ、句碑建碑と芭蕉二百回忌取越の記念として残されたのである。

【注】

（1）高野六雄『東北信地方の俳額史』、信毎書籍出版センター、一九九九年二月、二八九～二九〇頁、及び、小川康路『拓本集 信濃芭蕉句碑めぐり―北信・東信編』、ほおずき書籍、二〇〇四年九月、一一〇～一一一頁参照。なお上田市国分寺は、明治二六年一一月、芭蕉二百回忌に際し久保田樹葉が「春もやゝ」句碑を建碑した場所である（「第四章第一節第四項②久保田樹葉編『月と梅』《明治三〇年二月跋》」参照）。

（2）一棹庵蒼芦は、文化一三年生、明治二八年没、八〇歳（文化一二年誕生説あり）。鳳朗門（辰野町誌編纂専門委員会編『辰野町誌近現代編』、辰野町誌刊行委員会、一九八八年九月、七七一頁、及び矢羽勝幸編『長野県俳人名大辞典』、郷土出版社、一九九三年一〇月、六〇七頁参照）。また辰野町では明治一六年から『美すず集』、明治二五年に『蕗原集』、明治二六年には『朝日の光輝』といった俳誌が刊行されており、俳諧の盛んな地域である（『辰野町誌近現代編』七六八頁）。さらに俳諧が盛んなことで江戸末期からの奉額が多く残されている（同書七七九～七八一頁）。

（3）「初ざくら」句碑について記す。

碑面　薬師寺初会

初ざくらをりしもけふハよき日なり　翁

碑右　明治二十四年卯五月吉辰

碑左　千鳥社建

碑陰　弥光　朱桃　竹泉　東向　乙量　一知　知休　竹斎　雪村　柳枝　雲山　林友　文好　文月　南岳　友月　朗月　梅枝　梅友
三玉　涼村　一風　定友　得雄　一光　光久　緑水　梅花　信陽　芙蓉　保高　林風　花村

また竹入弘元「上伊那文学碑散歩（八）」（『伊那路』四巻一一号、一九六〇年一一月）四九四頁に本碑と奉額について言及がある。

（4）佳峰園岱山について詳細は分からないが、佳峰園が教林盟社鳥越等栽の号であること、また伊那地方は教林盟社の分社円熟社が設置されていることから、佳峰園岱山は等栽門であると考えられる。

（5）薬王寺本堂には「奉翁塔追福」の他に明治二四年に成立した二面の奉額がある。本堂正面左の「奉額」は、大出の風雅社によるもので、明治二四年五月成立。上下二面、判者は馬場凌冬。風化が激しく解読不可能である。また、本堂正面後方上段の「奉額」は、千鳥社の雪草庵知休・燕遊亭得雄・玉塵軒銀甫・氷月舎岱雪の主催によるもので、明治二四年九月中旬成立。四季乱題で一八七句掲載。判者は諏訪の雪散屋其残（岩波其残、教林盟社分社「敬真盟社」設立）。奉額のはじめに五名が談笑して煎茶をたしなむ図が描かれている。図は池上秀花（四条派の画家、「蕉風会」設立）によるものである。巻軸は判者其残の「世話やくなやくなと鳴るや彼岸鉦　七十七翁　其残」と其残図。

第四節　短冊帖「芭蕉翁古郷塚竣成の折の／手向句集」

第一項　芭蕉生誕地は上野か柘植か

伊賀焼出づる佐那具の地　芭蕉生れし柘植の駅

これは、明治三三年一一月刊『鉄道唱歌』第五集関西線の歌詞である。現在、芭蕉は伊賀市上野で生まれたというのが通説である。しかし、明治時代、芭蕉は柘植で生まれたという説が主流であった。この柘植駅に関しては、松尾早次『蕉翁礼賛と生誕地考』で、明治二六年、柘植に其角堂永機揮毫の「古さとや臍の緒になくとしの暮」芭蕉句碑並びに句碑建設記念碑を建碑した際のこととして、

誕生地記念碑と、同時に、当事者等、正式の手続をとり、関西鉄道の、柘植駅頭に、「芭蕉翁生誕地」なる、案内標を設けられた（注1）。

と述べられている。さらに、同書によれば、この碑は大正のはじめ頃に上野説が台頭した結果、知らぬ間に撤去されたが、昭和二四年九月一五日、関西本線と草津線のプラットホーム上に再建したと記されている。この再建碑も現存しないが、駅前には芭蕉生誕三六〇年を記念して平成一六年八月に建碑された「手にとらば」句碑がある。

さて、芭蕉生誕地は江戸時代から上野説（現伊賀市上野）と柘植説（現伊賀市柘植）があった。芭蕉の父親は柘植に住んでおり、いつかは分からないが上野へ移住した。芭蕉が生まれたのが父親の引っ越しの前か後か、それだけのことであるが、これが明治時代から昭和五〇年代まで論争の種となったのである。芭蕉の生誕地対決の経緯については、今栄蔵『芭蕉伝記の諸問題』で詳細に述べられる（注2）。

この芭蕉生誕地対決について、今栄蔵の著書を参考にしながら、振り返ってみたい。安永七年（一七七八）刊、梨一著『奥細道菅菰抄』や寛政一〇年（一七九八）序、竹二坊編『ばせを翁正伝集』には「柘植」とあり、江戸時代から芭蕉柘植生誕説は存在していた。

明治時代に入り、伝説よりも事実が重要視される世の中になった。出版が盛んになり、情報が一気に広まり、容易に手に入る世の中になった。そのような世相のなかで、明治二六年の芭蕉二百回忌という一大イベントの影響もあり、芭蕉研究が盛んになった。第一章で、綿抜豊昭は「芭蕉の遠忌は関連書を生み出す契機ともなっている」と指摘している。従来、上野説と柘植説と二説並存していた芭蕉生誕地が「解決すべき問題」として大きくクローズアップ

された契機が、芭蕉二百回忌であったといっても過言ではないだろう。

明治時代において柘植説を支持するものに、籾山鈞『俳諧名家列伝』、小此木伸一郎・布川孫市編『俳諧史伝』、内田魯庵『芭蕉庵桃青伝』があり、また正岡子規も『行脚俳人芭蕉』で柘植説を支持している（注3）。明治時代は柘植生誕説の方が断然優勢であった。

大正時代は、柘植説と上野説が拮抗する状態になる。両説拮抗するなかで上野説を決定づけたのは、大正一二年六月刊、樋口功『芭蕉研究』であった（注4）。樋口功の影響は絶大で、ほどなく上野説が定着したのである。

しかし、樋口功の後も柘植説を支持する声は少なからず存在した。今栄蔵によれば、昭和一七年のこととして以下の記述がある。

なお当時、上野と柘植の郷土史家間に出生地に関する論争があった。すなわち十七年十月、柘植の松尾早次が「伊勢新聞」に「芭蕉翁誕生への一考察」を書いて柘植説を称えたのに対して、十一月同紙上に菊山（筆者注：菊山当年男）が「芭蕉誕生地は上野・一あって二なきもの」を書いて反駁したのである。これに限らず、両地の郷土史家間には出生地問題をめぐって早くから感情的な対立があったようである（注5）。

その後も、昭和二四年に片岡砂丘艸『芭蕉はどこで生れたか』（注6）、昭和二八年には松尾早次『蕉翁礼賛と誕生地考』が相次いで出版され、柘植説を強固に主張した。松尾早次は同書で、

柘植に、翁の誕生地記念碑の建てられた、明治中年から末葉頃までは、柘植が、翁の誕生地だとは、全国的に之を認めていた。生れたのは柘植で、上野で人となった人だと思っていた、ところが、明治の末期になって、上野説が台頭してきた（一四三頁）。

と言う。確かに明治時代においては、柘植説の方が優位であり、柘植では長い間、芭蕉が生まれたのは柘植であると語り伝えられ、信じられてきたのだろう。松尾早次の後も、岡村健三が『芭蕉伝記考』、及び『伊賀と芭蕉』で柘植

説を主張し続けた。続いて、村松友次も『芭蕉の作品と伝記の研究—新資料による』で柘植説を支持したが、あらためて生誕地論争となるような現象は起きなかった（注7）。

以上から、明治時代には、柘植説が支持されており、それが明治時代における芭蕉受容の常識であったことを確認することができる。そして、上野と柘植、両説ある芭蕉生誕地について学問的に追究される契機の一つとなったのが、芭蕉に注目の集まった芭蕉二百回忌であったと言えよう。

第二項　其角堂永機の柘植来訪と短冊帖「芭蕉翁古郷塚竣成の折の／手向句集」

明治旧派の二大俳人を挙げるとしたら、三森幹雄と其角堂永機であろう。芭蕉二百回忌の際、上野の俳人は幹雄を、柘植の俳人は永機を頼った。

上野では、明治二三年四月一日から三日間、故郷塚のある愛染院で芭蕉二百回忌取越追善が盛大に行なわれた。後に『ふるさと集』として刊行されている（注8）。編者は、森川垂雲・塩田翠香で、三森幹雄が序文を寄せている。巻頭「脇起俳諧之連歌」では「故郷や」句を発句とし、幹雄も連衆として名を連ねている。

一方、柘植では永機を当地に招き、福地城跡に永機揮毫の「古さとや」芭蕉句碑が建碑された。過去に柘植においては、蝶夢門の杜音によって芭蕉百回忌追善が行なわれていたことが知られる（注9）。杜音が行なった芭蕉百回忌以降、確かな記録はないが、柘植でも芭蕉追善がささやかに行なわれてきたのであろう。次に柘植で芭蕉追善の記録として残るのが芭蕉二百回忌である。永機揮毫の「古さとや」芭蕉句碑を柘植に建碑した意義は非常に大きい。それは、当代一流の宗匠其角堂永機が、柘植こそ芭蕉生誕地である、というお墨付きを与えたのと同じ意味を持つからである。

柘植での芭蕉二百回忌の様子は、松尾早次『蕉翁礼賛と誕生地考』に詳細に述べられる。永機来訪については、
揮毫は、その当時、世に聞え、高き翁八世の孫に当る、東京住、老鼠堂其角庵、晋永機翁の、手になったもので、八十の老躯をひっさげ、はるばる東京から、来杖を煩はし、建碑についても、何くれと、指示を得た。その時の宿は、上町の亀屋であった。（六八頁）

と記される。また、同書によれば句碑の除幕式は明治二六年一〇月一二日午前に行なわれた。午後は万寿寺にて法要、夜から翌日にかけて記念俳句大会が行なわれた。余興として昼夜を通して花火が打ち上げられるという一大イベントであった。

この際、全国から寄せられた手向句が短冊帖にして保存されている（注10）。短冊帖は三帖あり、各表紙に「芭蕉翁古郷塚竣成の折の／手向句集壱〜三」と墨書される。短冊到来順に「壱〜三四二」まで通し番号が付けられている（一部短冊がないものや重複句を含む）。北海道から佐賀県まで約三百名の俳人から句が寄せられている。

一番の短冊は「手向んと水汲うちも時雨けり　雀来園」である。雀来園については、別筆で「伊勢国山田 前田伯郎」と短冊の隣に貼紙がある。同じように他の短冊にも住所と本名の書かれた紙が貼りつけられている。四番は「芭蕉祖翁降誕地なる柘植の里にて二百年遠忌御執行を聞て／こゝろにもかゝる時雨の出舞哉　青邨」、また、一五番には「祖翁誕生ありし柘植の里に記念碑の建設あるを聞伝へて／梅が香や世にかくれなき道しるべ　静也」とあり、前書から、芭蕉柘植生誕説が広く支持されていたことが確認できる。

芭蕉二百回忌追善集の句に用いられる語彙には「二百年」の他に、「古池」・「蛙」・「水の音」・「時雨」・「枯野の夢」が多く、芭蕉発句を模倣するという傾向が見られるが（注11）、この短冊帖の句でも同じ傾向が見られる。その上で「柘植」や「くらぶ山」（注12）、「霊山」といった「ご当地柘植」を詠みこんだ句に特徴がある。

一〇六　汲めど〳〵尽きぬ清水や柘植の奥　楽哉

一〇七　へだつ雲あれど明るし柘植の月　古鈴
一〇九　秋すぐや今も昔のくらぶ山　物下
二八六　仰ぐべし〳〵柘植の郭公　羽洲
二九六　時雨けり柘植の御里の夕日かげ　酔月
三一七　霊山の麓で逢や初時雨　佳雄
三三九　碑に開く花や柘植野のはつ時雨　霞峰

そして、二帖目には永機の短冊が二枚収められている。

一七八　芭蕉翁降誕の地に杖をとゞめる事に三日
　月雪もこゝに生れしくらぶ山　永機
一七九　翁像前
　月華を末世につげの仏かな　永機

永機については「東京市芝公園紅葉館隣」と貼紙がある。一七八の前書から柘植に三日間逗留したことが分かる。一七八と一七九の句は二句で一対となり、一七八では、柘植で芭蕉が生まれことを強調し、一七九では、「つげ」に「柘植」と「継げ」を掛け、柘植で芭蕉を追善し、それが継承されている様を詠んでいる。なお、一七九の句は、明治二六年一一月刊、永機編『元禄明治／枯尾華』下巻末尾に永機・梅逸両吟歌仙の発句として掲載されている。

　二十六年伊賀国柘植の里建碑の折
月華を末世につげの仏哉　永機
　くらぶの山の時雨まつ里　梅逸（以下略）

以上、上野と柘植における芭蕉二百回忌について述べた。上野は幹雄を、柘植は永機を頼り、それぞれ盛大に行なった。どちらも地元の総力を挙げた一大イベントであった。このような、全国各地における旧派俳人の草の根的な活動が、明治時代の多くの俳人の実像であったと考えられる。

この草の根的な活動は、現在、まちづくりへとシフトし、継承されている。第四章第一節第七項で述べたように、芭蕉句碑建碑の意義は、観光地化やまちづくりへと変遷した。静岡県浜松市東区では、地元の俳人松島十湖にちなみ平成二〇年度から「俳句の里づくり事業」を行っている。柘植でも「柘植地域まちづくり協議会」が永機揮毫の芭蕉句碑のある芭蕉公園の整備を行っている。本書の「はじめに」において「俳人たちはコミュニティを形成し、それは地域に確かに根付いていた」と言う。地域に確かに根付いていた俳人のコミュニティがまちづくりにシフトし、郷土愛とともに、芭蕉及び芭蕉をとりまく文化として時代を越えて継承されている。

【注】

（1）松尾早次『蕉翁礼賛と生誕地考』、柘植史談会、一九五三年九月、七九頁。現在、柘植駅構内には投句箱が設置されている。投句箱が置かれている台には「ここが芭蕉の生まれた伊賀市です　伊賀市伊賀支所」と書かれている。平成一六年一一月に伊賀市が誕生し、芭蕉生誕地候補である上野市も阿山郡伊賀町柘植も「伊賀市」になった。上野と柘植、生誕地対決をしてきたのが「伊賀市」になったことにより、一瞬で解決してしまったことを物語っている。

（2）今栄蔵『芭蕉伝記の諸問題』、新典社、一九九二年九月。

（3）籾山鈞『俳諧名家列伝』（博文館、一八九三年三月）、小此木伸一郎・布川孫市編『俳諧史伝』（女学雑誌社、一八九四年三月）、内田魯庵『芭蕉庵桃青伝』（老鼠堂永機・阿心庵雪人校訂『俳諧文庫』第一編「芭蕉全集」、博文館、一八九七年九月）。なお『俳諧名家列伝』・『俳諧史伝』・『芭蕉庵桃青伝』は久富哲雄監修『芭蕉研究資料集成 明治篇 伝記・俳論一』（クレス出版、一九九二年六月）にも所収。正岡子規『行脚俳人芭蕉』（金尾文淵堂、一九〇六年六月）は『芭蕉研究資料集成 明治篇 伝記・俳論二』（クレス出版、一九九二年六月）にも所収。また、一九〇五年五月、沼波瓊音『蕉風』（金港堂書籍株式会社、一九二八年七月『芭蕉と其周囲』と

改題刊行）でも柘植説を支持している。『蕉風』も『芭蕉研究資料集成 明治篇 伝記・俳論三』（クレス出版、一九九二年六月）に所収。沼波瓊音は明治三五年頃より、上野第三中学校の教員として奉職していた。

（4）樋口功『芭蕉研究』（文献書院、一九二六年六月）は『芭蕉研究資料集成 大正篇 伝記・俳論三』（クレス出版、一九九三年六月）にも所収。大正期の主な芭蕉の伝記研究については『芭蕉研究資料集成 大正篇 伝記・俳論一～四』（クレス出版、一九九三年六月）に所収。

（5）今栄蔵『芭蕉伝記の諸問題』三三一～三三三頁。

（6）片岡砂丘艸『芭蕉はどこで生れたか』、鈴鹿嶺発行所、一九四九年一一月。

（7）岡村健三『芭蕉伝記考』（関西空穂会、一九六三年八月）、『伊賀と芭蕉』（伊賀町教育委員会、一九七三年七月）。村松友次『芭蕉の作品と伝記の研究─新資料による』、笠間書院、一九七七年五月。村松友次の書は、柘植説を支持する村主種次郎の教示に基づいて作成した旨が記されている。村主種次郎は『伊賀町史』に「伊賀町の芭蕉さん」（伊賀町史、一九七九年二月）を寄稿し、柘植説を主張している。

（8）明治二三年五月序『ふるさと集』の詳細については、資料編参照。

（9）大内初夫ほか編『天明期諸国俳人書簡集』（落柿舎保存会、一九七七年一二月）所収「沂風（得往）書簡（閏二月九日付）」（書簡番号三三）・「売雪書簡（三月一四日付）」（書簡番号六六）・「蚊山書簡（曽秋・杜音宛）、蠟月二〇日付」（書簡番号八五）参照。

（10）短冊帖は「柘植の里芭蕉翁を顕彰する会」所蔵。

（11）鹿島美千代「明治時代における美濃派─芭蕉二百回忌を中心として」（『桜花学園大学人文学部研究紀要』一三、二〇一一年三月、三一～四二頁）。

（12）「くらぶ山」は、油日岳・高畑山の峰と推定される（『日本文学地名大辞典─詩歌編（上巻）』、遊子館、一九九九年八月、二九四頁参照）。

【謝辞】短冊帖につき「柘植の里芭蕉翁を顕彰する会」にお世話になりました。ここに厚く感謝の念を申し上げます。

おわりに

北国の雪ははなしの種となり（『奉納祖翁二百回遠忌俳諧之連歌』）。この冬、連日、ニュースで豪雪がとりあげられた。そうしたなか、村上昭彦氏よりいただいた『八千代の文人たち歌碑・句碑を訪ねて』（二〇一二年、崙書房出版）を読んでいて、ふと回想にふけり、渡辺信三『山形俳諧風土記』（一九七七年、高陽堂書店）をなつかしくも思い出した。奉納額や句碑などは、製本された紙面で読む俳文芸とは異なった文化のかおりがする。それは、どうやら自分の嗜好にあっているようだ。興味をもつことになったきっかけは今栄蔵先生のお話であったかもしれない。芭蕉の二百回忌追善関連の諸事も、そのかおりがして、それ追いもとめているうちに成したのが以下の拙文である。

「芭蕉二百回忌『清流』について」『大阪俳文学研究会会報』四二号、二〇〇八年一〇月

「飯尾一風編『明治二十五年俳句五百題』について」『大阪俳文学研究会会報』四四号、二〇一〇年一〇月

「『時雨集』について」『図書館情報メディア研究』九―一、二〇一一年一一月

「弘前における芭蕉二百回忌について」『中央大学国文』五五号、二〇一二年三月

「『閑古集』について」『中央大学文学部紀要』一〇九号、二〇一二年三月

「『建碑披露祖翁年忌兼俳諧七万句輯』について」『短詩文化研究』五号、二〇一二年六月

「芭蕉二百回忌句集『越のしをり』について」『郷土の文化』三八輯、二〇一三年三月

「『俳諧草庵集初編』について」『中央大学文学部紀要』一一三号、二〇一四年三月

「素陽編『花月集』について」『短詩文化研究』七号、二〇一五年三月

「西岡恭州編『時雨塚』」『人文資料研究』九号、二〇一六年九月

これらを改め、切り貼り或いは削除し、また加筆したのが本書の綿抜執筆部分である。

○

自分にとって「芭蕉」は、今栄蔵先生の面影である。三百回忌の際の展示品の解説を拝聴したこと、全図譜の編集にあたられていた時に富山県にある芭蕉自筆の調査の御依頼を受けたこと、芭蕉の印の説明をうかがったことなど思い出は尽きない。

連句に関して興味をもったのは、富山県在住時、二村文人氏に連句の実作をご指導いただいたことによる。氏の軽やかな口調と句調がなつかしい。

近代俳書への興味は、近著に『俳句の底力』（二〇一七年、東京四季出版）のある秋尾敏氏との出会いからはじまった。実作者の視点はいつも新鮮である。

こうした、いわば「俳恩」があり、さらには、無理なお願いを引き受けて下さり、鹿島美千代氏が加わっていただいたからこそ、なんとか本書をまとめることができた。ただただ感謝の念があるのみである。

また関係各機関には、貴重な資料を調査させていただいた。郷土研究の成果は、細部にわたる情報を提供して下さり、その学恩ははかりしれない。深謝申し上げる。こうした研究成果を見逃さぬようにつとめたが、失礼にも見落としたものが多々あることをおそれる。ご批正たまわれば幸いである。

○

上島清子氏は「月並俳句は、正岡子規が自分の革新した新派俳句に対して旧派（月並派）俳句をののしって呼んだ称で、転じて、陳腐で新しみのない俳句をいう」とする（『俳句エッセイ　こゝろところ』二〇〇一年、朝日新聞社）。明日の俳句を〈詠〉もうとする俳人にとって、旧派の作品は、さしあたり何の役にも立たないものかもしれない。

しかしながら、慰安や寂寥を感じたり、あるいは明治の風俗を知るといった楽しみを得るためであれば、旧派の作品は〈読〉にあたいするものもあるように思われる。たとえば『俳諧稲舟集』第五号（明治二六年四月）に載る

春雨ははるゝ匂ひや野菜船　下野　桃香

などは、今日見られなくなった「日本の原風景」の水運が詠じられている。

ただし、旧派の作品を楽しむためには、それなりの知識や心構えが必要である。たとえば『俳諧無為の友』再刊一号（明治二九年一〇月一二日印刷）の「発詞」は

古池の流れは二もゝ十とせに近き今日迄も絶す沸広りて言の葉舟に乗れる蛙は座禅して面白く浮世を悟り枯野を走る夢は千嶋沖縄新高砂嶋に広り廻り頭陀檜笠の往来もしけく椿の杖の八千代迄も栄えん事そ目出度かりける

とある。一〇月一二日を印刷日とした理由や、この「発詞」の理解には、ある程度の「知識」が要求される。それは旧派の作品理解にも必要とされる知識である。

今後、機会があれば、そうしたものを捉えた「旧派の本」を編むことができたらと思っている。

戊年梅見月二十五日　（綿抜豊昭）

資料編　芭蕉二百回忌追善集一覧

【凡例】

・芭蕉二百回忌追善集を年代順に並べた。参考のため、芭蕉百九十回忌や芭蕉百九十回忌に関する俳書も含む。
・年号はすべて明治である。「8／10」は、明治8年10月に刊行、あるいは成立したことを示す。
・各俳書末尾の（鹿島）（綿抜）は、執筆担当者を示す。

8／10　**二百回忌取越／翁忌集（酒田市立光丘文庫・天理大学附属天理図書館綿屋文庫・仙台市博物館ほか）**

①編者　枕流亭一澄。
②序跋　自序（明治八年十月、菫山書）。月之本老人跋（明治八年十月）。
③刊記　無。
④内容　本編は、故人発句六七（巻頭史邦）、「人々を」脇起歌仙一、前文略手向発句六四（巻頭春湖）、諸国手向発句三六、下総手向発句九、安房手向発句九、上総手向発句一五六、二百回忌取越俳諧之連歌一、前文有手向発句八、前文略手向発句一二、一澄手向発句二で終わる。「追加」として、諸国発句九九。
⑤その他　本書は二百回忌最初の追善集。本書については第三章第一節参照。編者は跋文によれば「上総の国勝浦」の俳人で、自序では古稀とあることから、明治八年で七〇歳。明治八年はいかにも早すぎるが、自序によれば「いつかハしれぬ露の命の散うせぬうちに」という理由から催行。また、加藤定彦「明治俳壇消息抄―庄司唫風『花鳥日

記』（六）から（上）」（『立教大学日本文学』一〇二号、二〇〇九年七月、八八〜八九頁）には以下のように記される。

益御壮俳奉寿候。陳者、祖翁二百回忌取越集、猥玉吟上木、貴覧ニ備え候。猶、御新調、御洩被下度ねき上候。

亥時雨月　上総一澄
二百回忌取越／翁忌集一冊　但半紙本、一澄序、為山の跋文也。

右、贈来。

なお、勝浦市本行寺の「御命講や」句碑は、文久元年、一澄の建立、菊守園見外揮毫。（鹿島）

9／10　翁追善筆の跡集（市立米沢図書館・東京大学総合図書館洒竹文庫・天理大学附属天理図書館綿屋文庫・大谷大学図書館・芭蕉翁記念館ほか蔵）

①編者　関山大喬。
②序跋　自序（明治九年十月十二日）。自跋。
③刊記　明治九年十月蔵梓　大喬（表紙見返し）。
④内容　「大津絵の」脇起歌仙一、諸国発句二六六（巻頭山城芹舎）、才我・春湖・月之本為山・梅成手向発句各一（前書有）。
⑤その他　巻頭に「大津絵の」句碑図（築地本願寺地中法重寺）と大津絵仏像、及び芭蕉書簡真蹟模刻掲載。明治五年が聖徳太子一二五〇回忌であることから、明治三年二月に築地本願寺で法要を行い、大喬の秘蔵する「大津絵の」句の入った芭蕉書簡を模刻して句碑を建立。七年後、本堂造営をするにあたり句碑を法重寺に移転し、これを機会に取越法要を営んだもの。跋文では、大喬が秘蔵する芭蕉肖像は、天明の頃、義仲寺時雨会で蝶夢が模写したもので、他に宗祇や貞徳らの真筆を秘蔵していることが記される。巻末に大喬作「因に老の雪見せしを物がたりて」と題した

雪見紀行文が付される。明治九年一月二六日（旧暦一二月一日）の未明から雪が降り始め、翌二七日も雪が烈しく降り、今年六二歳（文化一二年生）であるが、雪見に興じたいと考え、その顛末を記した短い紀行文である。二七日は、自宅～神田明神～湯島天神～上野山清水堂～浅草観音～三囲神社～長命寺～白髭社（このあたり積雪四～五寸、猛烈な吹雪）～梅若社～小梅村～亀戸天神～別荘着、翌二八日は雪が止んだが、二九日は終日大雪というところで擱筆。編者大喬については、本名源三郎、日本橋室町の富豪で為山系の俳人。本書については勝峯晋風『明治俳諧史話』（大誠堂、一九三四年一二月、後に『明治俳諧史話』近代作家研究叢書四五、日本図書センター、一九八四年九月に所収）の「芭蕉翁二百回取越句碑」（太陽暦の分頒と新月令）及び、櫻井武次郎「芭蕉二百回忌」（『俳諧史の分岐点』、和泉書院、二〇〇四年六月、一七四～一七五頁）に言及がある。（鹿島）

10／冬　**祭典集（天理大学附属天理図書館綿屋文庫、芭蕉翁記念館）**

①編者　竹意庵社中。
②序跋　梅郵々田哲序（七言絶句）。
③刊記　巻末に「明治十年冬」。裏表紙見返しに「鶴南社」。
④内容　「芭蕉翁二百年祭典取越」とあり、床懸物「いざさらば」、催竹意庵社中、宗匠甫、脇宗匠酔雨など座配についての記載有り。「新藁の」脇起五十韻一、手向発句六八。
⑤その他　竹意庵は吉原酔雨の別号。名古屋では、黒田甫と吉原酔雨が教導職試補となり、明治一〇年一〇月一二日、名古屋で教林盟社分社を設立した（川島丈内『名古屋文学史』、松本書店、一九三二年二月、二四九頁参照）。本書については勝峯晋風『明治俳諧史話』（後に『明治俳諧史話』近代作家研究叢書四五に所収）の「教林盟社の『時雨まつり』」（明倫雑誌発行を中心に）に言及がある。（鹿島）

13／冬　**越のしをり（石川県立図書館月明文庫）**

①編者　一芳等。

②序跋　花本芹舎序（明治十三年冬）。

③刊記　明治十三庚辰冬　盛槿社蔵版。

④内容　「花木蓮」脇起俳諧之連歌七十二候一、「蒟蒻の」脇起歌仙一、諸国手向発句二二、加賀手向発句一九、越中手向発句四七、今石動手向発句二〇、雪袋発句一、盛槿社中発句二〇。

⑤その他　「花木槿」句碑補修記念を兼ねる。本碑は富山県小矢部市城山公園に移建され現存。序文及び刊記は、編者である越前今石動一芳書。本書については第三章第二節参照。（鹿島）

16／4　**水音集（越前市立図書館、岐阜県図書館〈複写のみ所蔵、寄贈者不明〉）**

①編者　曙庵虚白。

②序跋　自序（ただし墨直会式百韻発句前書きとして）。自跋。

③刊記　無。

④内容　巻頭に退耕（荻野独園、相国寺派管長）による「音」、無学（妙心寺管長）の「夏爐冬扇」、松翁（養鸕徹定、知恩院第七五代）による「芭蕉翁二百回忌追遠偈」（七絶）を真蹟模刻で掲載。本編は、明治一六年四月、華頂山知恩院清曠亭において興行された芭蕉二百回忌追善墨直会式百韻からはじまる。続いて「祖翁二百回忌追遠会式」百韻一、「余興」歌仙行一、「道統五世朧庵先師百回忌法会」歌仙行一、「道統十二世梔庵師三十三回忌弔祭」歌仙行一、諸国名録五一一（巻軸に曙庵の句を一行空けで掲載）、追加発句七五。そして明治一四年四月上浣、大教正華頂

山松翁「美濃北方西運寺俳門歴世碑碣記」と題する漢文一（僊橋青木致書）で終わる。
⑤その他　伊藤信『濃飛文教史』（博文堂書店、一九三七年）で編者曙庵は「明治十四五年の交、東京神道大成教に入社し、高弟千秋庵鶴汀等と合議の末、芭蕉古池の句に因みて水音社を創立し、同門を糾合して、諸国に分社を置き、何れも水音の二字を冠せしむ。十七年十二月大成教管長平山省斎より大講義に補せられ、十九年一月大成教本部直轄正風水音社々解となり、同年二月権少教正に補せられ、尋で少教正、権中教正、中教正に進み、二十六年一月権大教正に補せらる。」（九〇二頁）とされる。水音社が創設されたのは明治一六年であり、本集は芭蕉二百回忌追善とともに、水音社創設の記念賀集ともなっている。機関紙『水音絣』を発行。曙庵序文には「戊辰の年此地も或諸侯の陣場と成り連碑も悉く叢中に廃退せしを、其頃芭蕉堂の看主壷公といえる人、当流の旧恩を報ぜん為に再興の信情を予へ通じられければ、其旨趣を自国の社中迄衆議し、終に壷子に委托して現存西行庵の傍に建列せしものなるべし。こは獅子門の共有物なるに、維新の際にあたり双林寺中上地の時より連碑も官有物と成たるよしを聞及びければ、鶴汀に委任して府庁へ伺ひ奉ればかしこき御指令を蒙りし事（後略）」と、連塔が国家権力の下で保護された旨を述べる。なお連塔保護を官庁に願い出た鶴汀は、再和派道統第一七世で、県議を務めた政治家でもあった。
　そして本集成立に協力した松翁の「美濃北方西運寺俳門歴世碑碣記」では、再和派の正統性を説き、明治一四年三月に松翁が美濃北方西運寺に来訪したことが記されている。松翁は柳庵一瓢（美濃派以哉派道統第二〇世）編『枯野の時雨』でも序文を与えている。斎藤耕子編『福井県古俳書大観第八編』（二〇〇七年一〇月）に翻刻有り。（鹿島）

16／10　**蕉跡募修**（**天理大学附属天理図書館、所蔵番号わ三一四・七四〈苗代集に合綴〉、芭蕉翁記念館**）
①編者　粟津義仲寺。

②序跋　無。
③刊記　無。
④内容　義仲寺での芭蕉二百回忌開催に係る趣意書を付した奉加帳。最初に「芭蕉翁追福録」として七回忌から一五〇回忌までの催主と場所を記す。続いて明治一六年一〇月付、近江国義仲寺庵主西村乍昔（義仲寺庵主一三世）と本廟俳事駅旅方鴎畳社徒の連名による趣意書。趣意書には、芭蕉二百回忌を明治一七年四月九日より一三日まで五日間にわたって開催予定であること、そして義仲寺境内の御影堂修復及び境内に俳場一棟を建設するための寄付金願が記される。さらに明治一六年の泮水園芹舎の趣意書も付す。最後に寄進物受納所として、大津京町三丁目村田利兵衛と同猟師町長瀬重兵衛を連名で記す。
⑤その他　表題「蕉跡募修」の右上に天理図書館所蔵本では「三百四十六」、芭蕉翁記念館所蔵本では「三百七十六」と墨書され、奉加帳の通し番号と見られる。明治一七年四月に義仲寺で大楳・一復・駒彦らによる追善興行（『明治大正／俳句史年表大事典』六七四頁）、そして泮水園芹舎編『追福集』（明治二六年成）としてまとめられる。また義仲寺には明治二六年に「旅に病で」句碑が一道居犂春の発起、可中庵朴因・角田萬松・馬場葉舟・柴田九峰・東野活斎・無名庵乍昔（七十五齢書）の補助によって建碑されている。（鹿島）

16／12　**花咲集**（**芭蕉翁記念館**）
①編者　明倫講入間分社。
②序跋　三森みき雄跋（明治十六年十二月）。
③刊記　文音　むさし入間郡川角村　春秋庵有極／同多和目村　小みの庵曽木（朱印）。
④内容　芭蕉百九十回忌追善および元庵有終七回忌、胎内房弘湖一回忌追善集。巻頭に四世双雀庵（麗玉）の真蹟模

刻による芭蕉「花咲て」句を掲げる。本編は、芭蕉発句「花咲て」脇起歌仙一、有終発句脇起歌仙一、弘湖発句脇起歌仙一、手向草前書略発句四〇、本日兼題発句七五、諸国名録一七四、「発起同盟」（朱印）の発句九で終わる。最後に「追加」発句一〇。

⑤その他　有終は明治九年四月、入間郡川角村で、弘湖は明治一四年七月、比企郡熊井村で病死。胎内房弘湖は春秋庵八世（『明治大正／俳句史年表大事典』）。『明倫雑誌』一八号（明治一五年四月）に「武蔵国入間郡毛呂本郷於明倫分社執行 花之下大神二百年祭取越並ニ遠山弘湖伊藤有終両霊神年祭俳諧正式」として参加者、祓詞、祝詞が掲載される。また本書掲載の歌仙・発句も掲載されるが、かなりの異同が見られる。（鹿島）。

16／冬　**新神楽（福島県立図書館）**

①編者　正風俳林社。

②序跋　無。

③刊記　文信　福嶋十三町め　齋藤利助・同処十一丁め　源太市・東京両国元柳町十四番地　嶋本青宜。

④内容　岩代国信夫郡福島における正風俳林社による花之本霊神百九十年祭の奉納句集。斎主権少講義丹治径雄、宗匠齋藤忍山・宗匠松田聴松・執筆齋藤自省。「早苗とる」脇起歌仙一、文音発句三・聴松発句一・諸国発句九七・東京連発句五三（巻頭春湖）、正風俳林社員発句四四。

⑤その他　明治一六年冬、菫園老人書。表紙と裏表紙、及び巻頭見開きに柴田是真の画。正風俳林社は明治一二年、松田聴松によって創立、『俳諧新報』を刊行。（鹿島）

16（推定）　**冬の備（芭蕉翁記念館）**

①編者　黄華庵南齢（黄華庵三世）。

②序跋　無。

③刊記　京四条通御旅町　御摺物師　馬場利助（赤印）。

④内容　芭蕉百九十回忌追善集。巻頭に南齢蔵芭蕉遺品の長ふくべ図。長ふくべは、もともと南団斎の所蔵で、出雲国百菊園、一道居犂春へと渡り（明治五年成、犂春編『ながふくべ集』）、尾張の静処の仲立ちによって編者の所蔵するところとなった旨を記す。また長ふくべ図の余白に、追善会の際に芭蕉真蹟「裸には」句が床軸として掛けられたことを記す。追善会は明治一六年一〇月一四日、浪華城南実相院で行われた。俳諧興行は午前八時から午後五時まででで管弦の奉納もあった。巻頭は芭蕉発句「はつ雪や」脇起百韻一（ただし掲載は首尾各八句）、犂春・静処の発句二、各前章略発句一五三、会主南齢発句一、「員外」として「黄華庵池亭」と題する静処・南齢・犂春の三吟歌仙一で終わる。

⑤その他　本集に添紙一紙添付。本集上梓の旨と歳日句募句依頼を記す。（鹿島）

16（推定）　**八王子鎮守多賀大神額面会等句集（福生市郷土資料室森田文庫）**

附録に「祖先翁祭狂句合」あり。（森田文庫目録九一頁下段）。（鹿島）

17／4　**粟津苞（石川県立図書館月明文庫・天理大学附属天理図書館綿屋文庫）**

①編者　靄邨。

②序跋　自序（明治十七年四月）。

③刊記　右京洛遊歩作　木母舎蔵版。
④内容　序文に「こたび祖翁二百年遠忌をあはづよりつげこさる（中略）土佐・播磨・加賀の諸両士とゝもに」とあり、編者である富山魚津の靄邨、土佐の玄黙、播磨の連梅、金沢の雪袋が、上京した際の記念集。四吟歌仙一（靄村・連梅・雪袋・玄黙）、三吟歌仙一（芹舎・靄村・雪袋）、発句二九、靄村発句一二（京滞在中）。
⑤その他　折本。序文では芭蕉二百回忌遠忌のため上京したとするが、内容は追善集ではなく、上京記念集となっている。（鹿島）

17／4　**奉納／祖翁二百回遠忌俳諧之連歌（石川県立図書館月明文庫・天理大学附属天理図書館綿屋文庫）**
①編者　連梅等。
②序跋　芹舎序。
③刊記　明治十七年四月。京四条通御旅町　御摺物師　馬場利助。
④内容　「初ざくら」脇起雪也独吟歌仙一、「しばらくは花」脇起雨水独吟歌仙一、「しばらくは花」脇起三吟歌仙一（石友・可梁・素雀）、「永き日を囀」脇起凌冬独吟歌仙一、「山路来て」脇起両吟歌仙一（卜斎・如水）、「春もやゝ」脇起連梅独吟百韻一、各俳人手向発句九。
⑤その他　序文版下は連梅書。序に続き五岳の五言絶句一（版下は雪也書）。雪也は、福井県丹生郡本保村住、○ゝ庵とも号し、『蕉風俳諧変化表』（一八八三年六月刊）を著した。本書については第三章第三節参照。（鹿島）

18／3　**おくのほそ道（国会図書館・大阪府立中之島図書館・柿衛文庫ほか）**
①編者　晋永機。

②序跋　自跋（明治十七年冬）。
③刊記　明治十八年三月　出版人　南葛飾郡小梅村六十四番地　晋永機／発兌　浅草区須賀町十九号地　松崎半造。
④内容　其角堂蔵板其角筆『おくのほそ道』を、あしの丸家貞英の校合を得て刊行したもの。
⑤その他　風来山人書、鈴木美都留刀。跋文に「二百年忌のために」。（鹿島）

19／9　**芭蕉翁終焉記（国会図書館、天理大学附属天理図書館綿屋文庫、弘前市立弘前図書館、南葵文庫ほか）**
①編者　幸島桂花。
②序跋　自跋（明治十九年孟秋）。
③刊記　明治十九年九月十日　翻刻兼出版人　日本橋区萬町九番地　石川千代／発売所　同区同町番地　春雲堂。
④内容　元禄七年刊、其角編『枯尾華』所収「芭蕉翁終焉記」を再刻。続いて「奉納各はし書有」発句一一六（巻頭義仲寺乍昔）、桂花発句一、故人発句二五（前書「近〱世を去られし中に祖翁遠忌の事に志あつかりし人々の発句の聞しれるを左にしるす。爰に洩たるも多かるべし」。巻頭七世甘雨亭介我）。
⑤その他　跋文に「翁の二百年のまつりもやゝ近付ぬ。されば此道をゆく人々をちこちのわかちなく、さは追福のいとなみとり〲なるべけれ。」。巻頭に杉風画岷雪再模写芭蕉図。（鹿島）

20（推定）　**花の陰（天理大学附属天理図書館綿屋文庫）**
①編者　対山。
②序跋　無。
③刊記　無。

④内容　「何の木の」句碑建碑記念。明治二十年春即興「何の木の」脇起歌仙一（対山・竹遊ら）、発句六五、対山発句一。
⑤その他　巻頭に素水画「何の木の」句碑図（揮毫者小野素水）。この句碑は、明治二一年四月に松本市四柱神社に建碑。対山は、叢月舎。松本藩士（大塚毅『明治大正／俳句史年表大事典』二三四頁、及び、矢羽勝幸編『長野県俳人名大辞典』、郷土出版社、一九九三年一〇月、六二二頁参照）。（鹿島）

21／4　**芭蕉翁追福／今世百人一句見立句合（天理大学附属天理図書館綿屋文庫）**
①編者　石井雄笠ら編。
②序跋　無。
③刊記　鹿の子連。
④内容　一人一句全百句の高点句集で各人物図も掲載（巻頭は武日野鶴飛、巻軸は安松朝野）。続いて、発句二一、幹事発句八（可遊・芋郷・あさひ・芋蔦・艶井・弥生・泉月・雄笠）、書記発句二（芋得・石雄）、企発句一（揉）、判者発句八（完岱・喜友・臼左・友甫・里山・雄月・喜山・金羅）で終わる。
⑤その他　冒頭に芭蕉筆「けふばかり」真蹟模刻掲載。巻末に「于時明治二十一年四月十五日石井雄笠宅ニ於テ開巻、集句五千余章」。（鹿島）

21／5　**祖芭蕉翁二百回忌追福／四時混題句集（天理大学附属天理図書館綿屋文庫『苗代集』に合綴）**
①編者　阿留多伎祖琳。
②序跋　無。

③刊記　明治廿一年五月二日　印刷　編輯兼発行　東京（以下、綴じ込みのため詳細不明）。
④内容　不白軒梅年撰発句一六一、自然堂三松撰発句九五、其角堂機一撰発句三、不白軒梅年撰発句七、催主発句二（素崕・其永）、評者発句二（三松・梅年）。
⑤その他　巻頭に「ふる池や」句と惺々暁斎（河鍋暁斎）画芭蕉図掲載。巻末に「廿一年三月二十五日浅草井生村楼ニ於テ開巻／句員一萬二千余章」。梅年は雪中庵八世。（鹿島）

21／5　**建碑披露祖翁年忌／兼俳諧発句七万輯（芭蕉翁記念館）**

①編者　黄雲亭稲雄（早苗社）。
②序跋　黄雲亭主人序（明治二十一年五月念七日）。あふち庵老人（稲処、樗庵二世）序（明治二十一年五月二十五日）。
③刊記　京都一条通松屋町西　文音所　黄雲亭　早苗社。
④内容　京都東山真葛原に芭蕉・其角・嵐雪・現今諸家の句碑建碑に係る披露と芭蕉二百回忌取越追善を兼ねた七万句の高点句集。本集は句碑建碑の資金を募るために企画されたもの。後半に『余興／内国五十評』を付す。丁摺。巻頭に真葛原図を掲載。『建碑披露祖翁年忌／並俳諧発句七万輯』は、黄雲亭稲雄をはじめとする全一一名の宗匠による高点句集。『余興／内国五十評』も、あふち庵稲処をはじめとする全五〇名の宗匠による高点句集。後表紙に「明治二十一年五月二十六・二十七両日　洛東円山の麓真葛原牡丹畑席にて開莚　京都一条通松屋町西　文音所　黄雲亭早苗社」。本書については第三章第四節参照。（鹿島）

22／3　**翁つか集（天理大学附属天理図書館綿屋文庫）**

①編者　高野真澄編、桐子園幹雄・声画庵旭斎・洗馬園桜居撰。
②序跋　自序（明治二十二年二月）。
③刊記　明治二十二年三月　主幹　千葉県下総国香取郡桜井村五百三十六番地　萱谷元春／編輯人　千葉県下総国香取郡桜井村千二百八十番地　高野真澄。
④内容　「二百年祭桃青霊神」石碑建碑記念集。発句二七五（巻頭尾陽寄陽、花・時鳥・月・雪の各題）、旭斎・桜居・幹雄各一句、七十二候一、歌仙二、短歌行一、首尾唫一、表十句一、碑面奉詠九八（巻頭百月庵汎翠）。
⑤その他　表紙に雲錦画「二百年祭桃青霊神」石碑図。この石碑は、明治一七年時雨月、千葉県香取郡干潟町桜井にある産土社に建碑。巻末に「明治十七甲申年時雨月上石　擔当人　下総国香取郡舟戸村　花香政吉／仝国同郡桜井村大木政蔵／仝萱谷要作／仝石井彦太郎／仝高野忠蔵／仝高野真澄／主唱者　仝萱谷元春／拾ハヾや枯るゝ尾花のひと雫　洗馬園」。（鹿島）

22／5　**芭蕉翁二百年祭翁塚建築発句十万輯（岡山市立中央図書館燕々文庫）**
①編者　岡山有志惣社中（会主として蜂谷一壷・砂田峨嶂・蜂谷昇暖）。
②序跋　無。
③刊記　無。
④内容　芭蕉二百回忌追善において芭蕉句碑建碑に係る資金及び句を集めるための告表（募句チラシ）。活判、二六・五糎×四六糎、一枚刷。明治二二年五月配題。明治二四年一二月刊『翁忌二百年祭発句輯抜粋各上座』と対をなす。花之本芹舎・黄花庵南齢・芦月庵暮山らが判者となっている。六月六日から募句を開始し、八月一〇日締め切り、一〇月一二日に蓮昌寺で開巻する旨を記す。表題にあるように一〇万句を集めることを目標としていたが句が集

まらず、『翁忌二百年祭発句輯抜粋各上座』では予定を繰り上げて八月三〇日に開巻されている。玉句総集所として「備前岡山西大寺町　木村伝吉」が記される。（鹿島）

22／11　**閑古集（芭蕉翁記念館）**

①編者　山鹿楓城（東山芭蕉堂第八世）。

②序跋　鉄斎僊史百錬序（明治二十二年十一月）。

③刊記　詩歌連俳書画摺物　印刷者　京都市四条通御旅町　湖雲堂　馬場利助。

④内容　巻頭に如意山人（谷氏、鉄臣）による「閑古」の真蹟模刻、鉄斎僊史百錬による金福寺芭蕉庵図を掲げる。如意山人の書、並びに鉄斎の金福寺芭蕉庵図、序文（鉄斎の真蹟模刻）は、金福寺にある翁水と呼ばれる井戸水を用いて書いたもの。本編は、芭蕉発句「憂き我を」脇起百韻（於芭蕉庵）からはじまる。続いて芭蕉発句「冬枯れや」脇起半歌仙一、各端書略発句三三、芭蕉発句「金屏の」脇起両吟歌仙一（十月十二日於洛北芭蕉庵）、各端書略発句三〇、芭蕉発句「とも角も」脇起四吟歌仙一、各端書略発句五二、芭蕉発句「ほろ〳〵と」脇起四吟歌仙一（九月十二日於松柏舎）、各端書略発句五一、芭蕉発句「けふばかり」脇起和漢俳諧連歌四吟歌仙一（八月十二日於養真館）、各端書略発句一八、芭蕉発句「うき我を」脇起八句表（於美濃国岐阜市不共庵）、各端書略発句一一七、「北山芭蕉庵二百年遠忌に」前書歌仙一、「遅来之部」発句一二、最後に楓城や鉄斎など編纂に関与した俳人の発句一三を掲げて本編は終わる。続いて「明治二十二年十月芭蕉翁二百年大遠諱予修二夜三日法事　南禅寺僧衆拝請　金福寺」として法要次第と金福寺における「展観之部」、「詩仙堂ニテ展観之部」、「円光寺ニテ諸家出品之部」を付す。

⑤その他　この追善集に関する募句チラシ（天理大学附属天理図書館綿屋文庫『三州三百韻』に添付、明治二二年五月印刷）には、日程と内容（十月十日手向玉吟々声・仝十一日手向俳諧吟声・仝十二日正式俳諧興行）、発起人金福

寺住職爾岫雲、幹事富岡鉄斎・寺村百仙、俳道主務山鹿楓城ほか七名、賛成員二名の名、さらに手向吟を九月一〇日までに京都四条通御旅町馬場利助・同東山双林寺門前はせを堂へ郵送するよう記されている。本書については第三章第六節参照。（鹿島）

22／12　**道の花（武生市立図書館）**

①編者　若思園古岑。

②序跋　自序（明治二十二年三月）。

③刊記　明治二十二年十二月六日出版　著作者　福井県福井市佐久良下町第廿六番地　士族　山田登／発行兼印刷者　仝県仝市照手上町第五番地　平民　岡崎左喜介。

④内容　芭蕉二百回忌・福井美濃派初代馬童仙韋吹百五十回忌・福井美濃派一一代香夢一三回忌を合わせた追善集。歌仙行一、馬童仙韋吹追悼文（松珀）、馬童仙韋吹遺吟脇起短歌行一、香夢追悼文（甫兆）、香夢遺吟脇起短歌行一折一、手向句六、四季発句七五、和歌一、以哉派道統第一七世帯経園碌翁の文音句一、再和派道統第一六世神野曙庵の発句一、福井松岡連の追加発句八で終わる。編者の若思園古岑は、福井美濃派第一二代である。

⑤その他　齋藤耕子『福井県古俳書大観第三編』（一九九七年六月）に解題・翻刻。（鹿島）

23／3　**時雨塚（天理大学附属天理図書館綿屋文庫・三康文化研究所附属三康図書館）**

①編者　梅花園西岡恭洲。

②序跋　自序（明治二十一年冬の日）。桐子園主人跋（明治二十三年三月、鈴木松江書）。

③刊記　文音処　群馬県高崎田町十二番地　西岡恭洲／日本橋区蛎売町二丁目四番地　明倫社。

④内容　「初しぐれ猿も」句碑建碑記念を兼ねる。手向和歌三（巻頭稲葉正邦）、諸国手向発句一三六（巻頭芹舎）、自国手向発句五〇。「追加」として、恭洲・良大両吟歌仙一（一八句のみ掲載）、恭洲・松江両吟歌仙一、恭洲・羽洲両吟歌仙一、発句一六。

⑤その他　巻頭に「初しぐれ猿」句碑図（群馬県高崎市庚申寺、西岡恭洲揮毫）。西岡恭洲は権大講義。序文には明治二一年秋、恭洲が芭蕉堂五世緑天居良大から自作の芭蕉像を贈られ大切に祀っていたところ、他の俳人からも明治二一年一一月五日（旧暦一〇月一二日）に赤銅製の芭蕉尊影（丈八寸）を譲り受けて感銘を受けたことが記される。本書については第三章第五節及び、綿抜豊昭「西岡恭洲編『時雨塚』」（『人文資料研究』九号、二〇一六年九月、二八～三四頁）参照。（鹿島）

23／5　ふるさと集（芭蕉翁記念館）

①編者　芳花園森川垂雲・聚清堂塩田翠香。蕉風社中補助。

②序跋　桐子園幹雄序。愛染院本多光照序（明治二十三年五月五日）。芳花園垂雲跋（明治二十三年初夏）。

③刊記　無。

④内容　故郷塚改築及び芭蕉二百回忌取越記念。本編は、明治二十三年四月上院伊賀上野愛染院故郷塚改築祖翁二百年遠忌大法会執行「故郷や」脇起俳諧之連歌（表八句のみ掲載）、手向発句二一七（巻頭月彦）、手向歌五（巻頭従四位子爵西洞院信愛）・伊賀連発句一九（巻頭梅隠）、文音発句一二、垂雲発句三で終わる。続いて「余興発句之部」として、「春季 東京 桐子園撰」発句二〇、「夏季 京都 あふち庵撰」発句一九、「秋季 大坂 八千房撰」発句二〇、「冬季 伊予 梅滴庵撰」発句一八、「春夏之部 岩代 真風舎撰」発句二〇、「秋冬之部 東京 細鱗舎撰」発句二〇、「四季 京都 花廼庵岱山撰」発句二〇、「四季 伊賀 鶴樹屋撰」発句二〇、各評者発句八。さらに「附録」として、祭文（愛染院

主本多光照）と祖翁二百年忌紀事を掲載。祖翁二百年忌紀事によれば、明治二三年四月一日～三日、伊賀上野愛染院故郷塚において二百年忌を執行、一日午前に庭儀奏楽大法会、午後に諸家手向吟上、二日には正式俳諧百韻興行、余興発句開巻式執行、三日には遺蹟遺物展覧と煎茶が行われた。

⑤その他　巻頭に芭蕉図と芭蕉筆「故郷や」真蹟模刻掲載。上野市編『上野市史 芭蕉編』（二〇〇三年三月）に解題と翻刻を掲載。また、櫻井武次郎「芭蕉二百回忌」（『俳諧史の分岐点』一七九～一八〇頁）に言及あり。故郷塚は、元文三年改修、次いで文化七年八月に長月庵若翁が修復、明治二三年改築、大正九年一二月～翌年春にかけて愛染院院主岡森栄真らが保存会を結成（岡森栄真『故郷塚の由来』（芭蕉翁故郷塚保存会、一九三六年三月、及び『上野市史 芭蕉編』参照）。（鹿島）

24／夏（**一枚摺・書名無**）（**鳴弦文庫**）

①編者　曲川。
②序跋　無。
③刊記　辛卯夏。
④内容　明後年が二百年忌に当たるため、出雲の釣年庵曲川が地元の石工に灯籠をつくらせ、粟津の本廟と東山の芭蕉堂に寄進した。東山芭蕉堂に寄進したおりの、曲川、稲処ら三八句の刷物。
⑤その他　櫻井武次郎「芭蕉二百回忌」（『俳諧史の分岐点』一八六頁）に言及あり。本書第一章注3参照。（綿抜）

24／11　**菅蓑集**（**岡山市立中央図書館燕々文庫、芭蕉翁記念館**）

①編者　降雨庵木甫。
②序跋　香雨庵序（明治二十四年十一月）。七十四齢木甫跋（明治二十四年十月）。
③刊記　無。
④内容　明治二四年の夏、新潟公園において木甫が芭蕉二百回忌追善会を催行した際の記念集。巻頭に杏谷による菅蓑図を掲載。芭蕉発句「海に降雨や恋しきうき身宿」脇起追福百韻一、手向発句六八、手向発句自国分六九句、手向発句当市分二九、文音発句五五、文音発句自国分二九、余興歌仙一。
⑤その他　芭蕉発句「降る雨や」句について香雨庵序文では「『海に降る雨や恋しき浮身宿』の句は我が舟江の津なる善導精舎に菅蓑を脱ぎ更られし折に読みいで玉べし句とかや」と記される。この句は沾涼編『藻塩袋』に所収されるが芭蕉句ではない。善導寺には文政一〇年一〇月一二日に「みの塚」が建立された（現在は宗現寺に移管）。（鹿島）

24／12　**翁忌二百年祭発句輯抜粋各上座（岡山市立中央図書館燕々文庫）**
①編者　松風会。
②序跋　無。
③刊記　明治二十四年十二月二十四日　岡山県岡山市大字上之町百七十七番邸　吉田松霧。
④内容　松風会の機関紙『松風草紙』の号外として企画。一一頁、活字版。芭蕉二百回忌に因む句を中国・四国地方を中心に募り、明治二四年八月三〇日、岡山蓮昌寺にて開巻。越後降雨庵木甫・黄華庵南齢・芦月庵暮山ら全二六名の判者による高点句集。「追加」として判者二六名の各発句、本集を企画した翁忌二百年祭発句輯岡山会幹連中八名（一齑・峨嶂・昇暖ら）の各発句を掲げる。最後に明治二四年一一月、岡山幹中による編集後記を付す。

⑤その他　これは明治二二年五月成『芭蕉翁二百年祭翁塚建築発句十万輯』と対をなすものである。開巻が行われた岡山連昌寺では天保一四年（一八四三）芭蕉百五十回忌に、岡山連中が芭蕉堂九起を同寺に迎えて追善俳諧が行われた（西村燕々『吉備俳諧略史』、一九四一年、二五頁）。また蓮昌寺には「古池や」と「むめがゝに」の二基の芭蕉句碑がある。「むめがゝに」の碑陰には「海山のへだてはあれど梅に月　玄石」と刻まれ、二世蔵六庵竹紫によって建碑されている。この蔵六庵は本集の判者の一人である。雑誌『松風草紙』については、大塚毅『明治大正／俳句史年表大事典』に「（明治二十三年一月）『松声草紙』創刊。主催―天遊居幽眂。備前国上道郡宮野村。松声会。（明治二十六年末改題『松風新誌』）。」（六九六頁下段）と記される。主催の天遊居幽眂は、本集にも判者として名を連ねる。編集後記によると、本来は芹舎に評点を依頼していたが故人となったため等栽に依頼したが、等栽もまた故人となったため木甫に再度依頼した次第が記されている。また十万句集句を目標としていたが集句状況が悪く、その結果四万句で募句を締め切った旨、募句に係る入金の催促も記されるなど、建碑及び二百回忌追善集編纂における困難が窺われる。（鹿島）

25／4　**月の友集（県立長野図書館・鳴弦文庫）**

①編者　皎月居昌斎。

②序跋　自序。

③刊記　明治二十五年四月刻成　製本印刷師　下水内郡飯山町　田中弥三郎。

④内容　明治二四年十一月八日於豊井村皎月居芭蕉翁二百年忌取越追善脇起俳諧之連歌五十韻一（川上とこのかは下や月の友）、捻香発句六、発句一一、各追善前書略発句三一、桐子園宗匠撰発句一五二、「祝の文」発句三一、巻中秀逸発句一、追加発句三八、昌斎発句四。

⑤その他　「川上と」句碑建碑記念を兼ねる。「川上と」句碑は、明治二三年、下水内郡豊田村（現中野市）八王子神社に建碑（現存）。本書については綿抜豊昭氏「『月の友集』について」（『人文資料研究』七号、二〇一三年五月、一七～二三頁）参照。（鹿島）

25／4　**ふたもゝ年集（天理大学附属天理図書館綿屋文庫・鳴弦文庫）**
①編者　竹遊等。
②序跋　曲川序。
③刊記　明治二十五年初夏。松本　佐野以文堂。
④内容　「金屏の」脇起俳諧連歌、諸国名録二七二、対山発句歌仙一、遅来部発句一八。
⑤その他　文憲子甫題字。信州松本の俳人の編集。（綿抜）

25／6　**芭蕉翁二百年祭発句大集摘芳（和歌山県立図書館）**
①編者　談笑庵・洗夢庵・一行庵撰。
②序跋　無。
③刊記　明治二十五年六月八日　編輯人　和歌山県和歌山市島崎丁九番地　村上小十郎／発行人　同県同市中ノ店中ノ丁四番地　高塚喜右衛門。
④内容　高点句集。（鹿島）

25／8　**春光集（金沢市立図書館大河寥々・天理大学附属天理図書館綿屋文庫・芭蕉翁記念館）**

①編者　聴雨巷外山丈芭。
②序跋　第一楼はじめ序（明治二十五年夏）。養志軒桑古跋（明治二十五年七月十六日）。
③刊記　文音所　越後国南蒲原郡井栗村　外山丈芭。印刷製本　新潟　丸山木二（押印）。
④内容　「祖翁二百回遠忌追善脇起俳諧之連歌」百韻一（八九間）、手向発句六四、自国手向発句六五、文音発句三六、自国文音発句二二、手向発句五一、丈芭発句一、はじめ・丈芭両吟歌仙一。
⑤その他　編者の丈芭は、越後南蒲原郡井栗村の人。丈芭発句の前書によれば、追善は明治二五年五月八日に催行。序文を書いているはじめ（甫）は、黒田氏、名古屋の俳人で教林盟社に属する。教導職試補。跋文を書いている桑古は、上野国勢多郡の人で明倫講社社員。教導職。刊行された年月は不詳だが、本書に添付された懐紙から、明治二五年八月に出来上がったことが知られる。（鹿島）

25／10　**子規（弘前市立弘前図書館）**
①編者　艸々庵句仏。
②序跋　自序（明治二十五年初夏）。
③刊記　明治廿五年十月十二日　閑窓真清書／弘前市元長町野崎活版印刷所印行。
④内容　明治二四年一〇月一二日、弘前天満宮に艸々庵社中により「芭蕉翁」碑建碑、明治二五年四月一二日「祖翁二百年祭取越大祭」を行った際の記念集。前半は句仏・真清ほか一〇名の宗匠による高点句数。後半は「花本神社芭蕉忌二百年祭之大前ニ奉留」発句二一六、漢詩六、和歌一二、狂句三。
⑤その他　巻頭に芭蕉翁句碑図。艸々庵は、千葉氏。明治三二年四月一二日没。年不詳。弘前の人（大塚毅『明治大正／俳句史年表大事典』二〇八頁）。本書については第三章第七節参照。（綿抜）

26／2　**二百年祭／松尾桃青翁之伝（山梨県立博物館甲州文庫）**

①編者　保科倍之。

②序跋　自跋。

③刊記　明治二十六年二月十一日　山梨県甲府市白木町二十七番戸　半古庵倍之／通称　保科保。

④内容　編者による芭蕉翁伝、明治二十六年御歌会五首（倍之）、二百年祭脇起俳諧之連歌一（此うめに）、梅発句五六、芭蕉翁二百年祭建碑落成概略。

⑤その他　芭蕉翁二百年祭建碑落成概略には、句碑「此梅に」の句碑面、「明治廿六年二月十二日／朝夕に鶯も来よ翁塚／発起　半古庵倍之」、「山梨県西山梨郡大字相川村地内梅ノ森芭蕉堂傍ニ設置ス」、及び賛成俳士五五名の名前が記される。本碑は明治二六年二月一二日建碑、甲府市天神町に現存。（鹿島）

26／3　**芭蕉翁句解大全（国会図書館・県立長野図書館・天理大学附属天理図書館綿屋文庫）**

①編者　何丸撰、松室八千三編。

②序跋　小青軒抱儀序。何丸序。

③刊記　明治二十六年三月七日　大阪市南区北炭屋町百八十七番屋敷　米田ヒナ。

④内容　もとは文政九年（一八二六）成『芭蕉翁句解参考』であり、翌文化一〇年に後刷本『芭蕉翁句解大成』として刊行され、この『芭蕉翁句解大成』に「芭蕉翁正伝」・「芭蕉翁終焉記」を付して『芭蕉翁句解大全』として刊行したものである。

⑤その他　綿屋文庫所蔵のものは、同年六月再版。（鹿島）

26／3　**花月集（天理大学附属天理図書館綿屋文庫・芭蕉翁記念館）**
①編者　豊屋素陽。
②序跋　自序。
③刊記　文音所　尾張国丹羽郡布袋野町　芭蕉堂。
④内容　美濃国関に住む山川露牛作の芭蕉像が、豊屋素陽が主宰する尾張北地社中へ贈られ、市外の松林に小堂を新築して安置した際の記念集。「しばらくは花の」脇起連歌一、諸家発句一三九（巻頭東京永機）、露牛坊発句一、なごや連発句二四、津島連発句二、羽洲発句一、北地社中発句四四、素陽発句一、祖師二百遠忌法筵会主発句五（花道・兕文・巴萑・有又・晴耕）。
⑤その他　冒頭に椿渓画芭蕉木像図。版下は「明治二十六年三月十二日　雨読庵書」。編者素陽は石田源助、竹有門（大塚毅『明治大正／俳句史年表大事典』二二一頁）。露牛は、惟然を顕彰するために「鳥落社」を結成、天保一四年、弁慶庵に芭蕉「鶯や」句碑建碑。本書については第三章第三節参照。（鹿島）

26／3　**明治廿五年俳句五百題（国立国会図書館・金沢市立玉川図書館）**
①編者　飯尾一風。
②序跋　曲川序。七世暮柳舎甫立序。南無庵文器序。南猫房萎文序（明治二十六年一月下旬）。石井一蛙跋。自跋（明治二十六年春）。
③刊記　明治二十六年三月十日　著作者兼発行者　石川県金沢市枝町　飯尾次郎三郎／印刷者　同県同市野町一丁目　中野俊雄。（国会本は三月二十一日）

④内容　歳旦（六一題、一五〇句）・春（一六〇題、五六二句）・夏（一八五題、六三〇句）、秋（一九三題、六五八句）、冬（一六八題、六二八句）の季題別発句集。

⑤その他　巻頭に久保田米僊画金福寺芭蕉庵安置芭蕉図掲載。不識庵主人題字。編者の飯尾一風は後に金沢市長となる。本書については第三章第九節参照。（鹿島）

26／4　**追福集（滋賀県立図書館、天理大学附属天理図書館、芭蕉翁記念館）**

①編者　泮水園芹舎。

②序跋　自序（明治十七年四月）。朝夕連梅跋（明治二十六年春）。

③刊記　文音所　京都市上京区烏丸通姉小路上ル　遠藤寿瓶／仝市下京区寺町通高辻上ル　小川九岳。京四条通御旅町　御摺物師　馬場利助。

④内容　祖翁二百回遠忌脇起俳諧之連歌「四方から」百韻一、「春の夜は」脇起百韻一、「奉納」として、「泮水園社中百韻三巻、樗庵社中・京都朔望社・加賀金沢社中・浪速大黒庵浪花連の百韻各一、土佐俳聖社・越前武生社中・豊後中津社中・近江犬上郡社中の歌仙各一、豊後の石友・可梁・素雀、彦根の芦舟・桃友・夏月による三吟歌仙各一、尾張の卜斎・如水両吟歌仙一、連梅独吟百韻一、加賀の雪袋独吟五十韻一、越前の雪也・讃岐の雨水・信濃の凌冬による独吟歌仙各一、近江の清籟による表六句一」が記される（各内容の掲載はなし）。諸国手向発句四五九（巻頭東京春湖）。

⑤その他　序文の版下は芹舎の息可尚。序文によれば、四月九日の奉扇会から五ヶ月間、芭蕉忌を催行。跋文には、明治一七年春に義仲寺で芭蕉二百回忌取越追善を行ったが、支障があり刊行が延引された旨が述べられる。本書に関しては、義仲寺での芭蕉二百回忌開催に係る趣意書を付した奉加帳『蕉跡募修』（明治一六年一〇月付）も参照。櫻

井武次郎『俳諧史の分岐点』一七五〜一七八頁に言及あり。（鹿島）

26／4　**夢の跡（天理大学附属天理図書館綿屋文庫・芭蕉翁記念館ほか）**
①編者　南齢、梅風社員。
②序跋　無。
③刊記　京四条通御旅町　御摺物師　馬場利助。
④内容　巻頭に秀岳画芭蕉図、八千坊無腸筆「旅に病で」。明治二十六年四月二十三日芭蕉翁第二百回正当予修追祭俳諧脇起連歌「春の夜は」百韻一、諸国名録四一五、梅風社員発句二九。
⑤その他　祭主は梅風社員。巻末に「明治廿六年四月廿三日於中之島洗心館開筵／同日　下寺町口縄坂梅旧院芭蕉堂／同日　寺町遊行寺芭蕉塚両処ニテ午前八時ヨリ追祭供養也／同月廿一日ヨリ十日間府立於博物場美術館芭蕉翁及直指門人等遺墨遺品修覧セシム／祭主　梅風社員」。（綿抜）

26／5　**嘉茂の古恵（酒田市立光丘文庫、個人蔵《半田市立図書館に複製有》）**
①編者　小島可洗。
②序跋　一道居犂春（明治二十六年五月）。
③刊記　尾張亀崎青蕉社　文音所　新美小萍／井口竹窓／小嶋可洗。
④内容　発句二三〇句。
⑤その他　愛知県半田市亀崎町の青蕉社小島可洗所蔵の芭蕉真蹟「海くれて」模刻句碑建碑記念集。句碑は半田市亀崎町十丁目尾張三社に現存。可洗は「尾州知多郡森岡村　小島亮一」（明治二〇年『鷄旦集』、『新修半田市誌 本文編

下巻』、一九八九年一一月、三〇頁)。『半田市誌 文芸篇』(一九九一年三月)に翻刻あり。明治二六年成『祖翁二百遠忌/素文居士追悼/建碑式発句集』も参照。明倫雑誌二〇〇号(明治三三年六月)に「尾張亀崎には正風俳諧盛にして青蕉社等起こる」と報じられる(「通信片々」二五頁)。(鹿島)

26/5 **早苗のみけ(石川県立図書館月明文庫・法政大学図書館正岡子規文庫・天理大学附属天理図書館綿屋文庫)**

①編者 道山壮山。

②序跋 暁窓序(明治二十六年五月)。

③刊記 無。

④内容 最初に清民の遺書により、須賀川俳系として等躬・晋流・桃祖・雨考・多代女・清民の経歴を記す。次に、晋流建碑時雨塚図(寛保元年十月十二日建碑、碑面「風羅坊芭蕉翁/宝晋斎其角翁」、寛政年中亜欧堂田善翁製銅版画の写)を掲載し、寛保元年十月十二日付の晋流「時雨塚序詞」を付す。続いて、芭蕉・曽良・其角発句各一を掲げ、芭蕉発句「風流の」及び「かくれがや」歌仙を掲載(祭典で奉読)。本編は、祖翁二百年祭奉納(明治二十六年五月二十二日)発句一三(巻頭羽洲)、季題別古今人発句六九一、「早苗にも」脇起俳諧之連歌一、祭主秀臣手向和歌一、祓主尚雪手向発句一、暁窓・文起・御風奉納発句三、壮山発句五で終わる。

⑤その他 佐竹永湖画可伸庵図。壮山は、栗の本(明治二九年に二条殿下より授与)、竹晷亭、可伸庵とも号す。正岡子規が『はて知らずの記』の旅で訪問。『はて知らずの記』には「須賀川に道山壮山氏を訪ふ此地の名望家なり。須賀川は旧白河領にして古来此地より出でたる俳人は可伸・等窮・雨考・たよ女等なり。」と記される。明治二六年一〇月一七日、福島県耶麻郡翁島村長浜に建碑された「ほとゝぎす声」句碑を揮毫(明治二八年一〇月刊『長浜芭蕉句碑帖』参照)。序文を書いている暁窓は清民の男。(鹿島)

26／6　**しのぶの露（所在不明）**
瑞穂園次石「祭文」（明治二十六年六月四日）、諸家献詠、「宿かして」脇起百韻一。巻末に「長崎俳人名簿」「祭典費寄付名録」。本書については、櫻井武次郎『俳諧史の分岐点』一八七頁「○しのぶの露」から引用作成。（鹿島）

26／6　**芭蕉翁発句集（国会図書館、早稲田大学図書館柳田泉文庫ほか）**
①編者　白日庵守朴。
②序跋　自序（明治二十六年五月）。
④刊記　明治二十六年六月二十五日　編者　東京市本郷区元富士町二番地　長瀬市太郎／印刷兼発行者　東京市日本橋区通四丁目七番地　西村寅二郎。
⑤内容　芭蕉発句を四季別に分類。「附録」として「芭蕉忌の事」及び「俳諧四季の栞」。「芭蕉忌の事」では、『十論為弁抄』や『風俗文選』等から、芭蕉忌に関する記事を抜粋。
⑥その他　自序に「ことし、翁の二百回忌にあたりて、深川のふるきあたりに、社結びて翁を祭らんと、こゝろある人々の、企てけりと（中略）故人青藍が、かき遺せし、芭蕉忌の事さへそへて（後略）」とある。（鹿島）

26／6　**清流（石川県立図書館月明文庫・天理大学附属天理図書館綿屋文庫・芭蕉翁記念館ほか）**
①編者　居中。
②序跋　松浦羽洲序（明治二十六年五月）。
③刊記　明治二十六年六月　横山氏蔵板。

④内容　明治二十六年六月四日八坂於松山寺芭蕉翁二百年忌追善会張行脇起俳諧之連歌百韻一（ほとゝぎす声）、諸国手向発句二四九（巻頭山城犂春）、自国手向発句一六、金沢手向発句一五九、手向和歌六、漢詩一（鷹芭蕉翁）、加賀手向発句三〇。

⑤その他　版下は「七十五老青波」。居中は加賀金沢の俳人。目録によっては「清流集」とするものがあるが、綿抜架蔵本などの原題簽は「清流」。内題は無い。本書については第三章第九節参照。（鹿島）

26／8　**俳諧妙境集（石川県立図書館月明文庫・天理大学附属天理図書館綿屋文庫）**

①編者　一道居犂春。

②序跋　甲南居三粒序（明治二十六年八月）。

③刊記　京四条通御旅町　御摺物師　馬場利助。

④内容　「古池や蛙」本式十句表一（犂春・三粒）、芭蕉発句脇起歌仙三二（全ての歌仙に犂春）、関口芭蕉堂時雨会発句一五、金福寺翁忌発句六、捻香発句五五、奉扇会発句三七、花供養発句四九、楽水舎発句八六、小山田発句二、追加四時混雑発句一二二（巻頭出雲曲川）、「祖翁二百年祭に」発句六（眉山・千年・犂春）、「祖翁御遠忌正当の日東福寺にて」犂春発句一。

⑤その他　巻頭に三粒画芭蕉図（杉風画芭蕉図模写）、芭蕉筆「ふる池や」・「かれえだに」真蹟模刻掲載（田南居所蔵、三粒写）。（鹿島）

26／10　**しぐれ紀念（京都府立京都学・歴彩館）**

①編者　伊藤松宇。

②序跋　正岡子規（明治二十六年十月稿）。
③刊記　無。
④内容　伊藤松宇自筆。子規の序八頁、松宇例言三頁、古今諸家の時雨を詠んだ句を集めた本文二百二十八頁、古今諸家の句の引用書目四頁。
⑤その他　新井声風「『時雨紀念』覚え書」（『書物展望』四巻八号、通巻三八、一九三四年八月号、三七～三九頁。後に『俳句研究』三二巻一号、一九六五年一月に転載）に紹介される。
明治廿六年は芭蕉翁二百年忌に相当するので、正岡子規は自ら主唱して、谷中の某寺で追福の句会を開いた。藤井紫影・勝田明庵（前大蔵大臣勝田主計のこと）・田岡嶺雲・伊藤松宇等が参会し、なか〳〵盛大なものであった。

伊藤松宇はその芭蕉二百回忌に因み、記念句集を編纂した。これが即ち『時雨紀念』である。此の『時雨紀念』は刊行されないで、未刊のまゝ稿本として唯一冊現在「松宇文庫」に蔵されて居る。（中略）和装半紙本で題簽は「斯具礼紀念」と洒落れて記し、子規の序八頁、松宇例言三頁、本文二百二十八頁、引用書目欄四頁のもので、全部伊藤松宇の自筆である。

松宇による例言（明治二十六年十一月十九日）には、
一、本書は、俳聖芭蕉翁二百年遠忌記念の為之を編輯す。
一、芭蕉翁以下、其弟子、志友及び、近世の名流等、凡そ時雨の詠吟あるものは勉めて之を網羅せり。（後略）
と記され、古今諸家による時雨を詠んだ句を収録した句集であることが分かる。古今諸家の句を一部掲げる。
　はつしぐれ猿も小蓑をほしげなり　芭蕉
　むらしぐれ三輪の近道尋ねけり　其角
　この頃の垣の結目やはつしぐれ　野坡

翁忌

頭巾着て老と呼ばれん初しぐれ　子規

椎よ樫しぐれつゝいで二百年　雪中庵雀志

しぐれ忌やひとつ噂の人斗　七十三翁洗耳

大佛を半分ぬらすしぐれかな　松宇

此編の稿成りて

しぐるゝや古池かれて二百年　同

巻末の「引用書目」欄には、『芭蕉句選』以下百十八冊の俳書を掲げる。

⑤その他　大塚毅『明治大正／俳句史年表大事典』七一三～七一四頁に言及あり。『子規全集第四巻』（講談社、一九七五年一一月）の解題には「松宇の『時雨紀念』も『松宇文庫』をはじめいろいろさがしたが、みつからなかった」（七九六頁）と記されるが、現在、京都府立京都学・歴彩館に所蔵（新免安喜子寄贈）。なお、子規序文は、天理大学附属天理図書館綿屋文庫及び松山市立子規記念博物館に自筆稿本が所蔵される。（鹿島）

26／10　**明治／類題発句集　春・夏**（**国会図書館・弘前市立弘前図書館**）

①編者　桂花園桂花。

②序跋　自序（明治二十五年はつ冬日）。

③刊記　明治二十六年十月二十六日　編集兼発行人　東京市京橋区八丁堀仲町十四番地　大嶽松太郎／印刷人　日本橋区本材木町一丁目十八番地　徳原芳太郎。

④内容　季題別に諸家発句をまとめたもの。春（巻頭七世介我）、夏（巻頭壷公）。秋・冬は所在不明。

⑤その他　摂州山人題字、我々散士五言絶句。自序に「祖翁二百年のまつりいよ丶其朝とは成めれ（中略）年頃親しく交れる人々のほくどもを題を分ちこをひとつの集冊として霊前に備へ奉んとす」。（鹿島）

26／11　**蕉門頭陀物語　附俳家詳伝（国会図書館・西尾市岩瀬文庫ほか）**
①編者　一條政昭・建部涼袋。
②序跋　晋永機序（明治二十六年八月）。蓑笠隠居（曲亭馬琴）序（享和三年五月）。吸霞庵序（寛延四年九月）。
③刊記　明治二十六年十一月三日　東京市日本橋区通二町目十三番地　崇山房（小林新兵衛）。
④内容　もとは寛延四年成、建部涼袋著『芭蕉翁頭陀物語』である。『芭蕉翁頭陀物語』の曲亭馬琴による写本（享和三年写、馬琴による識語・朱書入、早稲田大学図書館蔵）を底本として、破笠画永機模写芭蕉図・晋永機序・蓑笠隠居（曲亭馬琴）序・吸霞庵序（寛延四年九月）・吸霞庵の伝・蕉門頭陀物語、そして附録として「俳家詳伝」を独自に付して刊行したもの。
⑤その他　晋永機閲。洋装本（国会図書館・西尾市岩瀬文庫ほか）・和装本（秋田県立秋田図書館時雨庵文庫ほか）、また明治二七年四月刊の三版（東京都立日比谷図書館加賀文庫・天理大学附属天理図書館綿屋文庫ほか）あり。附録の「俳家詳伝」は、『蕉門頭陀物語』に登場する各俳人について『俳家奇人談』等を参照して解説。（鹿島）

26／11　**元禄明治／枯尾華（国会図書館・国文学研究資料館・東京大学総合図書館・天理大学附属天理図書館綿屋文庫・静岡県立中央図書館・石川県立図書館月明文庫・大阪府立中之島図書館・岡山市立図書館燕々文庫ほか）**
①編者　晋永機編。其角堂機一校訂。
②序跋　団窓梅逸跋（明治二十六年初冬）。

③刊記　「明治二十六年十一月　編集兼発行人　東京市芝公園地字楓山　晋永機」（大阪府立中之島図書館・天理大学附属天理図書館綿屋文庫・駒澤大学図書館沼沢文庫）と「明治二十六年十一月四日　編集人　東京市芝区公園地字楓山二十号第二番地　晋永機／発行兼印刷人　同神田区連雀町七番地　江沢松五郎」とする二種の刊本がある。

④内容　上下二冊で、上巻は元禄七年刊、其角編『元禄／枯尾華』、下巻は永機編『明治／枯尾華』。永機編『明治／枯尾華』は、永機主宰によって明治二〇年一一月二〇日（陰暦一〇月六日）から七日間、義仲寺で行われた芭蕉二百回忌取越法要を記念したもの。巻頭に義仲寺図、序の代わりとして丈草宛其角書簡写を掲げる。本編は、明治二十年十月十二日於義仲寺追善之俳諧百韻一、陰暦十月六日法会開闢（導師法明院敬徳阿闍梨）発句一〇（巻頭流美）、七日発句一一、東京其角堂興行「一露も」脇起歌仙一、八日発句四、同九日中回向発句一四、歌仙一（発句梅年）、永機発句一、同十日発句四、同十一日発句三、於岩代穆如庵興行短歌行一、十二日正当発句一六、法会中普音之吟三四（和歌一含）、正親句一二五、二十六年十月十二日於関口芭蕉堂興行発句七、二十六年伊賀国柘植の里建碑の折永機・梅逸両吟歌仙一で終わる。

⑤その他　鈴木美都留刀。其角堂永機は、明治二〇年五月に東京を出発、北越地方を行脚して義仲寺へ到着。巻頭百韻は、行脚中、俳人らに句を請いながら満尾させたもの。本書については、勝峯晋風「義仲寺で七日七夜の大法要」（『明治俳諧史話』三九四〜四〇九頁、後に『明治俳諧史話』所収）に詳しい。また、櫻井武次郎「芭蕉二百回忌」（『俳諧史の分岐点』一七八〜一七九頁）及び、越後敬子「其角堂永機の俳諧活動―明治期編」（『実践国文学』八〇号、二〇一一年一〇月、一九五〜一九七頁）でも本書について言及している。「二十六年伊賀国柘植の里建碑の折永機・梅逸両吟歌仙」については、本書第四章第四節参照。（鹿島）

26／11　露しぐれ（岩手県立図書館新渡戸文庫）

①編者　大森幽介（四世三柳舎白我）。
②序跋　五楓序（明治二十六年深秋、白我書）。
③刊記　明治二十六年十一月八日／岩手県盛岡市餌差小路二十八番戸　編集兼発行者　大森幽介／同県同市大清水小路十八番戸　印刷者　松岡峴次郎。
④内容　「ほとゝぎすなくや」脇起俳諧連歌一、手向発句二八、当日兼題探題発句三〇、諸家新声発句一五、五楓発句四。
⑤その他　巻頭に鶴図。盛岡光台寺において催行。巻末に「明治みづのとのみとしあき」。編者については、小林文夫『岩手俳諧史下巻』（萬葉堂出版、一九七八年一二月、七頁）に「白我（大森幽介・明治四五年没・六〇歳）（中略）白我の勢力は秋田県鹿角地方、青森県三戸地方から、北は二戸、南は一ノ関・東磐・気仙等にも及んで、旧派宗匠等をも傘下に収めて、ほとんど全県下を席巻していた。」とある。（鹿島）

26／11　**つたもみぢ（国会図書館・天理大学附属天理図書館綿屋文庫）**
①編者　秋香舎桑子魯石。
②序跋　鋤雲居石芝跋（明治巳秋日）。
④刊記　明治二十六年十一月十日　編集兼発行者　愛知県碧海郡畝部村大字国江十三番戸　桑子安五郎／印刷者　同県額田郡岡崎町大字康生九十五番戸　倉橋覚太郎。
⑤内容　「蔦の葉は」追福脇起俳諧之連歌一、手向吟三一（巻頭羽洲）、諸家芳吟発句六八（巻頭幹雄）、鋤雲居石芝撰発句五九（石芝一句含）、呉井園蓬宇撰発句五九（蓬宇一句含）、魯石旅中吟（伊賀・義仲寺を訪問）。
⑥その他　巻頭に月洲画芭蕉図。版下は魯石書。跋文を書いている石芝は、明治〜大正期の岡崎俳壇の重鎮（『俳文

学大辞典』角川書店、四六三頁）。（鹿島）

26／12　**正風蕉門／俳諧秘書**（**国会図書館・名古屋市鶴舞中央図書館・天理大学附属天理図書館綿屋文庫ほか**）

①編者　幽明一場人。

②序跋　自序（明治二十六年十一月）。

③刊記　明治二十六年十二月七日　東京神田区美土代町三丁目四番地　穎才新誌社。

④内容　芭蕉伝書『俳諧之秘記』・『幻住庵誹諧有也無也関』（明和元年刊）・『本式并古式』・『正風芭蕉流奥儀秘蘊集』（孟遠著）・『袖珍抄』（宗牧・宗養撰）を所収。

⑤その他　『俳諧之秘記』・『本式并古式』・『袖珍抄』は、『誹諧三部書』として宝暦九年一月に刊行。この三部書については、『芭蕉伝書集一』（古典文庫四四二、一九八三年七月）に翻刻と解説があり、幽明一場人編の本書に関して「三書はばらばらにされ、他の二書と並列の形で本にされている。さらに印刷経費の関係であろうが、原板本にあるふりがなが一切省かれている」（二五四頁）と説明される。（鹿島）

26／12　**俳諧／七部集講義**（**国立国会図書館・静岡県立中央図書館・石川県立図書館月明文庫・大谷大学図書館・私立成田図書館**）

①編者　楠蔭波鴎。

②序跋　黄華庵南齢序（明治二十六年秋）。北枝堂似水序（明治二十六年時雨会の前七日）。竹二庵鶴畝序（明治二十六年晩秋）。野坡庵露城序（明治二十六年初冬）。

③刊記　上巻は明治二十六年十月二十八日、下巻は明治二十六年十二月二十六日刊。編集者　大阪市東区博労町一丁

目番外四番邸　中西善助　／発行者　大阪市南区北炭屋町百八十七番屋敷　米田ヒナ。
④内容　『芭蕉研究資料集成明治篇作品研究五』（クレス出版、一九九二年六月）に全文掲載され、久富哲雄の解題に「上巻に『冬の日』『春の日』『曠野集員外』『初懐紙』の四集、下巻に『ひさご』『猿蓑』『炭俵』『続猿蓑』の四集を収録し、七部集中の連句および『初懐紙』鶴の歩み百韻に注釈を施したものである。（中略）語法上の説明の多いのが本書の特色と言えよう。」とある。
⑤その他　巻頭に芭蕉図、芭蕉筆「はなのくも」・「からさきの」・「まゆはきを」・「名月や門に」・「夜すがらや」を真蹟模刻掲載。黄華庵南齢序文に「蕉翁二百年の辰にあたりて祖翁終焉の此地に此編集なる」。（鹿島）

26／12　みちのしぐれ（国会図書館・天理大学附属天理図書館綿屋文庫・山梨県立図書館甲州文庫・愛知県立大学附属図書館市橋文庫）
①編者　多田立意。
②序跋　夢笑道人（萩倉耕造）序（明治二十六年十一月）。
③刊記　明治二十六年十二月三十日　愛知県名古屋市矢場一ノ切百五番戸　竹林居（多田立意）。
④内容　尾張国の芭蕉旧蹟と尾張国の俳人の閲歴を掲げる。続いて諸国発句一三四、名古屋連発句一〇一（巻頭羽洲、巻軸立意）。附録として、羽洲と立意の両吟歌仙一、最後に、立意の出版口上と立意発句三で終わる。
⑤その他　巻頭に七十老人澹斎の「緑天余沢」（明治二十六年十一月中旬）を掲載。編者の多田立意は、竹林居と号す、芹舎門、明治一八年神道芭蕉派権大講義（川島丈内『名古屋文学史』、松本書店、一九三二年二月、二五一頁）。
（鹿島）

26／12　**祖翁二百年回建碑録（個人蔵）**

①編者　馬場凌冬。

②序跋　無。

③刊記　無。

④内容　明治二六年一一月、馬場凌冬とその門下円熟社によって伊那古町八幡社境内（現伊那市中央伊那公園上伊那招魂社）に「しぐるゝや」句碑が建碑された。この句碑建碑の着工から竣功、披露までの過程を詳細に記した記録。

⑤その他　木版。墨付三二丁。竹入弘元・翁悦治「翻刻『祖翁二百年回建碑録』―明治期の伊那俳諧人が催した時雨忌の記録」（『伊那路』五八巻一号、通巻六八四、二〇一四年一月、二七～三六頁）に建碑協力者名などを除き翻刻あり。巻頭に句碑図。明治二六年一一月一九日（陰暦一〇月一二日）に句碑の披露と時雨会が行われた。本書については第四章第二節参照。（鹿島）

26／12　**ふる郷の花（岡野栄真『故郷塚の由来』参照）**

①編者　垂雲・旭翠・奇曜。

②序跋　芳花園垂雲序（明治二十六年十二月）。

③刊記　不明。

④内容　明治二六年一一月一九日、愛染院故郷塚における芭蕉二百回忌追善。序文に続き、菅野飛止里「祖翁の事蹟」（明治二十六年十一月）、「祖翁のふたもゝとせの祥忌の法筵を挙ぐるのはしがき」、「はせを翁故郷墳を弔ふの歌」。次いで「いかめしき」脇起追善半歌仙、手向吟一四句。

⑤その他　原本は不明であるが、岡森栄真『故郷塚の由来』（芭蕉翁故郷塚保存会、一九三六年三月、一八～二五頁）

に翻刻紹介。（鹿島）

26／冬　**時雨蓑（石川県立図書館月明文庫）**

①編者　鴨涯・山月。

②序跋　連梅序（明治二十六年冬）。

③刊記　文音所　京都市下京区寺町通高辻上ル　小川九岳／近江国高嶋郡安曇村　土井鴨涯。

④内容　祖翁二百年遠忌「初時雨猿も」脇起俳諧之連歌五十韻一、手向発句二七（巻頭蓬宇）、対塔庵連梅撰発句三一、百果園果樵撰発句三一、梅下素兄撰発句三一、亀井庵三二撰発句一四、素兄・果樵・連梅発句各一、催主山月・鴨涯発句各一。本書については第三章第五節参照。（鹿島）

26　**草の餅（県立長野図書館関口文庫・岡山市立図書館燕々文庫・天理大学附属天理図書館綿屋文庫ほか）**

①編者　岩波其残。

②序跋　無。

③刊記　明治二十六年　岩波其残蔵版。

④内容　献詠発句一三六（巻頭東京素水）、追加発句一一、松尾氏ノ紋所略図（芭蕉の家の紋所について伊賀上野南町戸長へ依頼したものを掲載）、信濃国俳人四二名の画像と句（其残画、巻頭白雄）、信濃之部発句二〇〇、追加発句八、芭斎・世外・其残発句各一。巻末に高嶋公園内「花に遊ふ」句碑、及び地蔵寺内曽良「こゝろせよ下駄の響も萩の露」句碑図掲載。

⑤その他　片岡雄六刀。巻頭に其残画三俳仙図（芭蕉、其角、嵐雪）、及び光峨画信州高島公園略図掲載。巻末の

「花に遊ふ」句碑は、正二位季知書、明治一三年夏、其残ほか一五〇名余による建碑で現存。曽良「こゝろせよ」句碑は、明治二〇年五月、岩波其残建碑、現存。本書については第三章第八節参照。また、岡本勝「『草の餅』をめぐって」（『俳文学こぼれ話』、二〇〇八年三月、おうふう、四七〇～四七三頁）に本書について言及あり。信濃国俳人四二名の画像と句は、元禄～幕末までの俳人を収める。（鹿島）

26（推定）**祖翁二百遠忌／素文居士追悼／建碑式発句集（個人蔵、半田市立図書館に複製有）**

①編者　青蕉社。
②序跋　無。
③刊記　無。
④内容　天遊居小萍・政和堂可洗・真静居秋津・老松軒鳳岱・百果園果樵・寿量坊四山選による発句三〇〇に、各宗匠の発句各一、寿量坊四山による百華園素文居士追悼句一。
⑤その他　芭蕉句碑「海くれて」建碑記念で募集した発句と素文居士追悼を兼ねる。『半田市誌』文芸篇（一九九一年三月）に翻刻あり。「海くれて」句碑建碑については、明治二六年五月序『嘉茂の古恵』参照。（鹿島）

26（推定）**花供養（国文学研究資料館・早稲田大学図書館）**

①編者　一茶庵雨路。
②序跋　無。
③刊記　事務扱　日本橋通呉服町八番地　写松庵竹夫／下谷区二長町五十番地　大夢庵千畝／麹町通有楽町三丁目一番地　一茶庵雨路。

④内容　明治二六年、芭蕉二百回忌に際して東京上野寛永寺不忍池畔生池院の翁塚を修理し、同年四月二三日に法要を行った際の奉納句集。宗匠一具庵尋香、執筆松平松塢。「しばらくは花の」脇起歌仙一、奉納発句八三、和歌一（水野忠敬、御歌所参候）。
⑤その他　香竹居士題字。一茶庵雨路は、陸軍省奉職時代、麹町区有楽町三丁目一番地に居住。辞職後帰郷し、矢彦神社神官となる。なお、不忍池中島弁財天には美濃派以哉派第七世白寿坊建立「芭蕉翁」碑が建つ。また文久三年から明治三年、其角堂永機は不忍池畔の其角堂に居住。本書にも永機が連衆として参加している。（鹿島）

26（推定）**時雨集（県立長野図書館関口文庫・天理大学附属天理図書館綿屋文庫）**
①編者　省我。
②序跋　無。
③刊記　関口文庫蔵本には無。綿屋文庫蔵本には「版木彫刻摺物師　東京浜町三丁目一番地イノ四十九号　鈴木伝次郎」。
④内容　「時雨るゝや」脇起歌仙一、諸国手向発句一八二（巻頭三河蓬宇）、省我・蝸堂・竹支三吟歌仙一、信濃国手向発句二四、表六句一（雲底・省我・世外・希斎・芒斎・一左）、手向発句八四。
⑤その他　西洲題字。本書については第三章第八節参照。（鹿島）

27／3　**志九礼集（国会図書館）**
①編者　北園（荒木太四郎）。
②序跋　好季庵兎文序。

③刊記　明治二十七年三月十七日　編集兼発行者　富山県礪波郡城端町大字城端町五百十一番地　荒木太四郎／印刷者　石川県金沢市博労町七十八番地　小島致将（経業堂）。
④内容　明治二十六年黄鐘十九日於善徳精舎花下大神二百年祭正式脇起俳諧之連歌一（けふ計り）、奉吟発句七九、和歌三。「余興」として好季庵兎文撰発句三九（兎文一句含）、暮柳舎七世甫立撰発句二二（甫立発句一含）、槇ノ本茜舎撰発句二九（茜舎一句含）。
⑤その他　巻頭に袴腰山人画翁塚図。編者北園は、兎文の養子で松栄舎とも号した（西川栄一『城端俳史と俳人伝』（一九七四年十月、私家版、七二頁）。（鹿島）

27／3　**みのゝけ集（石川県立図書館月明文庫・砺波市立砺波図書館・高岡市立中央図書館・芭蕉翁記念館）**
①編者　五島石甫・小幡為積・杉下西蘭。
②序跋　十水田々居士序。編者三名連名跋。
③刊記　明治二十七年三月　蓑毛庵蔵板／積歳書／金沢近広堂彫刻。
④内容　芭蕉二百回忌と小幡・五島両家の祖先である蓼身・恭魯・甫随・公祐と以足（明治二三年一〇月没、雪楼とも）の追善を兼ねる。明治二十七歳三月十二日於真光精舎芭蕉翁二百歳法会席上張行「春もやゝ」脇起俳諧之連歌五十韻一、手向発句一一、蓼身居士発句脇起歌仙一、手向発句二七、恭魯居士脇起発句歌仙一、手向発句二四、手向和歌一、甫随居士発句脇起歌仙一、手向発句二八、公祐居士発句脇起歌仙一、手向発句二五、以足居士発句脇起歌仙一、手向発句一一、手向和歌一、諸国名録五〇、自国発句四七、蓑毛庵連発句一三。
⑤その他　宗匠は虚心庵十水。巻末に右菊画文台図。序文によれば、芭蕉ゆかりの蓑が甫尺から河村田守に伝えられ、蓼身・甫随が砺波市中央町にある真如院に蓑毛を収めて蓑毛塚を造立したとする。（鹿島）

27／5　**明治冬の日（石川県立図書館月明文庫）**
①編者　破庵居士吉倉洪映。
②序跋　自序。
③刊記　明治二十七年五月三日　発行者　石川県金沢市木倉町七十番地　沢田助太郎／印刷所　同県同市南町三十二番地　広文堂。
④内容　明治二十六年十一月十二日小坂神社祖翁二百年正当手向脇起俳諧連歌一（けふばかり）及び、金沢招鶯・金沢臥月・金沢北江・園亭萎文撰による高点句集。
⑤その他　小坂神社（石川県金沢市山の上町）は、芭蕉が『おくのほそ道』で参拝した神社である。『俳諧新誌』二五号に、明治二六年一一月一二日、小坂神社で蔦の家連（甫立・希梅ら）による芭蕉二百祭正式俳諧が掲載される。本書と蔦の家連による芭蕉二百回忌は、同年同月同日同所で行われたものであるが、連衆に重複は無い。園亭萎文と招鶯は兄弟。また、園亭萎文の発起で明治四三年、山中温泉に芭蕉堂が建てられた。（鹿島）

27／5　**深川冬木町芭蕉霊社二百年祭句集（国会図書館）**
①編者　阿心庵（其角堂永機）ら。
②序跋　無。
③刊記　明治二十七年五月十四日　編輯発行兼印刷人　日本橋区浪花町六番地　佐藤清吉。
④内容　明治二六年一〇月、三森幹雄により東京深川冬木町十番地に芭蕉神社が建設された記念として編纂された高点句集。阿心庵・大夢庵・董庵を含む六六名の宗匠の撰句。

⑤その他　表紙見返しに飯島光峨画芭蕉神社図。（鹿島）

27／5　**髭婦久楼（石川県立図書館月明文庫・国文学研究資料館・天理大学附属天理図書館綿屋文庫・三康文化研究所附属三康図書館）**

①編者　宝命林五成。
②序跋　旭斎序（明治二十七年三月）。
③刊記　明治二十七年五月十五日印刷　編輯兼発行者　長野県下水内郡飯山町千八十九番地寄留　根岸助左衛門／印刷者　神奈川県橘樹郡生田村生田五千九百八十一番地　岸長吉。
④内容　芭蕉翁二百年遠忌追福脇起俳諧一順（今日ばかり）一、芭蕉忌一巡歌仙一、信濃国手向発句八五、五成・旭斎手向発句各一、東京発句三二、西京発句一九、諸国発句三二六、歌仙二、五成発句四。
⑤その他　梨堂題字。採巌画五成図。序文によれば、岩代国高木で生まれた宝命林五成は、旭斎に入門、蚕業の盛んな地で成長したため寄留した長野県飯山市に蚕業を伝え、飯山の人々を中心として宝命林社を設立したという。本書については第三章第五節参照。（鹿島）

27／6　**潮かしら（国立国会図書館、天理大学附属天理図書館綿屋文庫）**

①編者　山地健雄。
②序跋　無。
③刊記　明治二十七年六月五日　編輯兼発行者　香川県那珂郡龍川村大字金蔵寺二十四番戸　山地健雄／印刷者　同県同郡象郷村大字苗田八十四番戸　有房梅三郎。

④内容　芭蕉翁第二百年遠忌奉納俳諧脇起連歌一（吹度に蝶の居直る柳かな）、手向発句七〇、梅軒「蕉翁二百年忌辰賦小詩以代祭辞」（七言絶句）、梅里「追悼芭蕉翁二百年忌」（七言絶句）、河田正直「桃青翁二百回遠忌賦蕪詩一篇以奠霊前」（七言律詩）、「集句五万有余吟抜粋三百章内上座」として、綾西館たけ雄撰発句一〇〇、春宵堂松雨粛撰抜粋二百吟ノ内上座発句五〇、「集吟三百余章題雪月花」として、黄花庵南齢撰発句三〇、花芳軒撰発句三〇、彩雲堂花暁撰発句二〇、凌雲堂松皐撰発句二〇、発句七、檑姿社「当二百年祭略説」。

⑤その他　「名月や門」句碑建碑記念を兼ねる。中村三蕉題字。中村三蕉は、元讃岐丸亀藩士、藩校正明館教授。茶庵山外画「名月や門」句碑図、及び句碑の説明。句碑は金倉寺（善通寺市、四国七六番札所）に現存。句碑の説明には「位置　香川県那珂郡龍川村金倉寺訶利帝祠脇／碑高　高サ一丈巾三尺／碑面　俳祖遺吟　花の本芹舎謹書／時年八十歳／仝裏　明治二十有六歳在癸已晩秋為二百年祭紀念建之　綾西館健雄／石材調理　中嶋芳直」。また「当二百年祭略説」によれば、祭典は明治二七年四月一五日に行われ、句碑建碑記念は正午より金倉寺にて寺僧の読経、拈香の式あり、午後二時より檑姿社主山地健雄宅にて、宗匠健雄・脇宗匠素石・執筆松雨で、手向吟朗読・正式連歌興行（風琴・笙・篳篥奉楽あり）が行われ午後四時終了。編者の山地健雄は、大正二年没、五五歳。綾西館、石水とも号す。檑姿社は明治二五年に創立され、『玉藻新誌』を刊行（善通寺市立図書館編『善通寺市史第二巻』、善通寺市、一九八八年一〇月、七〇一～七〇三頁）。本書については第三章第一〇節参照。（鹿島）

27／6　**華橘集**（**国立国会図書館**）

①編者　岡村歳郎。

②序跋　無。

③刊記　明治二十七年六月十三日　発行所　駿河国静岡市鷹匠町三丁目八十四番地　静岡吟社／責任者　古池堂蛙水

／編集者　駿河国静岡市鷹匠町三丁目八十四番地　岡村歳郎／発行者　同国有渡郡豊田村南安東五番地　渥美仙吉／印刷者　同国静岡市呉服町二丁目三十七番地寄留　鈴木常次郎。
④内容　一六名の宗匠による高点句集。呉井園蓬宇撰発句三一・一道居犂春撰発句二一・羽洲園羽洲撰発句一三・白兎園知来撰発句七・釣軒其水撰発句五・一葉斎一葉撰発句九・玉兎園魯秀撰発句八・蕉花庵為梁撰発句七・浪庭此月撰発句五・執中庵麻山撰発句八・篆竹館淇水撰発句八・春暁堂白雲撰発句五・芳蘭亭嘟玉撰発句六・雪艸盧拙叟撰発句三〇・常雪庵眉泉撰発句三〇・対雪園李荘撰発句三〇、像前手向之吟三二、催主発句八（一光・李春・露舟・蛙水・静山・仙菓・素月・保水）、営主発句三（拙叟・李荘・眉泉）。
⑤その他　巻頭に芭蕉筆「するが路や」真蹟模刻掲載。本書については第三章第一〇節参照。（鹿島）

27／10　**しぐれみの（石川県立図書館月明文庫・南砺市立中央図書館・天理大学附属天理図書館綿屋文庫ほか）**
①編者　好季庵兎文。
②序跋　松浦羽洲跋（明治二十七年十月）。
③刊記　文音所　越中砺波郡城端町　荒木兎文／好季庵蔵板。
④内容　故畝右発句脇起歌仙一、諸国発句二六五（巻頭東京其鳳、巻軸兎文、花・郭公・月・雪の題）、兎文・羽洲両吟歌仙一。
⑤その他　巻頭に紫煙散人による題字と亀介画蓑毛塚図を掲載。跋文によれば、蓑毛塚は、宝暦の頃に行脚中の畝右が所持していた蓑を納め造立したもので、畝右は蓑毛塚のそばに庵を結んだとする。一方で、蓑毛塚については、南砺市城端にある城国寺境内に宝暦一二年、既白の西国行脚に随行した李夫が、姫路で芭蕉遺品の蓑毛を入手し建立したとするのが通説である（西川栄一『城端俳史と俳人伝』、一九七四年一〇月、私家版、一二三頁）。編者兎文は、荒木

文平、嘉永二年三月生、明治四四年八月没、六三歳。城端町会議員、富山県会議員などを歴任（一九一二年一〇月刊『好季庵兎文翁追悼集』、月明文庫蔵）。（鹿島）

27／10　**千太楽仁（天理大学附属天理図書館綿屋文庫）**
①編者　其侭堂可然。
②序跋　一具庵尋香（明治二十七年初冬）。自序（明治二十七年十月）。
③刊記　文信所　静岡県遠江国豊田郡光明邨光明山寓居　其侭堂可然／彫刻所　同県同国敷和郡浜松町連尺中程　玉木堂　太田作太郎／明治二十七年十月刻成。
④内容　其侭堂可然が西帰の途中、光明寺（浜松市天竜区山東）で明治二七年一〇月一八日、芭蕉二百回忌を記念して独吟十百韻を行った際の記念集。芭蕉翁像開眼発句一、可然独吟十百韻、可然発句一九。
⑤その他　十百韻最初の発句は「菜大根の味也しぐれの二百年」。版下は「明治二十七年十月　照雲台書」。可然は因幡の俳人（大塚毅『明治大正／俳句史年表大事典』六三四頁）。（鹿島）

27／10　**ゐなみしふ（石川県立図書館月明文庫・南砺市立図書館・金沢市立玉川図書館・岡山市立図書館燕々文庫・山梨県立博物館甲州文庫・天理大学附属天理図書館綿屋文庫）**
①編者　大谷美杉等。
②序跋　松浦羽洲序（明治二十七年十月）。
③刊記　越中砺波郡井波町／黒髪庵蔵板。
④内容　明治二十七年十月十二日井波の里芭蕉翁黒髪塚二百回遠忌於瑞泉精舎正式俳諧百韻興行一（しぐるゝや）、

諸国手向発句二二二（巻頭東京其鳳）、越中国手向発句九三、井波手向発句四九。
⑤その他　黒髪庵修繕記念を兼ねる。百籟空潭題字。宮戸松斎画翁塚及び黒髪庵図。宮戸松斎は、名古屋住の四条派の画家。羽洲序文によれば、南砺市井波にある浄蓮寺の翁塚は、土芳から浪化に贈られた芭蕉遺髪を元禄八年に埋め、碑面の文字を其角に依頼して「翁塚」として建碑したものであるが、浪化没年の前年に焼失、百年後に黒髪庵を造立。このたびの二百回忌に際し黒髪庵を修繕、かつてこの地を訪問した羽洲を招き二百回忌を瑞泉寺で行ったとする。宗匠は羽洲園羽洲、脇宗匠は暮柳舎七世甫立、幹事は大谷美杉ほか四名。翁塚及び黒髪庵は浄蓮寺に現存。本書については櫻井武次郎「芭蕉二百回忌」（『俳諧史の分岐点』一八四〜一八五頁）に言及がある。（鹿島）

27　**おきなの友（会津若松市立会津図書館・東京大学総合図書館・天理大学附属天理図書館綿屋文庫）**
①編者　梅雅・竹圃。
②序跋　青宜序（明治二十七年）。
③刊記　福島県岩代国耶麻郡塩川中町　文音所　五十嵐梅雅／東京日本ばし通浜町二丁め十一番ち　同　島本青宜。
④内容　教導職で花の本洋水園門である対月庵松圃の一周忌を兼ねる。松圃は会津塩川住。序文では、明治二六年に芭蕉二百回忌を松圃と共に営む約束をしていたが、松圃の死亡（明治二五年七月二八日、富山県高岡市にて客死）により果たされなかったこと、そのため松圃が刊行を予定していた原稿と二巻の歌仙を加えて本書を作成した旨が述べられる。手向発句二八（巻頭東京素石）、芭蕉「草いろ〱」脇起歌仙一、松圃居士発句脇起歌仙一、祖神二百年祭発句六三、対月庵松圃居士小祥忌追福発句六一、四季発句一二二、追加発句二一。
⑤その他　大槻清三・上野敬二『会津俳諧史』（一九三四年一一月、イハクモ吟社《吾妻書館から一九八二年二月の複製本有り》）六二頁に松圃の略歴、七七〜八一頁に本書について言及あり。（鹿島）

27　**まぼろし（天理大学附属天理図書館綿屋文庫・玉川大学図書館）**
①編者　降雨庵木甫。
②序跋　来往逸外序（明治二十七年秋）。
③刊記　無。
④内容　木甫が明治二七年四月〜七月にかけて『幻住庵記』を一字一石に書き、常盤ヶ岡に収め、建碑記念を行った際の記念集。建碑式脇起誹諧之連歌百韻一（先たのむ）、諸国手向吟一一七（巻頭東京青宜）、坦洲・木甫・梅玉女三吟歌仙一、越後国内発句一五三、木甫発句一、落吟追加一。
⑤その他　坦洲題字（明治二十七年晩秋）。舟江画「芭蕉翁幻住庵記一字一石碑」（森湬書）図。木甫は新潟市東大畑にある中教院境内芭蕉庵に入庵、降雨庵四世（大塚毅『明治大正／俳句史年表大事典』二二三頁）。（鹿島）

28／3　琵琶湖集（国立国会図書館・岡山市立図書館燕々文庫）
①編者　森可信。
②序跋　無。
③刊記　明治二十八年三月二十五日／著作者　滋賀県近江国高島郡新儀村大字太田二百四番屋敷　森可信／発行兼印刷者　滋賀県近江国高島郡新儀村大字太田六十番屋敷　浅見俊雄／発行所　滋賀県近江国高島郡新儀村大字太田六十番屋敷　梅香吟社／印刷所　滋賀県滋賀郡大津町大字松本三百三十三番屋敷二十二　近江新報社。
④内容　巻頭に目次があり、目次に沿って説明する。（　）内は執筆者による内容補足。
○題字　江馬天江（明治二十七年春）

○脇起俳諧連歌（於西方精舎張行脇起俳諧連歌「四方より」）
○諸家手向吟（発句九六、巻頭京楓城）
○俳句一万三千余　野坡庵評・手向評者九名（野坡庵露城撰発句百、露城発句一、方笙亭玩鳥・碧玉斎芦西・森の戸芦洲・一時庵山月・梅好園香月・江南堂耕歛・月清園里水・耕雲堂奇石・芦鶴園千里撰発句各六）
○時雨枯野　一題二句吐　芭蕉堂評・朝陽堂評・手向評者四名（芭蕉堂楓城撰発句一六、朝陽堂一巣撰発句一六、楓城・一巣発句各一、金花園西鶴・朝日庵松鶴・楊柳庵机休・麗園花笑撰発句各七、発句一二、評者追加手向吟一三、芭蕉「山中や」句と在泉画菊図）
○古今人之履歴　席順如落磊（雲外・清秋・春鶴・硯水・瑳雀・平沖・信敏・梅雨・木葉山人・冬樹・幸子・松山・梅寿・奇石・木骨・松月・花笑・里水・一十二・兼三・暁梅・海月・喜成・耕楽山人・松花亭更月・香雪の各略伝、曇水三宅先生小伝《浅見俊雄》・七言絶句一及び発句一・祭三宅先生文《河合順一》・祭三宅先生霊文《上原海老四郎》、長谷南涯・藤本梁浦・吉広西湖・金田眠石・長谷南涯・金田和堂・吉広桂香・雪山道人・安藤花涯・金田和堂・網川晃南・林重義・坂江柳渚・井口梅塘・在清園木村秀峰・浅見柳南・岡田真道・長宗起村の漢詩、備蛍雪堂主人霊前和詩《森可信》、聴秋筆「かぎりなくふき広るやはるの風」、霊巌寺大周漢詩二・橘薫漢詩一、三津利生・平野静阿弥・僧知善・源資房・友田基雄・懶農喬・日野霊瑞・綾部竹之助《二首》・神谷大周《二首》の和歌、柳南・もとを・春水・安阿弥・故人源安正の発句、俵山・八九軒柳枝・梅谷・敬斎・麦村・机休・鶴棲堂椿庭・圃丈・乙鶴・未跡・慶安の各略伝）
○芭蕉翁像　浪花梅舊院安置之辞　野坡庵（野坡庵主露城「浪華梅舊院安置芭蕉翁像直影之裏書」明治二六年五月一二日、発句三三）
○蕉翁二百年遠忌辞　森千里（「芭蕉翁二百年遠忌追善の辞」明治二六年五月一二日）

○芭蕉追善　勤行差定
○庫裏書画展観　諸家出品
○客殿生花　池之坊門弟中
⑤その他　編者森可信は、高島郡新儀村大字太田（現高島市新旭町太田）生、大正五年没、八五歳。千里、蘆鶴園とも号す。安政四年、白髭神社に「四方より」句碑、明治二二年には大田神社に「もろ〳〵の心柳にまかすべし　翁」句碑（涼菟句の誤伝）を建碑（滋賀県高島郡教育会編『高島郡誌』、滋賀県高島郡教育会、一九二七年、四〇四頁）。また、発行兼印刷者の浅見俊雄は、京都日報社の編輯係、のちに村長、郡会議長などを歴任した（前掲『高島郡誌』三三三頁）。「古今人之履歴」は、高島郡新儀村大字太田出身の人物の閲歴を絵入りで紹介。そのうち曇水三宅先生は、本名三宅宗信、明治二五年三月一九日没、五一歳。明治一四年、滋賀県高島郡太田村に蛍雪私塾を開設し多くの門弟を育成。野坡庵露城「浪華梅舊院安置芭蕉翁像直影之裏書」は、露城が当地に招かれた際、梅舊院の芭蕉翁像を模写し持参した所、裏書を所望されて書いたもの。本書については第三章第一〇節参照。（鹿島）

28／4　穂屋のしをり（県立長野図書館関口文庫・天理大学附属天理図書館綿屋文庫・三康文化研究所附属三康図書館）

①編者　正倫等。
②序跋　小竹園主人岩本尚賢序（明治二十七年四月二十日）。
③刊記　明治二十八年四月　東京本所　片岡藤次郎刻。
④内容　明治二十七年四月二十日下諏訪於慈雲寺芭蕉翁二百年忌追善会興行脇起俳諧之連歌百韻一（雪ちるや）、

其残発句一「長生が仕度ば御座れ花の山」（其残画、金桃書）、諸国発句七六、伊那郡発句九、諏訪郡上諏訪町発句一四、永明村発句七、米沢村発句一二、湖東村発句五、豊平村発句一、玉川村発句七、原村発句四、本郷村発句五、落合村発句一、金沢村発句九、宮川村発句四、中洲村発句二〇、湖南村発句四、豊田村発句一二、湊村発句三、春雨連発句七、川岸村発句二、平野村発句三〇、長地村発句五、下諏訪町発句四五、追加発句五、信濃国発句八、信濃国下諏訪郡下諏訪町発起者発句一〇。
⑤その他　版下は安田梅庵書。序文に続いて光峨画「雪ちるや」句碑図（明治二十八年夏）。諏訪上下両社で行われる御射山祭を詠んだ「雪ちるや」句の句碑は、岩波其残ほか八〇余名による建碑で、台石には「旧御射山道標」と刻まれる（長野県諏訪郡下諏訪町東町に現存）。序文を書いている岩本尚賢は御射山神社神主。（鹿島）

28／8　**月硒莚**（**天理大学附属天理図書館綿屋文庫・福生市立図書館・静岡県立中央図書館**）
①編者　田辺晴雲。
②序跋　洗桐閑人鳳羽序（明治二十八年八月）。
③刊記　文音所　越后国北蒲原郡／堀越村大字大野地／田辺晴雲。
④内容　巻頭に永湖画句碑図。明治二六年秋、越後の晴雲が、芭蕉「雲をり〳〵」句碑を北蒲原郡新発田の公園に建てた際に催された、同句を発句とする脇起俳諧（百韻）と諸国名録二六五。
⑤その他　晴雲の句碑については不明。諏訪神社（新発田市諏訪町）に、明治二六年一〇月、荒井鴬春、安部柳垓建立の句碑あり。本書については第三章第一一節参照。（綿抜）

28／10　**長浜芭蕉句碑帖**（**『子規塚集』**）（**会津若松市立会津図書館、ただし写本**）

①編者　忠孝・如水。
②序跋　無。
③刊記　明治二十八年十月翁の日。
④内容　明治二六年一〇月一七日、福島県耶麻郡翁島村長浜に山内忠孝ほか七名により「ほとゝぎす声よこたふや水の上」句碑が建碑された。道山壮山揮毫。この句碑建碑にかかる記念一枚摺。一三八句。撰者は会津若松の護六。
⑤その他　『子規塚集』の原本は不明であるが、これを写した「長浜芭蕉句碑帖」が会津図書館に所蔵される。表紙には「明治二十六年十月芭蕉翁二百年遠忌記念／長浜芭蕉句碑帖」と墨書。末尾に「一枚摺物　福良志賀宍雲蔵ヲ写ス、昭和二十五年七月十六日」。なお、大槻清三・上野敬二『会津俳諧史』（吾妻書館から一九八二年二月の複製本有り）六八～七一頁に言及あり。（鹿島）

28／11　桜栖懐古（国立国会図書館、石川県立図書館月明文庫、岐阜県図書館、岡山市立図書館燕々文庫・芭蕉翁記念館）

①編者　曙庵虚白（美濃派再和派道統第一六世）。
②序跋　藤陰老人序（明治二十七年五月）。道統一六世曙庵虚白序。
③刊記　明治二十八年十一月二十五日　著作兼発行人　岐阜県大垣町字本町九番戸　神野嘉右衛門／印刷人　岐阜県大垣町字竹嶋町六十番戸　篠田代三郎。
④内容　巻頭に芭蕉翁遺語及び五条式掲載。「さまぐ〵の」脇起百韻一、花・鳥・月・雪・飯・茶・菓・香・道徳讃嘆の各題による百韻九（道徳讃嘆以外は表八句のみ掲載）、黄鸝園廬元法師百五十回諱祭祀七十二侯一、芭蕉門俳諧師諸万霊追弔五十韻一、手向発句三四、諸国名録六七一、諸国混雑一三、曙庵四時吟。「附録」として、再住花園砒

霜叟の「蕉護仏」文章一（明治二十六年冬）、立政寺五十三世勅紫僧正龍水漢文一（明治二十六年冬）、曙庵発句一、虚白和詩四。
⑤その他　藤陰老人序文に続いて、南條文雄題字、再住花園砒霜叟、及び立政寺五三世勅紫僧正龍水の七言絶句を真蹟模刻で掲載。明治一六年の『水音集』に続くもの。斎藤耕子編『福井県古俳書大観第八編』（二〇〇七年一〇月）に部分翻刻。本書については、鹿島美千代「明治期における美濃派─芭蕉二百回忌を中心として」（『桜花学園大学人文学部研究紀要』一三号、二〇一一年三月、三一～四二頁）に言及がある。（鹿島）

28／12　**下條俳諧温地の栞（国立国会図書館、三康文化研究所附属三康図書館）**
①編者　甘文亭鳳鳴（関矢忠与）。
②序跋　酒井道与序。一洲堂雅季序（明治二十七年七月）。関矢忠恕序（明治二十七年七月）。関矢忠和跋（明治二十七年夏）。
③刊記　明治二十八年十二月十五日　編輯者　新潟県北魚沼郡下條村大字并柳第二十七番戸　関矢忠与／発行者　同県同郡同村大字田尻第九番戸　酒井文吉／印刷者　同県古志郡長岡町大字表四ノ丁第二十番戸　目黒十郎。
④内容　天保一四年、芭蕉百五十回忌の際、甘襄斎歌光（酒井歌光）と甘文亭哉二（関矢哉二）が句碑建碑を計画したが果たせず、芭蕉二百回忌にあたり、佐藤景雲・田沢黙堂・石塚鳳台により、明治二六年一〇月一二日、道元園に芭蕉・歌光・哉二の三翁塚を建碑した際の記念集。巻頭に関矢忠靖「民徳帰厚」題字（明治二十七年春）、嘉生堂関矢忠尭「巻中総是温知精神」（明治二十七年八月）。序に続いて、甘楽斎所蔵東々洋之画蕉翁之像縮写、甘文亭所蔵亀田鵬斎之書蕉翁之讃縮字「ふる池や其後飛こむかはづなし」、先意堂雪岳漢詩一（明治二十七年）、道元園三翁塚句碑図、村社巣守神社社宝、神野山専明寺寺宝、関矢家・佐藤家・酒井家の祖先の和歌・発句・教訓等、歌光の哉二追善

句を真蹟模刻で掲載。続いて佐藤景雲・田沢黙堂・石塚鳳台の連名で句碑建碑次第及び下條村俳史をまとめる。附録として、鳳鳴関矢忠与編「俳祖芭蕉翁略伝并先哲遺訓及金句」。跋文に続いて、巻末に静安酒井文の書（明治二十六年十月）を掲載。

⑤その他　下條村俳史は、徐々坊・木兎坊から説き、各俳人を本名とともに掲載。句碑面「凩や松にくだけて地を走る　甘襄庵歌光／鶯や柳のうしろ藪のまへ　芭蕉翁／幾里の暁かけてほとゝぎす　甘文亭哉二」、松本雲岳書、新潟県魚沼市に現存。題字を書いた関矢忠靖は、衆議院議員で北越植民社を結成し、石狩国野幌を開墾（河野常吉編『北海百人一首』九五頁）。関矢橘太郎編『北魚沼郡志』（新潟県北魚沼郡教育会、一九〇六年一月）の例言には、

一旧記中、某家某所の記録と標出するの外、単に旧記云云と記するものには関矢忠靖が予て此挙に志ありて明治十五年より十九年迄に蒐集したるもの多し是本志編纂の一要材たりしを以て一言此に及ぶ

とあり、『北魚沼郡志』の関矢忠靖跋文には、北魚沼郡衙奉職時、『北魚沼郡志』編纂に関与したが、途中で職を辞し北海道へ開墾事業のため移ったことが記されている。本書が下條村の歴史や俳史に重点を置いているのも『北魚沼郡志』の編纂と無関係ではないと考えられる。（鹿島）

29／11　**早稲の花**（**射水市新湊図書館**）

①編者　南呉洲・大井静山。

②序跋　白悠序（明治二十九年秋）。亀慕亭鶴美跋（明治二十九年十一月）。

③刊記　無。

④内容　明治二十九年十月十一日於曼陀羅寺芭蕉翁二百年忌追善会執行脇起俳諧之連歌五十韻一（早稲の香や）、前文略手向発句七一。

⑤その他　巻頭に春芳画「早稲の香や」句碑図。大正三年八月、南呉洲が射水市八幡町荒屋神社に二条基弘揮毫「早稲の香や」句碑を建碑。句碑図のように、句碑の背後には奈呉の浦が広がる。五十韻の宗匠は京の白悠、脇宗匠秋湖。五十韻が興行された曼陀羅寺は射水市立町にある。（鹿島）

30／2　**月と梅（国文学研究資料館、上田市立上田図書館花月文庫）**

①編者　久保田樹葉。

②序跋　幸島桂花序。鳳羽跋（明治三十年二月）。

③刊記　文音所　信濃国小縣郡豊里邨　久保田儀左衛門／樹葉蔵版。

④内容　明治二六年一一月一二日、信濃国国分寺（上田市）に「春もやゝ」句碑を建碑した際の記念集。本書の巻頭には、明治二十九年十一月念三、従三位源千秋書「風月双清」を掲げる。序文に続いて佐竹永湖画「春もやゝ」句碑及び境内図。次いで「信濃国分寺」と題する樹葉発句一別掲。本編は、明治二十六年十一月十二日於信濃国小縣郡国分寺興行祖翁二百年紀念建碑会脇起歌仙行一、献詠発句八五（巻頭素水）、樹葉発句一（前書有）、建碑賛成家発句一〇二、樹葉発句四、待昼の七言絶句。続く「月と梅附録」は、曽良・白雄・一茶の略伝、各文略発句四九、琴堂と樹葉の両吟歌仙一、十一月十二日付樹葉の出版口上で終わる。

⑤その他　編者の樹葉は、長野県上田市豊里森住の蚕種業で、上州大戸の加部琴堂や萩原乙彦に学び、大正五年、八三歳で没している（矢羽勝幸編『長野県俳人名大辞典』、郷土出版社、一九九三年一〇月、四二六頁）。なお、本書については、第四章第一節第四項参照。（鹿島）

31／9　**枯野の時雨（石川県立図書館月明文庫・岐阜県図書館）**

①編者　柳庵一瓢（美濃派以哉派道統第二十世）。
②序跋　承天（禅林寺僧）序。獅子庵一瓢跋（ただし「自拝」と題して）。
③刊記　明治三十一年九月三十日　岐阜県安八郡大垣町字室三十一番戸　清水篤太郎。
④内容　活字版。巻頭に芭蕉図を掲載する。続いて柳庵雅嘱研堂共による「山高水長」の書、続いて承天の序文を掲載する。承天の序文には、禅林寺永観堂において一〇月一一日に墨直会式、一二日に芭蕉追善会が行われたことが記される。本編は、芭蕉二百回忌追善百韻一、各拝章発句一二八、発句一二、「自拝」と題する一瓢発句一、余興七十二侯一（八句まで掲載）、諸国名録五三九、追加発句一二、明治二六年一〇月一二日、是春仙（一瓢）による「祖翁二百年追祭真名詩」一で一旦終わる。続いて双林寺における墨直し集。「補墨式」源氏行一、余興長歌行一（三句まで掲載）、拝章発句七四、俳仙堂碌々翁発句一、「自拝」と題する獅子庵一瓢発句一を跋文の体裁で掲げ終わる。
⑤その他　出版者の清水篤太郎は俳号柳庵一瓢。松柏園雪渓著「談笑句集」（岐阜県図書館『美濃派俳諧稿』所収）に、この二百回忌の模様の一端が記されている。雪渓は杜仙とともに上京し、一〇月一一日に永観堂において墨直会、翌一二日に蕉翁二百回忌祭が興行された次第を記す。一二日には後の月見会を興行。また一一月一七日には自庵において、祖翁二百年祭と美濃派道統第六世是什坊の百回忌を興行している。斎藤耕子編『福井県古俳書大観第八編』（二〇〇七年一〇月）に翻刻有り。（鹿島）

33／3　俳諧草庵集　初編（東京大学総合図書館・天理大学附属天理図書館綿屋文庫・三康文化研究所附属三康図書館）

①編者　三世芙蓉庵文礼。
②序跋　永機序。

③刊記　無。
④内容　明治二十六年十一月十二日於桃青精舎興行芭蕉翁二百回忌俳諧之連歌（時雨るゝや）五十韻一、山舟居士晋漢詩一、忠元・頼国・重嶺和歌各一、手向発句一九、諸国名録一六四（巻頭京都楓城）、追加発句四。
⑤その他　巻頭に江月画桃青寺図。次いで「芭蕉山桃青禅寺堂席再建之主旨」（故竹本素琴配布散紙之写、明治二十六年四月）が掲載される。さらに文礼の「附言」（明治三十三年三月）が有る。桃青精舎は芭蕉山桃青寺のことで、明治二六年一一月に芭蕉堂が建てられた。明治三三年四月一二日に三世芙蓉庵文礼が行う永代俳筵の賛助を依頼することを目的に配布されたもので、素琴が編纂した芭蕉二百回忌句集を文礼が刊行したもの。『俳諧草庵集』は明治三七年まで刊行。本書については第三章第一二節参照。（綿抜）

●不明　月見塚（個人蔵）

①編者　黄花園古麦。
②序跋　自序（七十二候前書として）。
③刊記　無。
④内容　養老社による「月見せよ」句碑建碑記念。七十二候一、余興歌仙行一、探題発句二三、手向発句四〇、籬翠発句一、文音発句四、和歌二、帯経園碌翁発句一。
⑤その他　本書は斎藤耕子『福井県古俳書大観第三編』（一九九七年六月）掲載の翻刻による。巻頭に月見塚図。句碑は寿命院天満宮に建碑されたが、現存しない。序文に「此地におゐてもふた百とせの弔祭を相営んと」とあり、芭蕉二百年追善及び句碑建碑記念集であることが分かる。黄花園古麦は美濃派以哉派、福井武門連緑山系第五代、養老社を結成。巻軸の帯経園碌翁は美濃派以哉派一七世。（鹿島）

●不明（「梅が香に」句碑建碑披露俳諧興行、於長野県飯田市）

小林郊人『伊那の俳人』（一九二七年七月、邦文堂、七二～七五頁）に、明治二七年四月三日、長野県飯田市今宮町今宮公園の「梅が香に」句碑建碑披露にかかる俳諧興行が武川有無香によって行われたという記述がある。

梅が香にのっと日の出る山路かな　翁
露の誘行鶴のもろ声　有無香
三階の瓦を春に置きかえて　梅好

（鹿島）

綿抜豊昭（わたぬき とよあき）

筑波大学図書館情報メディア系教授。『松尾芭蕉とその門流—加賀小松の場合』（筑波大学出版会、2008年1月）、市民大学叢書89『江戸の「百人一首」』（富山市教育委員会、2016年9月）他。

鹿島美千代（かしま みちよ）

博士（学術、筑波大学）。博士論文『近世中期地方俳壇の研究—美濃派を中心として』。他に『名歌名句大事典』（明治書院、2012年5月、項目執筆）。

芭蕉二百回忌の諸相

2018年 9月15日 初版発行
2018年10月15日 第二版発行

定価2,500円＋税

著 者　綿抜豊昭
　　　　鹿島美千代
発行者　勝山敏一

発行所　桂書房
〒930-0103
富山市北代3683-11
電話 076-434-4600
FAX 076-434-4617

印刷・製本／モリモト印刷株式会社

ISBN 978-4-86627-053-1

地方小出版流通センター扱い